黑狼罗密欧

［美］尼克·詹斯／著
范冬丽／译

A Wolf Called Romeo
Nick Jans

上图:罗密欧与达科塔的初次邂逅

下图:2003年12月,罗密欧走进了尼克·詹斯的生活

2009年4月的罗密欧

上图：罗密欧守候在尼克家门前

下图：在冰川区闲逛的人们为罗密欧拍照

罗密欧与杰西

上图：罗密欧与布莱顿

上图：罗密欧的身影倒映在湖面上

下图：罗密欧轻松地在湖面上跳跃起来，每一步都激起一缕银白的烟雾。

上图：罗密欧咧着嘴笑

下图：罗密欧与阿富汗犬追逐嬉戏

上图：2009年4月的罗密欧

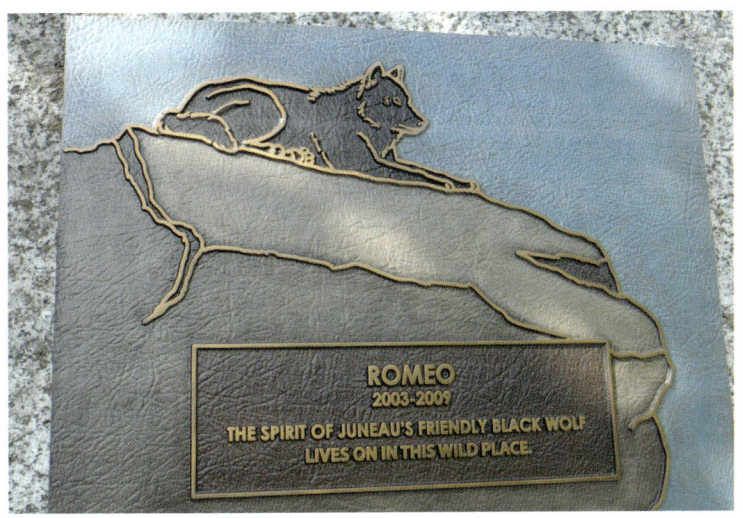

上图：门登霍尔湖畔的罗密欧纪念碑

下图：从左至右依次为约尔·班内特、哈利·罗宾森、尼克·詹斯与维克·沃克尔

纪念格雷格·布朗

1950–2013

众生之友

我们不应以人类的标尺衡量动物。

在比人类社会更古老更完整的世界里,

他们已经进化得精巧完善,

天生拥有人类已然失去或从未获得的敏锐感官,

依靠人耳捕捉不到的声音生存。

他们虽非我族类,但也不隶属于我们,

他们属于另一个国度,

与我们一道被生命与时间的网截获。

——亨利·贝斯顿,博物学家,1928

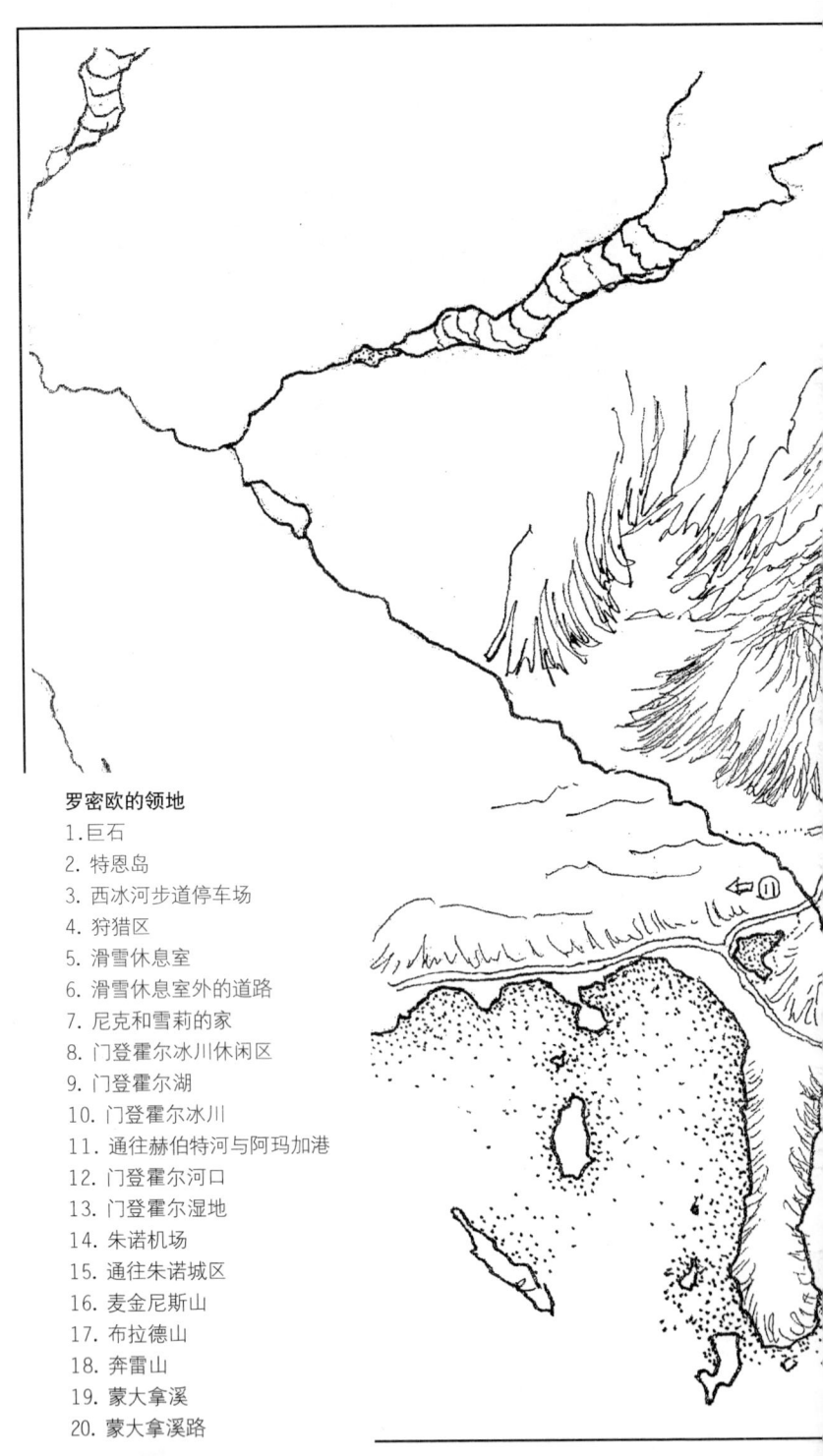

罗密欧的领地
1. 巨石
2. 特恩岛
3. 西冰河步道停车场
4. 狩猎区
5. 滑雪休息室
6. 滑雪休息室外的道路
7. 尼克和雪莉的家
8. 门登霍尔冰川休闲区
9. 门登霍尔湖
10. 门登霍尔冰川
11. 通往赫伯特河与阿玛加港
12. 门登霍尔河口
13. 门登霍尔湿地
14. 朱诺机场
15. 通往朱诺城区
16. 麦金尼斯山
17. 布拉德山
18. 奔雷山
19. 蒙大拿溪
20. 蒙大拿溪路

目录

致 谢 / 1

序 / 1

1 狼踪初现！/ 1

2 社交法则 / 25

3 罗密欧 / 45

4 吉祥物 / 59

5 开枪，抡铲，闭嘴 / 79

6 危机四伏 / 97

7 名字的意义 / 117

8 新常态 / 131

9 狼之奇迹 / 143

10 狼语者 / 155

11 风云突变 / 177

12 罗密欧之友 / 193

13 离别 / 211

14 梦的重量 / 233

后记 / 245

致　谢

笔耕艰辛，虽然孤独，绝非一人之功。七年经历，三年成书，非常感激鼓励我支持我的人。哈利·罗宾森慷慨分享记忆；科利·唐纳反复逐字审读，目光敏锐，判断力佳；妻子雪莉与我一起亲历了这个故事，督促我付诸文字。此外，也很感谢蒂娜·布朗、约尔·班内特和维克·沃克尔，他们是我坚定忠实的好友；感谢劳瑞·克雷格，他是首屈一指的地图制作人；感谢霍顿米夫林出版公司的苏珊·卡奈文，她给予我极大的信任；也很感谢伊丽莎白·卡普兰，她是一位卓尔不群的经纪人，为我提供了极佳的指导；尤为感谢研究人员维克·凡·班伦伯格博士和帕特里克·沃尔什，他们审校了原稿科学方面的内容。由衷感谢分享经历和知识的人们，他们是约翰·海德、迈克尔·洛曼、瑞恩·斯科特、尼尔·巴顿、道格·拉森、马特·罗伯斯、莱姆·巴特勒、克里斯·弗拉里、皮特·格里芬、罗恩·马文、乔恩·史丹森、约翰·尼瑞、金·特利、丹尼斯·蔡斯、林恩·斯库勒、宁宁·伍尔夫、阿尼·翰尔、伊莉斯·沃加斯顿、苏·亚瑟、哈里特·米尔克斯、阿拉斯加州警察丹·山德罗斯科、威廉·帕尔默博士，此外还有很多人，无疑我未能一一提及。很多研究人员阐释了狼的世界；因纽特猎人们，尤其是克拉伦斯·伍德和老尼尔森·格雷斯特，将其所知对我倾囊相授——我在此对他们致以深切的敬意。

序

"你确定吗？"雪莉轻声问道。她回头看了看我们湖岸边的房子，那里透着舒心、温暖的灯光。她又把目光转向冰封的湖面，渐浓的暮色中，一匹黑狼伫立在那儿的冰面上。

阿拉斯加东南部的天气寒冷彻骨，我们裹得严严实实的，只带了达科塔出门。其实我们有三条狗，达科塔是其中一员。它是一条雌犬，面对野生动物时，无论对方是熊还是豪猪，它总能保持翩翩风度，从不咆哮。

雪莉有些紧张，但也激动万分，欣喜若狂。多年来，她一直想见到一匹野狼，却始终未能如愿。现在，它——雪莉亲眼所见的第一匹狼终于出现了。这场完美的邂逅，比预料的来得容易。然而，随着我们在冰面上走得远一些，意外发生了。那匹狼不像前几次那样站在林边向我们眺望，反而一路小跑过来。它突然加大步伐，大张着嘴，脚爪下雪花飞溅。我把雪莉往身边拉了拉，同时去够达科塔的颈圈。我眯着眼，感觉头脑里噼啪作响。这些年我与狼邂逅多次，有几次甚至近在咫尺，但几乎没有恐慌过。

但若有人带着心爱之人，与疾奔而来的狼狭路相逢，手无寸铁，无处可逃，却能无动于衷，那他要么愚不可及，要么谎话连篇。

心跳之间，那匹狼已经近在40码内。它僵着四肢，尾巴翘过脊背，眼睛一眨不眨地盯着我们——这个姿势盛气凌人，一副君临臣下的模样。而后，达科塔低低地呜咽两声，忽然猛地挣开我钩住颈圈的手指，直直朝那匹狼冲过去。它的声音因为恐惧而变得尖锐，雪莉频频呼喊，但没能阻止成功。距离黑狼还有几个身位时，达科塔滑行着停下来，尾巴拉成直线，咧开了嘴。黑狼也低下头来，与它对峙。一狼一犬如此接近之时，我终于清楚地意识到这匹狼有多高大。

达科塔是一条传统型的母黄犬，矮壮敦实，体格发达，重达56磅。而黑狼高出它一大截，不止它两倍重，头部和颈部就等同于它整个躯干的大小了，我估摸着足有120磅重，可能还不止。

黑狼傲慢地走向达科塔，而达科塔也做出了回应。虽然听到了我们的呼喊，但它不为所动，那全神贯注、阒然无声的样子，全无平日里的欢快。它似是着了魔，与黑狼深深对视，好似彼此都瞥见了几近忘却的旧识，正努力在记忆里搜寻这张似曾相识的面孔。此时此刻，连时间也仿佛屏息静止了。我举起相机，拍下了这个镜头。

那轻轻的咔嚓声如同一个响指，时间重又流逝起来。黑狼变了姿态，双耳高高竖起紧紧靠拢，向前跳了一个身位，屈起前肢，随即躯体后倾，抬起一爪。达科塔迟疑着悄悄靠近，尾巴仍直直地伸着。它们的目光都紧锁着对方，鼻端相距约1英尺时，我再一次按下快门。这声音似乎又一次打破了魔咒。达科塔总算听到了雪莉的声音，跑了回来。至少这时候，无论听到什么野性的呼唤，它也不屑一顾。达科塔轻声呜咽，我们久久凝视着那位黝黑俊朗的陌生来客，它伫立着，也凝望着我们的方向，尖锐高亢的嗥叫声回荡在寂静的雪原上。我和雪莉为眼前发生的一切惊呆了，半天没回过神来。

天色渐暗，是时候回去了。黑狼一动不动，目送我们离开，尾巴低垂下去，忽而如遭重击，仰天长啸，久久不息。最终它向西小跑过去，隐没在树林里。冬夜渐深，我们朝家走去，最早升起的星辰在天穹间闪烁。身后，黑狼低沉的嗥叫声在冰川间回响。

2003年12月那天的第一次亲密接触后，这匹野生黑狼就走进了我们的生活——不仅仅是那个黄昏里一闪即逝的模糊身影，而是一条鲜活的生命。随后的漫长岁月里，我们和其他人对它了解日深，它也渐渐与我们熟悉起来。毫无疑问，我们做了邻居；哪怕有些人会嗤之以鼻，我也得说，我们还成了朋友。这个故事伴随着光明与黑暗，希望与哀伤，恐惧与爱意，也许还有些神奇。它发生在这个愈趋微小的世界，我将它讲给别人也是讲给自己听。夜深人静时，这个故事充塞心房，轻轻将我唤醒。将这个故事讲述出来，我并非希望能摆脱它，甚至不是为了理解它，不过仅仅想尽我所能记录下一切事实、沉思和尚未解答的疑问。此后数年，至少我知道，我不是在做梦，而是曾经真切地遇到过一匹狼，一匹被我们称作罗密欧的狼。这就是它的故事。

1
狼踪初现

2003年12月。

12月初的一天下午,我像往常一样在屋后的门登霍尔湖上滑雪,门登霍尔冰川巨大的蓝色身影隐隐出现在眼前。蜿蜒起伏的麦金尼斯山、斯多勒－怀特山、门登霍尔塔、布拉德山和奔雷山白雪皑皑,在冬日的蓝天下熠熠生辉。离我最近的同伴在一英里开外徒步前行。我专注于自己的动作,差点错过了与我的路线相交的那行足迹。当时不过瞥了一眼,心头便感觉到了一丝异样。我滑行着停了下来,原路折回去看个究竟。

这不可能。

但确然无误。

这些足迹大过我的手掌,比狗的足迹也要大,且更接近于菱形。前后足迹几乎一模一样,呈流线型延展开来。我在距离北极1 000英里的荒野生活了20年,这样的足迹分布已司空见惯。我轻轻抚过一个脚印,痕迹清晰但柔和如羽——最多也就是几个小时前留下的。

　　一匹狼。就在那儿，在首府朱诺城的边界。当然，这里是阿拉斯加。但即使是在阿拉斯加——灰狼在地球上最后的主要栖息地之一，其分布也是零星的。据政府估计，美国现存灰狼仅剩7 000 — 12 000匹，平均下来，阿拉斯加每50多万平方公里内生活的灰狼只有一两匹。大多数阿拉斯加人，哪怕居住在人迹罕至的村庄里，终其一生也未必见到过灰狼，甚至连狼嗥的回声也听不到。而在朱诺这座人口超过3万的阿拉斯加首府，户外活动爱好者和生物学家们就最近发现的狼群展开讨论。它们沿着伯纳斯湾的山脊线奔跑而过，南下穿越门登霍尔冰原，足迹远至塔库山谷。繁茂的雨林、蜿蜒的山脉、无垠的雪原和裂隙密布的冰川构成了那里多样广阔的天地。我和妻子雪莉刚在城郊盖了房子，那里濒临荒野，在屋后的阳台上时不时能隐约听到嗥叫，这让我们倍感幸运。冬天里，湖泊是全城最受欢迎的游乐场，而今一串新的动物足印出现在这里，真是个大事件。

　　我花了好几分钟研究这些脚印。脚印从冰川西部附近弯弯曲曲地朝疏浚湖区延伸开去。那里小径纵横交错，海狸出没，灌木葳蕤，如迷宫一般。这个动物的脚印与狼的相仿，而且左后腿一贯拖拽着，留下清晰的沟痕。回家途中，我反复睁大双眼，以为这行足迹是我的幻觉，但它确确实实在那儿。循着足迹进入森林，发现与之交叠的旧迹，通往它栖息的圆形浅坑。几天前刚下了场雪，至少那时候起，它便在这附近徘徊了。

　　回到家里，我迫不及待地把这事儿告诉了雪莉。她虽然点了点头，但我知道她不太相信我。难道不会是一条流浪狗吗？或者像我们之前在湖上碰到的丛林狼？雪莉从佛罗里达搬来阿拉斯加已经15年了，游历过这里几千平方英里的浩瀚土地，苦苦寻觅，想要发现一匹灰狼，但却连灰狼的一丝毛发都没看到过。而现在，我们就在这儿发现了新的足迹，就在门外半英里远的地方，从州长府邸过去不过20分钟车程。实不相瞒，我自己都不敢相信，虽然我回头又去瞧了一眼。

两天后，我懒洋洋地躺在屋后的热水浴池里，水汽蒸腾，我忍着肩痛琢磨那件事。突然，我发现远处的冰原上，有一个黑色的影子在移动。即使隔着这么远的距离，也看得出那个脊背挺直、步伐流畅的身影就是那匹狼。我跳出水池，来不及擦身，就匆匆套上滑雪用具出发了。10分钟后，我撑着两根滑雪杆沿着湖的西岸前进，还有三条猎狗紧紧跟随。狗是忠实的同伴，我了解它们，也知道自己的狗不会跑开，但以防万一，还是给年纪最小的那只加了颈圈。我不想如同看海市蜃楼一般只远远看着那匹狼就好了，当然，除非我很走运。

沿西岸往前走有一个湖湾，尽头处的浅滩上突起了一块花岗岩巨石，足有10英尺高，那是冰川沉积留下的，人们称这一片为巨石滩。在弯道处，我碰到了两位女士。她们带着狗，神色匆匆，声称自己刚被一匹硕大的黑狼尾随了大约四分之一英里，它虎视眈眈，步步紧逼，把她们吓坏了。她们比划着说，就20英尺吧，她们朝它摆手大喊，它终于走开了。"在哪儿呢？"我问道。她们朝湖的北边指了指，就匆匆跑回了停车场，那些狗紧跟着她们。我继续在湖上滑行,大约走了四分之三英里后,在一片树林里,我发现了她们说的那匹狼。它伫立着,回头凝望。

一匹狼!一种难以名状的激动在胸腔中涌动,正如我二十多年前第一次碰到狼时那般强烈。我的牧牛犬和两条黄犬都清楚,这不是什么走丢的爱斯基摩犬。哪怕温驯如古斯——我们最近收养的一只黑色拉布拉多犬,先前是导盲犬——也竖起了颈部的毛发,低低地咆哮起来。达科塔是一只母拉布拉多犬,生得十分漂亮,几乎通体雪白,也跟着吠叫不止。牧牛犬蔡斯才一两岁大,生来便是为保护兽群不受狼这种动物侵害,于是当狼跑进灌木丛时,它不顾一切地发出了尖锐的示警。

虽然机会渺茫,我还是跑回家里,取了照相机和三脚架,然后把三条伤心的狗关在屋子里,任它们将鼻子紧贴在玻璃窗上,自己只身气喘吁吁地回到黑狼消失的河口。它站在那儿,黑色的身影矗立在有深厚积雪的岸边。它肯定看到我过来了,但却没有跑开,而是如我所期待的那样,步子慢下来,缓缓踱着,四处嗅嗅,然后在桤木丛边蜷曲着打起盹儿来。

在热水浴池里的匆匆一瞥,然后尾随至此,这一连串事情看起来像个荒诞离奇的梦。

我想,在室外是不太可能进入拍摄距离内的。不过我还是装上了最大的长焦镜头,丢开滑雪设备,扛起三脚架,深一脚浅一脚地踩过及膝深的雪,迂回前行,极力克制自己,不要看向它。生物学家汤姆·史密斯博士曾提醒过我,当陌生的动物凝视靠近另一个动物,可能传递了三个信息:我要赶走你;我要吃了你;

我想和你交配——都不是什么友好的暗示。而且，照相机的镜头虎视眈眈，加上摄影师倚身其后，无声地散发出令动物不安的讯息，只会加剧它感知到的威胁。

我低着头，步履维艰地继续前进，每当它看向我的方向时，我便停下来，坐上好一会儿。相隔还有200码远的时候，它打了个哈欠，伸展四肢，挪动了几步，又躺了下来。机会难得，哪怕最有职业道德的野生动物摄影师，有时也会为自己的行为进行开脱。而这匹狼并没紧张或走远，但我还是抵制住了诱惑，避免太过于靠近它的私人领地。我们在一小时内完成了一组慢动作跨物种两步舞，大多时候我都坐着，扭开脸，有时候转过背。走一阵坐一阵，最终，我到了离它80码的距离之内。蓝色的光线不断黯淡下去，我极力稳住呼吸。

调试完毕，我连拍了一系列镜头——披雪的树林作为背景，狼眺望着湖泊，仰天长啸。随后，它隐没在一片灌木丛里，而我在暮色中朝家走去，感觉自己像是《国家地理》的超级明星。

回到家里，雪莉刚刚下班回来。我把刚才发生的一切告诉她，不出所料，她异常兴奋，"你说什么？你真的……"当然，她想立刻出去，马上。我指着外面，已是漆黑一片。黑狼，黑夜，而且天寒地冻。

但次日晚上她一到家，我们就要再去碰碰运气。我们站在庭院里，想听到它的嗥叫声，但什么也没听到。或许它已经重返乡间，再也不会回来了。

第三天破晓，我便独自出门前往湖泊了，虽然知道见到它的可能性很小，可要是它没出现，还是会感到沮丧，然而恰好就在那时候，它出现在了之前现身的地方：沿着巨石滩后方湖湾的树林踱了回来，就在西冰河步道旁。不过这一次它看起来更像匹狼了，不再像之前那样乐意与人接近。我坐下来，拿双筒望远镜观察它。现在可以确定那是一匹公狼，因为我看到它抬腿给覆盖着积雪的原木留下气味。这家伙不同于其他任何狼。我在北极地区历经千辛万苦见到过百来只狼，它在其中十分突出——脑袋阔大，胸脯饱满，比例堪称完美。由于缺乏参照物，很难准确判断它的实际大小，但明显体型相当庞大。它的皮毛黑亮，漂亮利落，好似刚刚从威斯敏斯特搜集来的最佳品种。总之我还没见过一匹如此完美的狼。

一旦你知道自己所求的是什么，就不会把狼认作狗了。这不仅仅是尺寸和重量的问题。狼的构造是不一样的——腿更长，脊柱更直，脖子更粗，尾巴更多毛，皮毛更厚，且有好几层。狼矫健的滑行动作，和它的足迹一样，也是独一无二的。不过狼和狗真正的差别还在眼睛上。狗的眼睛可能显露出聪明与亲密，但狼会用眼睛一眨不眨地盯着你，就好像激光器一样。那目光以惊人的强度射进来，似乎要摸清你的底细。这匹黑狼深琥珀色的虹膜正拥有那样的力量。但它身上发散出来的还有另一种特质，那是我在别的野狼身上从未发现过的：它放松地接受了我的出现。我遇见过的大多数狼，哪怕是出于好奇而接近我，靠近时也是不安的，它们一旦发现可疑的举动，闻到奇怪的气味，就准备逃到天边去。事实上，据我所知，大多野狼一旦察觉到人的存在就会立刻跑开，有时会跑到几英里外，甚至更远。另一方面，无论是在保护区还是自然原野，有些狼可能会完全忽视低调的人类，自顾自地活动，好像那些观察者是隐形的。只有极少数情况下，一匹狼——通常是年轻些的狼，或许之前从未接触过人类的狼——可能会遵从好奇心大胆地来了解人类。我曾随伊努皮克[1]猎人在布鲁克斯山以西追寻狼的踪迹，以摄影师、作家和博物学家的身份观察它们，亲眼看见了狼群各种各样的行为表现。但这匹狼却有所不同。它静静地躺在那儿，不慌张，不畏惧。正如我在研究它一样，它也在研究着我，试图弄清楚我接下来要干什么。不论它在想些什么，我跟我的同伴一块儿要做什么，确实是个极好的问题。

真的，雪莉应该来看看这匹狼，为了我，也为了她自己。毕竟多年前我们第一次约会时我就承诺过要带她看狼，有数次都很接近了，却从没如愿以偿。毕竟看狼不可能提前计划，就像不能计划着要坠入爱河一样。她下班回家时，夜幕已低垂，一线黑云飘浮在地平线上。不需要我催促，她就匆匆套上派克大衣、雪花裤和靴子。我们带上达科塔朝湖泊进发。蔡斯作为一只牧牛犬，对任何靠得太近的未知犬类都过于敏感，而温驯的古斯是个完美的临时保姆。20分钟后，距离后门不过几百码远，我们便在冬日的黄昏中与那匹黑狼相遇了——故事由此展开。多年以后，我闭上眼，还能回忆起那一刻的画面，就好像是被风吹起的一阵雪花，在我周围盘旋着，挥之不去。不过，回不去的，才叫过去。

---

1 伊努皮克人，居住在阿拉斯加北部的因纽特人的一支。——编者注

而后一周，寻常的日子戛然而止。雪莉心不在焉地去上班，心里记挂着有关狼的最新消息，想再去看看，有时竟匆匆忙忙跑去湖区待上一阵子，直到天黑。我把家务和截稿日抛在一边，碟子在水槽中堆积如山，家里弹尽粮绝。

时间紧迫。从我在雪地里看到的迹象来判断，黑狼在这儿逗留很长时间了，谁也不知道到底有多久。当然，我们实在太激动，以至于忍不住想跟所有朋友分享这一消息，让他们参与进来：快过来，来看狼！我知道人们连看到脚印都会兴奋不已，更别说脚印的主人很有可能现身。

但我们觉得知情者越少越好。在不合适的圈子里，哪怕只透露一个字，整件事情也可能会演变成一出悲剧。我们对安妮塔说了这事儿，她是我们楼下的租客，也是我们的好朋友。她应该知道这事儿，因为她每天会带着两条狗去湖边散步。老友约尔·班内特也是知情者，他是位受人尊敬的野生动物摄影师，多年前我曾在科伯克河谷带他寻找驯鹿和狼。二人都发誓保密。他俩最初都跟我们一起去看狼，后来就自己去了，或者跟别人一块儿。

最初，我早上寻狼，出发前把狗关在屋子里。这跟是不是伙伴或者受没受过训练没有关系，很显然，有狗在，是没办法拍摄野生动物的。我得完全集中注意力，但即使是控制力良好的狗也是另一个移动物体，只会增加拍摄的难度。而且野生动物会数数，不喜欢对方比己方数量多。此外，对于大多数动物而言，狗都是猎食者。事实上，生物学家将人类和其他物种的攻击性遭遇称为紧张遭遇，比如在人类与灰熊、驼鹿、狼等遭遇的案例中，狗作为诱因,可是记录在案的。抛开这一切不谈,我始终运气不错,印象最深的事情都是独自经历的,连人类同伴都没有。

冷锋压境。已近冬至,太阳只在山上晃荡几个小时就匆匆落下,早晨的气温徘徊在零度以下——我之前住在科伯克河谷,纬度较这里还要高,虽然都冰天雪地,但相比之下,这里温和些。摄影设备用得不顺手,冻伤的手指也更加难受,但我耐心忍着,尽可能兼顾工作和身体。

这些年我在北极吃尽了苦,损耗了很多设备,但我拍摄的狼的照片中只有三张拿得出手。其余的虽费尽千辛万苦,但都只拍下了狼匆匆逃离的背影——毛茸茸的屁股,得用高倍放大镜才能从底片上辨认出来。要想给动物留下漂亮的影像,哪怕备有大镜头和一流设备,也得离它们几十码远;而众所周知,野狼是很难拍摄的对象。即使遇到拍摄狼的时机,大多也是稍纵即逝,好像烟雾随风消散一般。

黑狼不会每次一见我就脚底抹油,我真是感激涕零。不过它似乎天赋惊人,每次灯光推进到可以拍摄的范围内,这家伙就溜之大吉,且恰好停留在拍摄范围之外。我很想拍张完美的照片,但又不愿吓跑它,这得把握好尺度。我眯着眼瞧着尼康相机,手动调焦,再把光圈缩小1.4倍,尽量不让取景器蒙上水汽,小心翼翼为的是不让三脚架摇晃,然后以极其缓慢的快门进行远距离拍摄。

虽然从专业角度来看,我早期拍摄的黑狼照片大多都很失败,但看到一匹狼,任何一只,我都乐不可支。不过愈发快意的还是看到这匹狼——看到它的行动，它的去向，它的举止。

有一天，刚刚破晓，我便蹲坐在湖岸上遥望，希望那匹狼会像它先前那样转向我这边。突然，它甩甩头，凝视湖面，竖起耳朵。有人滑行靠近——是一位女士，身边小跑着一只爱斯基摩混种犬。狼朝他们轻快地跑过去。我看着这场景，微微屏住了呼吸。几天前，《朱诺日报》头版报道了狼吃狗事件，发生在几百英里以南的克奇坎市境内。尽管黑狼与达科塔开始的接触看起来很友好，但我不敢肯定能否再一次亲眼见到那番场景。狼就是狼，对于改变它们的生存方式，我不抱丝毫幻想。可能那正是它来到此地的原因——它喜欢上了被狗粮喂大的家犬的新鲜血肉。

狼靠近了，狗猛冲出来，迎头而上。它们对峙而立，尾巴伸出，脊背僵直。虽然那只爱斯基摩犬生得结实，体型的差异还是触目惊心。狼足可以将它60磅重的远亲像熟香肠一样打横衔在嘴里，然后摇晃着猎物欢快地跑开，想想这可怕的后果便叫人毛骨悚然。一狼一狗都绷紧了身体。

开始了。狼躬起身，随即腰胯着力，像芭蕾舞演员一般轻盈优雅地冲天而起，悬停于空，完成半个单脚尖旋转，飘然落地。相比之下，狗则显得犹豫而笨拙。我瞠目结舌地看着它们忽然切换到幼崽打闹一般的抓挠撕咬模式，狼不时跳跃旋转，似乎全然不受重力牵制。它的动作洋溢着艺术热情，超越了玩乐的范畴，更像是庆贺，或者说舞蹈。那位女士倚着滑雪杖观看，专注而放松，并不在意自己与狗的安全，很是怪异。

在北极地区，朋友们谈起过没有攻击性的孤狼，它们跟着行进的雪橇狗队伍，短则几分钟，长则好些天，或徘徊在小屋附近。尤其是到了早春交配季节，刚成年的狼一般都会离开狼群，组建自己的家庭。这些漂泊者自然会寻找同类，但迫不得已时，也会选择狗，尤其是年轻而独身的狼。友人塞思·坎特纳在科伯克河有一座小屋，一匹母狼数次出现在附近，显然是想与塞思的狗伍夫交往。伍夫是只半野生的雪橇狗，生得高大。母狼落花有意，那狗却是流水无情；无论母狼何时出现，它都只顾着把骨头团在一起，压在身下，低声咆哮。我和伊努皮克人一起生活过一段时间，他们的祖先间或鼓励雪橇狗与其他物种杂交。可能也是因为当一匹狼溜进被拴住的几只狗中间，发现一只中意的交配对象时，杂交这事就避无可避了吧。在科伯克和诺阿塔克河边，很多爱斯基摩犬族群里都能听见狼的回声，尤其是伍夫这种狗——数量稀少，体型庞大的老派役畜。

事实上，这匹狼的毛色正是野狼与家养犬科动物杂交的证明。2007年，国家科学基金会资助一个国际生物学家小组进行了一项前沿研究，肯定了黑色狼与家养犬杂交繁殖的联系。黑狼在北美很常见，但在欧洲、亚洲却极为罕见。这种家养犬在千万年前便被早期美洲土著驯化，当然不仅包括接近人类寻求繁衍机会的狼，还有一些喂养后逃脱的狗，比如杰克·伦敦在《野性的呼唤》里描述的情景。狼狗杂交持续至今，既有人为设计，也有自然发生。因此，物种间由来已久持续不断的基因混合在这匹黑狼身上得到了生动鲜活的体现。

这样也好。杂交物种间交配，可以理解。玩耍一阵子，当然必要。一点试探交往，有何不可？这画面，看上去跟迪士尼动画片一般。

然而狗突然就没了兴致，溜去一边嗅别的东西了，好像它跟狼语言不通，而它已经不想查字典了。它跑回女士身边，狼也走开了，我继续朝前滑行。她对此已经见怪不怪，还跟我讲，他们这些天时不时地碰到这匹狼，一开始狼就"自来熟"。这是她遇到的第一匹狼吗？是的没错。这匹狼就是一个古老的"幽灵"。

"幽灵"个鬼！这事儿就没发生过——阿拉斯加没发生过，哪儿都没发生过。见过一颗能说会道的大头菜都比这要可信。但没必要让她知道自己的经历有多特殊，毕竟她这态度所反映的想法提醒了我：简单来说，就是你不可能想到那一刻究竟发生了什么，是如何发生的。打猎为生的爱斯基摩老朋友克拉伦斯·伍德曾阻止我思考过度，走火入魔，当时他眯着眼斜睨着我，气愤地咕哝："吃饱了撑的。"

不过，比起这位女士对此事的解读，我对黑狼更感兴趣，而它那时候已然退到湖岸边的柳树林那儿了，在半英里开外。它挑了冰面边缘躺下来，仰着头，伸着前爪——平静而接纳的姿态。女士带着狗继续沿湖滑行，而我则朝着狼的方向小心翼翼地移动，将距离保持在100码以内。随后我架起三脚架和相机，再一次开始拍摄。我当然知道，在这个距离内，光线昏暗的条件下，要拍好一匹躺着的狼，就跟从岩层里刨出旱獭一样，不过是白费力气。但是哪怕这样一个不尽如人意的拍摄机会也弥足珍贵，我在20分钟内烧掉了三卷专业胶卷（当时我还没用数码相机）。这些胶卷都注定了要丢进垃圾桶，但我还是不停地按下快门。我想大多数专业人士都会做出同样的选择。

我滑行回家，沉思良久，渐渐理清了这事儿的头绪。或许对这家伙来说，狗比较有吸引力，而不仅仅是一次戏耍。

天寒地冻，湖面冰层较新，滑雪的人和他们的宠物并不如平常那么多，我也是早晚才出去，有意避开人流。这匹狼和其他狗之间无疑也有互动，这些狗可能恰好就是达科塔和那位新潮女士的爱斯基摩犬那一类型。我在那湖边见过很多狗和人来来往往，狼却从没出现过，甚至仅仅是远远一瞥也没过。当然，我也有可能见过，却误认成了狗（常常如此）。但出于某种原因，黑狼数日前接近了那两位女士和她们的狗；隔天靠近了雪莉、达科塔和我；而与这位女士和她的狗，至少是碰过几次面了。

从黑狼的身体语言来判断，一切迹象看起来都很像社交往来，一点挑衅意味都没有。如果它靠近了，距离则可能取决于彼此是否认出了对方以及当时的环境——身体暗示、心情以及只有它自己能分辨的细微差别。如无意外，狼乃是解读他者意图的个中高手。这个笼统的想法则又提醒我：还得再慢些，往后撤，不要急于求成。

数日之后，黑狼仍在外游荡，我和雪莉却都愈发觉得，它随时都可能离开。圣诞节来临，我们打算去墨西哥海滩旅游一周。然而，雪莉决定取消行程。她说，我们身边有这匹狼，怎么能去别的地方。要清楚这件事她做出了多大的让步，她出生于佛罗里达，讨厌冰雪，对黑魆魆的雨林也毫无耐心。我甚至都搜出潜水设备和人字拖了。但我们做出这个决定的理由实在太充分了，因为一年以后，巴亚尔塔港还在原地，但黑狼不一定会。这是观察野生动物难得的机会。我们交流过，哪怕就是能多见到它几次，留下来也值了。

那些日子里，这匹狼成了我们的主要话题。它经历了什么？来自哪儿？如何到了这里？

碰见孤狼并不奇怪。事实上，这些年来，我遇到的半数狼和大多数其他动物都是独来独往的——当然极有可能只是离群索居一小段时间。狼本是群居动物，紧紧地与其族群维系在一起，它们共同狩猎，相互交往，集体育儿，协力御敌，捍卫领地。虽然紧密团结，但狼也常常独自或成对离开族群狩猎或巡逻，短则几个小时，长则好些天。这匹狼很可能正是单独闲逛时离开了山林，正要重回族群。

同样的，它也可能同其他年轻的离群者一样，独自迁徙流浪，寻找伴侣和领地，建立自己的族群。这匹狼正处在青少年期，无论行为还是身体都能体现出来——高高瘦瘦，稚气未脱，牙齿完整毫无破损。它不可能是今年春天出生的，否则不会在六七个月大时独自出行，身躯也不会这么庞大。它至少得有一岁半了，极有可能再大个一两岁——这正是离群之狼的年龄，正如我们即将成年的孩子离家打拼一样。

不仅青年期的狼，甚至稳固族群的成年狼也会离开族群，至于原因，就不得而知了。有些狼会自立谋生，心血来潮地就远走千里。阿拉斯加研究者利用绑在动物身上的追踪项圈进行记录，发现离群动物绝大部分均为年轻雄性，常常独行三四百英里之远。阿拉斯加渔猎部生物研究员吉姆·道说："数据显示，有些离群者甚至可能游走五百多英里。"根据定位系统记录，美国本土的OR-7号狼独行数千英里，足迹西至俄勒冈，北达加利福尼亚，最近大出风头，赢得大批拥趸。

这匹冰川狼所行之路很可能要短得多。不过，它可不是常见的亚历山大群岛狼——一种体型相对较小的灰狼亚种。灰狼栖息在阿拉斯加东南部和英属哥伦比亚沿岸及附近岛屿上，通常顶天也超不过80磅。而这匹狼可不止其一个半大，也就是说，两者并非同根同源——阿拉斯加或加拿大腹地的灰狼乃是世界上体型最大的一种，显然其基因经过多雪国度里狩猎驼鹿的磨炼而更加强大。它可能和我一样，从很靠北的科伯克老地方出发，一路向南迁徙了一千多英里；也有可能，它就轻轻松松跑了25英里路，从加拿大那边过来，翻过海岸山脉，穿越朱诺冰原。至于它的毛色，狼的毛色从黑至几近雪白都有，最常见的是那种灰色的狼（正如它们的名字一样），多多少少还有些黄褐、黑色、白色和棕色间杂在其层层叠叠的厚毛皮上。亚历山大群岛狼里，一半多的狼都有着深色皮毛，有的甚至乌黑发亮。

至此不得不再提一下狼犬混杂的基因，可能由于雨林环境幽暗，自然选择又将其毛色有所加深。比起其他地方的狼，更黑了。所以这匹狼的颜色可能暗示其为当地品种，但它的体型又显示了它应是来自其他地方。

抛开一切猜测不提，还有一个说法可以解释这匹狼的出现。2003年3月，一匹怀孕的黑狼横穿道路时被出租车撞伤，那条路离我家不足两英里。那匹狼如今沉睡在门登霍尔冰川游客管理中心的一个玻璃箱里，姿态僵硬，本性尽失，目光呆滞，极有可能是这匹黑狼的亲属。我们所见的这匹黑狼或许选择了留下，寻找走失的母亲、姐妹或是配偶。

不论什么原因，这匹黑狼在阿拉斯加边缘选择了一处危险的居所。该地背靠山脉，冰原蔓延横越海岸，并延伸至加拿大干燥的腹地；南北则处于阿拉斯加的边界，邻近荒僻的海岸雨林，海岸陡峭几近垂直。它本可以自由来往，却逗留此间，紧挨着另一个世界。这个世界到处都是陌生的画面、声音和气味：车水马龙，熙熙攘攘，光怪陆离，甚嚣尘上，柏油路织成迷宫，如潮水般不断扩张。它本可以随心流浪，避开人世。只要它想，终其一生都可不再出现在这里。

附近有黑熊出没，如同超大号浣熊一般，偷鸟食，扒垃圾。在朱诺，哪怕是市中心，黑熊也不算罕见，大多数当地人虽会保持警惕，却鲜有惊慌失措到搞个布伦熊在后阳台上看家护院。人们一般不会拿出枪来自卫，倒更有可能抄起照相机留影，几乎没人会去麻烦警察或者渔猎部。我从不知道朱诺有人为熊所伤，更不必说遭到撕咬。不过棕熊一族，正如人们所知的沿海变种灰熊那样，则危险得多，尤其是近距离受到惊吓时。事实上，我们家狗狗古斯的前主人李·海格米尔就因遭到棕熊攻击而失明，事发地离我家仅4英里远，当时是20世纪50年代末，他还是个少年郎。然而，只要棕熊数量较少，就不会构成威胁，朱诺人还是愿意接受它们靠近城镇边缘的。

一头母棕熊带着半成年的幼崽在疏浚湖区附近徘徊两年，尽管每天都有人带着狗经过，但除了几次短暂的虚张声势，并无其他事情发生。鲜有人认为这些熊已成了公众威胁，呼吁将其杀掉了事。

然而，狼就不同了，光"狼"这个字就会引发人类本能的恐惧。这份恐惧似乎已根植于人类的潜意识里，源起或可追溯到某些模糊不清的古老记忆：狼吃人。即使恐惧基于情绪而非事实，有些人从未花工夫观察过狼，甚至仅仅是透过瞄准器或者往陷阱底瞅了一眼，就大惊小怪。但不论我们自己是否与狼共处过，提到狼，人类总会莫名地为之一振。这种条件反射必然有迹可循。或许千年甚至更久之前，情况有所不同。令我们更为惧怕的是，它们会从经济上、情绪上威胁到人类视为己有的生物：家畜、宠物以及其他或食用或用来消遣的生灵。

狼作为完美的掠食者，具有纯粹而强硬的野性，就冷冰冰的逻辑而言，它似乎与我们所谓的文明是相互排斥的。我们的神话传说、民间故事里，从小熊维尼到瑜伽熊，总是出没着善良可爱的熊，而相应的，却几乎没有充任这样角色的狼。小红帽、三只小猪，以及从蒙大拿到乌克兰，人们口耳相传的那些故事中，都把狼刻画成恶势力，在噩梦中潜伏徘徊。虚构的故事里，狼吃人，追逐旅人，偷吃小孩，恶名昭彰，不一而足，因此遭到驱逐。到了清教徒时代，欧洲大部分地区的狼都濒临灭绝了。荒野暗无天日，邪恶丛生，十分可怖，乃是魔鬼撒旦的地盘；而狼则是他的走狗。因此，当欧洲人的先祖乘风破浪，来到新大陆开疆拓土，仍继续着他们在旧世界的种种行为。

20世纪早期，路易斯和克拉克探索美洲大陆时，发现大量的蹄类动物和狼，它们与土著猎人和谐共处，而土著们对狼的态度并不是诅咒，反倒十分尊崇。路易斯和克拉克自己也描述说，他们在广袤的西部平原上所遭遇的狼并不具有攻击性，并清晰明了地指出狼并不会威胁到人类的安全。虽然大批经验不足的拓荒者迅速涌进了西部，射杀了很多的狼，但是狼威胁、攻击人类的报道各地都鲜有所闻，哪怕当时的新闻以耸人听闻著称。然而，由于动物们的栖息地不断消失，猎物数量急剧减少，幸存的狼只得以家禽作为食物。居民和农场主发起了全面灭绝计划，这一计划毫无疑问得到了下至平民上至联邦政府的支持，因为他们认为这样做很有必要。于是，各种高效捕狼手段纷纷登场，枪炮、捕兽夹、四处撒布的毒饵，等等。这还不够，最有效的当属那种创意绝佳的酷刑，让人想到人类基因里最恶劣的片段。狼被活活烧死，被马拖拽而死，被制成鱼饵，被金属丝缠紧了嘴巴和阴茎后放生。

1814年，著名鸟类博物学家约翰·詹姆斯·奥杜邦的一份报告说明了驱动这场反狼运动的那股无端而强烈的仇恨。奥杜邦旅行途中遇到了一位农民，一些家禽被狼吃掉之后，这位农民挖的陷阱捕到了三匹狼。正如奥杜邦所见，那位农民仅带了刀跳进陷阱里，砍狼的腿腱，而令奥杜邦大为吃惊的是，狼畏惧退缩，毫无抵抗。农民用绳索绑紧狼，然后放狗，和奥杜邦一起看着狼毫无抵抗地被狗撕碎。被困受伤的狼没有攻击性，对于我或者任何目睹它们当此困境的人而言，并不奇怪。

饱受争议的是，奥杜邦并没对农民的残暴行为作出任何评论；而他自己的默认——这种认可来自于一个即将为全世界的保守主义者所尊敬的人——也打开了一扇了解当时的思维模式的窗口。正如乔恩·T. 科尔曼所说："奥杜邦和农民都坚信，狼必须死，而且这是它们应该得到的惩罚。"

屠杀方兴未艾。坚守西部的最后的"流亡者"十分狡猾，臭名远扬，人们为了捕杀它们找了各种各样的理由，并提供大笔悬赏。这些狼凭借出色的能力躲避着追捕，但最后它们还是一匹接一匹地倒下了。到20世纪40年代早期，大屠杀接近尾声。仅有几个小岛及北方的明尼苏达、威斯康星、密歇根等地的小片地区上的狼幸存了下来。人们几乎看不到狼了，这隐约提醒着人们，那场屠杀曾经几乎波及整个北美。

20世纪70年代至90年代，人们重新燃起兴趣，想要保护不断缩小的野生环境，成功将狼引进它们早先的领地，其中最著名的要数黄石国家公园，不过那些领地范围如今已大幅缩小。随着狼的数量增加，活动范围扩大，并不是没有引发激烈犀利的争议，而且争议并无减弱之势。事实上，到了21世纪初，争议之声似乎愈来愈大。当代西方农场主和大型农业企业仍在传达着强烈的反狼讯号，钟爱狩猎运动的人更是火上浇油，他们叫嚣着，狼若不受约束，将会肆无忌惮地吞食一切生物，包括人类自己，直到扫荡一空——不过他们仍在绕圈子：为什么几千年前，在这片生养了狼的西部土地上，这样的末日游戏没有兴起呢？恰恰相反，根本没有科学证据表明狼曾像我们人类一样，将某些物种逼到灭绝的境地。当然，没有哪个反狼运动的倡议者指出了路易斯和克拉克所报告的事实：肆意杀戮和栖息地减少都不是狼之所为，而是人类造成的，是人类加速了野牛、鹿和驼鹿等大型动物的灭亡。

证据充分的现代研究表明，狼这样的顶级猎食者猎杀了某一群体中的病弱者，对于保持群体健康起着至关重要的作用。它们也保持了蹄类动物与其栖息地的生态平衡；重新将狼引入黄石引起了令人震惊的转变——过度啃啮以及河流、溪流枯竭的现象得到极大改善，无论是大齿杨、棉白杨这些植物，还是海狸、鸣禽、山鳟等动物都大受裨益。还有一个好处便是自然而然地形成了对捕食性动物的控制：丛林狼大为减少，而这种狼大多以狩猎动物幼崽和家禽为生。但尽管裨益良多，虚假恐慌信息的散布仍在驱动着美国本土的"人狼之战"——而阿拉斯加，虽是最后的边疆，也并不例外。

狼的管理历来都是美国最具争议性的野生动物管理议题，这个话题让人如鲠在喉，编辑们难免收到措辞激烈的信件，酒吧里偶尔还因此打架斗殴。这场辩论是在两个拥有对立信念的人群中展开的。

一方认为狼是危险的捕食性动物，严重威胁了阿拉斯加人赖以生存的狩猎动物，更不必说对人类安全的威胁。不用想也知道应该不择手段控制狼的数量,用枪猎杀、设置陷阱、夹腿捕捉、低空扫射,甚至毒杀窝中幼崽,都无不可。而如果听其自由发展,狼则会繁衍不息,将美国的驼鹿、驯鹿统统赶尽杀绝。万事人为本,阿拉斯加人有权力管理阿拉斯加的野生动物,最大限度地使自己受益。而任何反对这个计划的人显然都是窝囊废,绝不是阿拉斯加人,定是城里那些不狩猎的骗子,是动物权益组织极端蠢顽的走狗。

另一方则认为生物圈自成规律,健康而复杂,而狼是其中的顶级猎食者,根据某些管理单位的计划,干掉百分之八十,甚至所有狼,必定会扭曲整个生物圈。如果没有狼,驼鹿和驯鹿的数量会急剧膨胀,超出维持它们可持续的限度,随之而来的便是食物链的崩溃,且会恶性循环下去。猎人们依靠狼来获取皮毛维持生计,而狼也像日进斗金的摇钱树源源不断地吸引生态旅游者和摄影师来到此地。他们的到来也为很多居民提供了不可估量的美学价值,哪怕他们从没看到过一匹狼。此外,低空射击简直大错特错,反映了这个国家恐怖的形象。看不到这些层面的人都是目光短浅、愤世嫉俗、蠢笨如猪的乡巴佬。

这些不过是这场争论的冰山一角,完整版本比这更无礼更激烈,生物学家、经理人、政客、野生动物保护者和猎人们把数据和辞藻杂糅成泥球朝彼此脸上砸。其中也不乏极端分子、老派学究视狼为四腿蟑螂,而动物权益保护者则将狼奉为濒危物种大加膜拜。因为狼生来便带有犬科动物的魅力,在它们先前的大多数活动范围里又是濒危品种,因此十分宝贵。大家并不关心发生了什么，这令很多阿拉斯加人耿耿于怀，因为他们认为控制狼的数量是他们自己的事情。20年前，时任阿拉斯加州长的沃尔特·希克尔谴责狼权保护者（很多都是外来者）时有一句标志性的话，听起来可笑却又生动："你不能让自然发展到野性难驯。"

阿拉斯加的狼至少有一点是独一无二的。21世纪初，它们仍在这里生活，虽然此前人类造成了其数量的减少，但在全国范围内也算数量颇丰——根据生物学家考证，大约有7 000至12 000匹的样子。狼本就是神出鬼没离群索居的物种，美国幅员辽阔、地形多样，这些数据虽然有很大水分，也还是有一定依据的。一些生物学家认为7 000这个数字更为可靠。但无论数据多少，总有些人觉得狼还是太多了，尤其是那些喜欢狩猎运动的有钱人和工厂主，他们视驼鹿为行走的支票，而农村居民，不论暂时还是长期生活在没什么乐子的地方，也抱着同样的想法。很多叫嚣甚凶的向导和富裕的狩猎爱好者甚至不是阿拉斯加居民。

至少半数阿拉斯加人，不管住在乡下还是城里，也不管是土著还是白人，对狼都没有敌意。相反，他们其实认为狼是一种资产。然而那些手握权柄的阿拉斯加人近来似乎呼声最高，倒向了"狼还是死了的好"阵营。美国支持杀死狼的人在阿拉斯加境内展开了无差别清剿行动，设陷、下毒、空中扫射、悬赏追缉，无所不用其极。自1954年阿拉斯加州成立，直到20世纪90年代，杀狼行动持续不休，但并非没有出现过激烈的争辩和反对。20世纪90年代，两次市民投票动议（均由友人约尔·班内特领导）及三次州长干预暂停了杀戮；但2003年，新任州长法兰克·穆考斯基上任后，杀狼计划重新兴起了，甚至有私人狩猎队驾驶飞机开枪扫射，影响面积相当于中西部数州。我们所居住的阿拉斯加东南部并不在此清剿范围内——至少目前还不在。

回忆了这段历史后的某一天，我滑行出房屋，发现一匹巨型黑狼几乎进入了我家后院——这个家伙不仅未与人和狗相对立，还称得上很合群。这事看起来有点怪异，甚至有点不祥，但我无从预知，在接下来的几个月甚至几年里，这个故事会如何演绎。

2
社交法则

1981年8月中旬的一个夜晚,在布鲁克斯山脉西部深处的科伯克－诺阿塔克分水岭的山脊上,疾风如刀,山脉苍茫,谷地冰原覆盖,驯鹿的足迹纵横交错,绵延着伸展至苍穹之下。一个清瘦的年轻男子在凛冽的北风中攀爬,一肩扛着0.35英寸口径的杠杆式卡宾枪,另一肩挎着一部普通的摄像机。在他上方的山坡上有一片平地,其边缘灌木丛生。斜照的银辉里,一只灰熊与一匹灰狼正在殊死搏斗——狼打着圈儿,猛冲着朝熊的臀部咬去,而熊急速回转拍打,发出声声咆哮。熊抓不住狼,而狼也伤不了熊,但谁也不肯退却。或许它们正为一只猎物进行交涉,或许狼在保卫它的巢穴,也有可能狼正像往常一样在折磨熊罢了。

起初青年在一英里之外用双筒望远镜观察,后来他干脆放下行李,跑向它们,跨越密如织网的河道和羊胡子草丛,踩过丛丛矮小的霜红色桦树和片片松散的页岩攀上山去。还有最后两百码距离的时候,他已浑身汗湿,颤抖着穿行在齐人高的柳树间,相机备好,子弹上膛,虽然他并不打算射击。他知道拍到照片的机会十分渺茫,也并非在迎接自我挑战。当然,他十分害怕——孤身一人乘独木舟穿越350英里,在远离人烟之处接近一头恼怒的熊,以及今生所见的第一匹狼。如有闪失,好几周内都没人会想起他;他也根本没有办法联络外界,只有将他投在此处的飞行员才知道上哪儿找他。尽管如此,他仍然听从内心的指引,朝着山上的熊和狼移动。

而上面那个年轻男子就是我。我一边迅速攀爬,一边透过饱经三十年风霜的镜头眯眼打量着,微微笑了起来,像往常一样振奋。也许有些鲁莽,但那一刻我觉得来到阿拉斯加是值得的。我从小便时常在睡梦中看到大型食肉动物,虽然我在一个个风光如画的地方长大,但这些地方除了动物园,根本没有这样的动物。大学时我搬到了缅因州的乡村,在那儿磨炼自己,但那仍然远远不够。我告诉亲朋好友,我要去阿拉斯加。我直接朝着地图上所能找到的最为荒凉的一个乡村进发,它位于北极圈内,地图中的方位在阿拉斯加州的左上角,距离交通枢纽上百英里远。那里是狼和灰熊的地盘,那里孕育着关于它们的一切存在。基本没有多想,我说去就去了。

当我攀爬那座山的时候,我已经在科伯克河边一个偏僻的因纽特人的村庄里居住了两年——可我对周围仍旧很陌生,靠着运气和年轻抵抗一切未知。我并没像之前打算的那样回到学校成为野生动物学家,而是找了一份工作,负责管理贸易站,并为大型动物向导整理行装。我曾乘着机动雪橇、小划艇和独木舟，甚至步行，穿越过数千英里的林区。但这一次旅行，我独自出发，深入荒野，邂逅自己始终深爱的这片土地，那又是新的突破了。这份彻底的孤独并不是几天、几英里的事情，而是旷日持久、山高水远的历程，穿过顶级猎杀者漫步的地方——树枝断裂的声音，气味盘旋的痕迹，远处山脊上移动的光亮，都不再如以前那般寻常。我不过出神了几分钟，狼和熊突然出现在那片土地上，像是迎宾员一般。我冲向了它们，毫不迟疑。

我到达它们发生冲突的地方时，这两个家伙已经不见踪影了。我甚至不能确定那里是不是事发地点。我低估了灌木丛的密度，太密了，几码之外就看不见了。我站立在那儿，放轻呼吸，感受周遭的一切。当我终于发现狼的影踪时，它已经盯着我好一会儿了。它停留在我上方五十码的岩石上，一身皮毛还是季夏时分的褴褛。它仰天长啸，与其说是挑衅，不如说是愤慨的宣告：大家找了半个小时的笨蛋就在这里。然后那匹狼朝着山脊向上跑开了，身材清瘦，脚步轻盈，再没朝我这边瞥上一眼。我望着灰狼没入灰色的岩石间，而后才想起来，还有一头恼怒的熊——也许就在那丛桤木后面。我靠着块岩石蹲了下来，睁大双眼，架好相机和步枪。

与此同时，我刚才没看见的那头灰熊现在已经顺风转悠着到了我头顶上。当我听到低低的咆哮声时，我发觉它就在我背后30英尺开外，嗅着我先前站过的地方。我一动它就抬起头直直地瞪着我，鼓囊囊的前胸随着每一次怒吼而收缩。就在我前后上下胡乱摸索着相机和枪的时候，它打了个响鼻猛地跳上山跑了。这省了我一个决定，当然可能还有更多的事。我差点就拍到照片，但无所谓了。我邂逅到它的那一刻即实现了梦想——此志不渝。

从那之后，多年来我数次遭遇狼和熊，有时近到能看见它们眼中我的映像，周遭都是它们野性的气息。我和克拉伦斯·伍德这样的伊努皮克人生活在一起，他们以狩猎为生，饱经风霜，能分辨我难以想象的感官上的细微差别，他们的古老经验代代相传，他们不只是贴近自然，简直是自然的一部分。得到许可的时候我会跟随他们，尽可能向他们学习。我想知道他们中的一些人如何一瞥狼的足迹，就能断定它们刚来过，有三匹狼，才进过食，诸如此类。其实我更想像他们一样，与这片土地、与他们追寻的动物形成浑然一体的联系：像一匹狼那样去狩猎、去捕杀。

虽然我没什么狩猎经验，但我所习得的文化其实跟他们的没有两样。我是一名外交官的儿子，在欧洲、东南亚和华盛顿特区长大，八岁起就一直孜孜不倦地阅读户外生活杂志，目光渐渐转移到鲁阿克和海明威的狩猎故事上。我从没想过除了捕杀，还可以通过别的方式跟野生动物建立联系，也没人给我指引过其他的方向。我在阿拉斯加的第一份工作竟然是为那位狩猎向导做事，开始的时候只能从零学起：如何发现、跟踪、射击、剥皮、宰杀大大小小的猎物。不过我很快发现这个工作并不适合我，我不再做向导，转而继续自己的狩猎之路，技能愈趋成熟。渐渐地，我从自己跟随的伊努皮克长辈身上学到了足可出师的技艺。虽然我永远做不了追踪专家或者王牌射手，但也具备了犀利的眼神、充沛的力量和坚韧的品格，而且似乎无论何时狩猎，我都有令人难以置信的好运。这些年来我捕猎的动物的尸体和剥下的皮毛堆积如山，数不胜数。它们的血肉成了我的一部分。我穿其毛，寝其皮，还用它们的骨头和角装饰自己的卡宾枪。

克拉伦斯逐渐成为了我的狩猎伙伴和亲密好友。很早的时候他就告诉过我，黑狼有所不同——更聪明，更难对付，更难捉住。但我在阿拉斯加生活的九年里，射中的第一匹狼便是一匹黑狼：一匹90磅重的母狼。1988年4月，一个寒冷但阳光明媚的下午，我和它都独自游走在英吉查克山脉的山肩上。它倒下的那一刻，我那兴奋和胜利的喜悦里却隐隐掺杂了自责。回到村子里，我的伊努皮克朋友们都冲我点头称赞，纠正我剥皮的刀法。部分皮毛经过米妮·格雷奶奶硝制，缝在风雪大衣上做飞边，保护我的面部免受北极严寒的摧残。我把剩下的皮毛给了米妮，这个礼物使我们更加亲密。最开始我给她驯鹿肉，也帮她做些杂活儿。虽然我现在是乡村学校的老师，我也曾是一名猎人，与艾维沙帕米厄特——红石保留地的人们过着同样的生活。

米妮和克拉伦斯都相信动物乐意奉献自己，对它们进行适当的抚慰，比如"奈吉鲁克"（nigiluk，切开气管让灵魂得到解脱），这样它们就可以得到重生，灵魂进入无限轮回之中。邻居们都不能理解我的顾虑；我只能独自背负杀戮的负担——不止一次，而是一次又一次。结果我既没有变成狼的好朋友，也没能成为优秀的伊努皮克人的孩子，虽然米妮称我为"儿子"。我父母来看望我时,她也介绍自己是我的因纽特妈妈。

但我仍旧外出,乘雪橇、划艇或者步行游荡在乡间——游历的路程有成千上万英里,有时候有人陪伴,更多时候是孑然一身。虽然我大多数的食物和衣服是狩猎而来,但越来越多的时候,我会放下步枪,置身一旁,观察着野生动物,或者扛着相机跟踪它们。突然有一天,我发现自己想不起来最近一次射击活物是什么时候的事情了。我不再是一名猎人了,于是把枪和皮毛都赠送了出去。如果有可能,我想收回大多数子弹。我只保留了过去那段生活的一些纪念品,其中有一串颅骨,提醒我自己曾经的身份。

后来,我很顺利地就跟雪莉结婚了。她是动物保护组织的正式会员。她对自己的信仰十分坚定,只因为生物课上不愿解剖去髓的青蛙,她17岁时从高中辍学;同时,参加了同等学力考试。虽然我做不到像她那样"有脸的就不吃",但我由衷敬佩她对原则毫无动摇的坚持。此外,我非常爱她。我离开了北极,搬去她工作生活的首府朱诺——比起我游荡了20年的偏僻乡村,这里可算得上是大都市了。她能容忍我烹煮朋友从南方寄来的驯鹿肉,而我也包容她决不妥协的动物权益论。对阿拉斯加的生灵与旷野的热爱将我们维系在一起,如今,所有的一切似乎都浓缩在了我们门外这匹活生生的狼身上。虽然我不能改写往事,但它的出现,似乎给了我救赎的机会。

因此,我们的墨西哥之旅就略微朝北拐了个弯儿。我们没有懒洋洋地躺在棕榈小屋下亮晶晶的沙滩上抿着玛格丽特酒,而是冬至后裹着大衣，穿着雪地靴，在门登霍尔冰川的阴影里颤抖了一个星期。白昼渐短，一天只有几个小时微弱的光照。山脉欲倾，寒冷的天气摧残着我们——寒意入骨，间有大雪，有时急遽冲出苍茫的天空，覆盖了我们的足迹。起初我们滑雪前行，当积雪太深无法滑行后，便只得艰难跋涉，破雪开路。几条狗顶着满头细雪，一纵一跳地跟在后面。越往高处，雪下得越大。暴风雪的间隙，山脉隐现，笼罩在黑亮浓密的云烟下。冰川好似半掩住了。

黑狼缓步前行，时隐时现，如同静止的白色世界里一盏黑色的生命之灯。虽然我们因它改变了计划，但日常活动几乎没什么变化，比如每天带着狗锻炼身体，通常就在后门外，去湖上，或者附近的小路。最初我们决定限制自己与它接触——每天一次，最多两次，一般每次不超过半个小时。毕竟它还有别的事要做——至少要谋生，这对孤狼而言可不容易。我想它对我们不过有一些短暂的好奇，而我们却希望它能保持下去。我们的确乐见其成，毕竟以后这种事不大可能再次发生。

黑狼似乎在等我们。当我们朝离家半英里的巨石滩进发时，它悄无声息地跳出灌木丛，伸长尾巴，拉平身躯——平稳而自信的姿态。我们延西岸而上，它并排而行，亦趋亦停。一旦我们把狗唤到跟前，它就不会靠近到100码之内——这个距离对在场的三类生物都很合适。狼和狗追逐着气味的记号，小心翼翼地保持距离，极少交换眼神，就像互换名片的日本商人一般。谁知道彼此读到了对方的什么？西岸有一个带着天然屏障的湖湾，我们沿着它的曲线前进。湖湾笼罩在麦金尼斯山脉的深色阴影里，人迹罕至，小径交织，远离湖的东区。我们躲在巨石滩旁的特恩岛后面胡吃海塞起来，巨大的石块挡住了大多路人。为了让狗在我们停下时忙碌不停，我们玩起了它们最喜欢的游戏：抛接网球。每条狗各就其位，都懂得轮流接球。它们专注于追逐游戏，大多时候都忘了主人正观察着一匹狼，而后者也同样在观察着我们。

黑狼站在桤木丛边缘，竖起了耳朵，尖锐而频繁地哀号起来，你会误以为这是某种不知名的鸟儿在呼唤。达科塔朝这位陌生来客竖着耳朵，回以长啸，并跑了过去，有时能跑出一半距离；我们一喊它就返回，黑狼也有样学样。但我们一挥手，它就会受惊落跑。好吧，不管我们看到了什么，我们都不想它靠得更近了。蔡斯不断地大声狂吠，声明它对这个强盗的看法丁点儿没变，也不会有变。古斯时不时地发出忧虑的轻吼，但大多时候都会忽略这个潜伏在灌木丛边的黑色身影。

朋友安妮塔带着糖糖和约提跟我们会合了。这两条狗更加热爱抛接游戏。小团体迅速扩张成了一大群——三个人，还有五条狂吠的狗鲁莽地横冲直撞。约尔数次尾随，吃力地搬运他那笨重的三脚架和专业摄像机。我们都知道面临着什么，同时也明白要设法做对事，用对法子。不大声恐吓，也不大肆驱赶。如果它要走，那就走。如果它想靠近，我们也不轻举妄动。决定权在狼。

黑狼在湖边观望着这个奇怪的群体和滑稽的游戏，好似困惑万分，却又兴致盎然。我们朝湖上走得更远，远到它不愿跟随，然后绕行回家，它跟随而来，嗅着狗留下的气味，做出自己的标记。但凡用鼻子了解世界的动物，都能读懂那气味里的信息。随后它仰天长啸，孤声哀嗥，长久不息。

早些时候，大概是我和雪莉第三次带着狗外出时，彼此间相互理解的平衡发生了偏移。我们已经到了小岛后面，拿出了抛掷物。光线昏暗，我都懒得带上摄像装备。雪莉在从摄像机取景器里窥探时拍下了这个疯狂的场景——狼沿着湖岸来回踱步，看到狗摆脱束缚，它长啸不已。过了几分钟，我给达科塔抛球的时候抛偏了，球撞到一块硬物，一直滚到岸边。我们正想着该怎么取回球来，狼竟然猛扑过来，顺带叼走了球。它沿着湖神气活现地踱步，把球抛到空中，拍一拍，又猛扑上去——狗都明白这些举动是在干吗，不过狼加了点它自己的特色进去。它铁定知道什么是玩具：这种东西不是食物。

这就是个鸡生蛋、蛋生鸡的谜题了。狼在学狗，还是狗这个行为本身就是从它相去不远的先祖那儿继承来的？毕竟追逐和衔回的动作跟捕食的本能并没有多大差别，比如说追逐捕获一只野兔。从这完全可以推断，但凡是狼，在一般情况下都能理解这个游戏。此外，纯粹从进化的角度来看，狼这种复杂的社会动物完全理解玩乐的意义。扭打、玩玩具和追逐打闹可以帮助幼年动物发展重要的生存技能，也能加强社会成员间的联系，这对于群体的成功至关重要。

狗不过是经人类驯养后的温顺版的狼，人类代代培育改造以满足自己变化无常的兴致。最近一项研究表明，狼与狗的基因差异不过万分之二罢了。早在20世纪90年代，就有研究显示，在中国或中东地区，15 000年前这两个物种才发生了分化，这些研究得到了考古记录的证实，也获得了主流学界的认可。另一个证据发现于西伯利亚的一处洞穴，那是一副35 000年前的狗的颅骨以及一些人工制品，一副狗骨架的口中还衔着一根骨头。其他研究和证据显示，犬科分化出现在更古老的时代，距今50 000到125 000多年前，因此在各个大陆分布了很多驯化地域也就不足为奇了。

这确实不可思议，不过达科塔的确带有99.98%的狼的基因，或许你会猜测它喜欢拼命追接东西，衔回巢穴，正是狩猎行为的微弱余音。我很好奇是否有些狗更乐意玩这种游戏，因为它们天生便有追捕猎杀的行为倾向，而这是唯一的施展机会。

在同样的境况下，狼似乎更放松些，更像是玩乐——刚刚黑狼的举动正是如此，我见过的其他狼也是这样。毕竟狼每日以狩猎为生；玩玩具倒成了休息，这与谋生这种严肃的事情大为不同——纯粹为了取乐。而对于干劲十足的拉布拉多犬和边境牧羊犬来说，追接活动就不仅仅是游戏了；这是它们的工作，是严肃正经的大事。

当然，只有极少数的狼可以常常碰到网球。但各个年龄段的狼，不论是关在笼子里的还是纯野生的，在成群游戏或单独玩乐时，常常都带有类似玩具的东西——一只很久以前的鹿角，一个雷鸟翅膀，什么趁手玩什么。我有幸在野外见过几次狼群狂欢，对其中一次仍记忆犹新。

约莫15年前，当时正值初冬，我独自前往诺阿塔克山谷上游，那里的一个狼群有12名成员，其中的几匹靠近了我的营地。我本该安静不动，但在我调试相机试图找到更好的拍摄角度时，惊动了其中两匹。我步履艰难地回到帐篷，沮丧不已，突然意识到，我是有同伴的。一匹雄性灰狼斜倚着，半掩在灌木丛后面，头颅高仰，姿态放松，居高临下地睥睨着坡下其他的狼，它刻意忽略了我这么明显的存在，自顾自地抛着石头玩。最后它打了个哈欠，站起身来，舒展筋骨，随意地扫了我两眼，好像在说它看见我了，不过没在意我。我走了几步，想绕过我们之间的树丛，它懒洋洋地走开了，毫无压力，悠然自得。

它突然瞪大了眼，猛地扑向一只土拨鼠。我看得清清楚楚。我有生以来第一次看到狼扑杀猎物！但它却找出了一块不大不小的矮灌木，两英寸厚几英尺长——正是拉布拉多犬能衔起拖动的尺寸。那匹狼转身斜睨了我一眼，甩甩头和树枝，一副"看看我搞到什么了"的模样，跃跃欲试地要再来一轮抢球游戏。然后它横衔着那树枝，像个行进乐队指挥似的大摇大摆地走下山坡。我目瞪口呆地站在那儿，忘了手里还拿着相机呢。

主要是为了玩玩具？或许吧，但一定还有些别的因素。我想正是自己的靠近触发了这事，加上那一瞥，我也被算在游戏里了，哪怕只有那么一小会儿。这是物种间的社交姿态，就跟乌鸦与狼玩老鹰捉小鸡的游戏一样。这个先兆性的时刻数年之后通过这匹黑狼得到了圆满。

网球事件可不是黑狼最后一次闯入人狗娱乐活动里来——无

论是不请自来还是被招呼过来的。此次它只是热个身罢了。几天后，它又强行顺走了一只网球，接下来的几个月乃至几年里，它会时不时地来这么一出。关于狼、抛接游戏和偷玩具事件的故事迅速流传开来。它的盗窃行径证实了一个长盛不衰的说法：决不能相信狼。

无论那天发生了什么，都给我们留下了一个追忆往昔的信物。黑狼偷走的那只黄球有拳头大小，上面还留着一枚牙齿啃下的洞，数年之后成了雪莉的纪念品。黄球的旁边放着一撮达科塔尾巴上的毛发，还有铸在石膏板上的手掌大小的黑狼爪印。我们抓紧了这丁点儿东西，好像就足够了。

尽管我们对黑狼的印象改观颇多，但"网球事件"不过几分钟后，看法又变了，这次多亏了蔡斯。蔡斯是只蓝赫勒犬，当时才一两岁。我们先有了两只脾性温和、举止驯良的拉布拉多，而后有了蔡斯。赫勒犬正式名为澳洲牧牛犬，可别跟澳洲牧羊犬搞混了。赫勒犬有时候简直是个惹事精。一个世纪前，家犬与澳洲野犬杂交，基因改变而孕育出赫勒犬，于20世纪60年代得到美国养狗爱好者俱乐部的认证。这个新品种具有多种变异特性。它们肆无忌惮地袒露野性。不管普通的狗跟狼的基因多么贴近，赫勒犬凭借其野犬基因以及豢养时间尚短的优势，与狼的相似度大大超过了其他犬类。正式的品种描述中有"戒备的眼神"字样。AKC澳洲牧牛犬单独展设有一项比赛，根据"最原始的"身体特性对狗作出评判，也引发了对犬科动物原始基因残留的探讨。毫无疑问，很多赫勒犬都是人类的亲切伙伴，它们表现出色，精力充沛。但是赫勒犬身上具备的原始特性太多了点，这就有点争议了。

蔡斯便是其中之一——往好了说，它是个有所进化的"作品"；往坏了讲，它就是个怪胎。它八周大时，我们收养了它，之后就开始了改造计划。问到"谁很乖"，它便会坐起来，举起一只爪子；一听命令，便将玩具一个个好好地收进篮子里，这样的狗你见过多少？虽然它聪明绝顶，学起游戏和各种复杂行为来很快，我们还是没能调教好它，以至于一见到陌生的狗，它依然神经病似地露出尖牙猛冲上去。我相信它只是想护卫我们免受袭击。无论是波士顿犬还是大丹犬，任何犬科动物太过靠近都会被它撵走。尽管蔡斯看起来凶神恶煞，可一旦它攻击的对象厉害起来了，它通常都会灰溜溜地逃回来——而下次还是会重蹈覆辙。当然，随着它的个头又长大了四分之三，我们不得不把这只正处于青年时期的缺德狗拴起来。它这么蠢，没有一只有自尊的狼受得了。

就在黑狼夺走网球后几分钟——雪莉还端着摄像机，而我在给拉布拉多犬丢球；黑狼跑来跑去，观察着，嗥叫着。有那么一会儿我得腾出双手来，于是就把拴着蔡斯的皮带头牢牢踩在脚下——我觉得是踩紧了的。它突然猛拽了一下就跑掉了，化作一道模糊的影子，龇牙咧嘴地朝黑狼直扑过去，就像那头30来磅的巴斯克维尔猎犬，完全忘了对方的重量是它的4倍，力量更比它大上20倍。黑狼猛冲过来，跳跃着迎头而上。我全速跑向这起迫在眉睫的遭遇战现场，但我知道来不及了。雪莉通过取景器看到冲向彼此的狗和狼，丢下相机，朝着蔡斯大喊。但无济于事，狗和狼撞在一起，雪花纷飞，狼咧开嘴，跳跃着，气呼呼地拍打爪子。它低下头，试图钳住狗。在那惊心动魄的瞬间，蔡斯有可能会命丧狼爪。我一时万念俱灰，如果那样，我永远也无法原谅自己。

随即一个蓝灰色的影子自雪中暴起，如去时一般迅捷地奔了回来，一路吠叫不止。狼龇牙咧嘴，像足了狗的样子，跳跃着跟在蔡斯几英尺之后，直到蔡斯靠近我们才回转。蔡斯身上已覆了一层薄薄的雪。虽然它哆嗦着，皮毛因冻结的口水而变得僵硬，我们仔细为它做了检查，却发现它毫发无损，一点儿伤痕都寻不着。黑狼原本可以一口咬穿它的喉咙，拖回去加个餐，也可以理直气壮地教训它个屁滚尿流，让它好好在兽医院的重症监护室里待上一待。然而黑狼心慈手软，像个和蔼宽容的狼叔叔对待它族里的"小屁狼"，甚至连蔡斯似乎都明白自己刚刚死里逃生了。此后多年，蔡斯与狼厮混的机会并不少，但它却没再靠近，虽然时不时地会隔着段安全的距离发发牢骚。

除了出自本能的不快，谁也不知道最初的接触会发生什么。但双方都迈出了一步，我们之间订立了奇怪到诡异的休战协定。虽然有些激进人士可能会提出相反的观点，但狼确实是冒了生命危险。如果它察觉到了不远处几十栋屋子里它同类的颅骨和皮毛——我家里也有其他动物的——它说不定便夹着尾巴逃到天边去了。但它却留在了这里，徘徊不去，试图与我们的狗攀交情，同时朝我们流露出不可思议的悠闲自得之态。我想到了"礼貌"这个词，似乎它是个外国人，想要搞清楚我们的社交规则，尽量避免失仪。

我们原路折回，想为它的举动找个解释。它幼时摔到头变成了傻瓜？"狼国"派来窥探情报的大使？能变身的外星人？开玩笑啦，还有个可能性：这是一匹人工饲养的狼，或是带有狼的血统的杂种狼，长大后难以掌控，主人家不得已放了它。虽然阿拉斯加确实有人驯养狼，但数量很少，也很难拿到法律许可，这种许可只有少数野生动物园持有。狼狗杂交在这里是违法的，如有发现即刻会被没收，它们也很难在朱诺这样地少人多的城镇里隐藏起来。不管怎么说，它并不像被驯养后放生的动物；如果有可能，那也是恰好相反。我见过很多人工饲养的狼，还有一些杂种狼，哪怕在它们熟悉的地盘上，也很容易受惊不安。其行为举止不同于我们之前见过的动物——自信又毫不拘束，如在家中。一匹狼或是狼狗杂种自出生起便远离野外世界，习惯了被豢养起来的日常生活和饲养员的照料，陡然获得自由，确实很有可能精神失常。那么重点来了：这匹狼似乎并非为了食物而来，它看起来自力更生、丰衣足食。最有可能的解释反倒是最简单的那个：大自然母亲甚是任性，创造了无穷无尽的基因组合，包括这匹别具一格的狼——或许并非我们所期许的那样——可终归也还是一匹狼。生物学家维克·凡·班伦伯格博士的学术研究最初着力于驼鹿，随着34年的努力，已进行了大量有关狼的观察和研究，他评论道："所有动物都自成一体，各具特色……而狼的个体差异尤为显著。无论你遇到它们多少次，有些狼始终会保持距离。而其他的，哪怕来自同一族群，从一开始也能相当放松且包容，并且始终如此。"

颇具讽刺意味的是,正是这种极具包容性的动物,这种数千年前就卧在我们炉火边的动物,轻易便能使我们心生恐惧。它为什么不害怕?它应该害怕。如果不害怕,那它就是危险分子,因为靠得太近。也许它有狂犬病,看那家伙的个头就知道了。它在想什么?狼和人类从未融洽相处过,但矛盾的是,好像也是友好相处的。这个同盟古怪异常,而且机能失调,想想看,我们将令自己恐惧的罪魁祸首迎进家门,视为好友——同时却对它们那些自由自在、不受我们意志拘囿的祖先秉持着根深蒂固的恐惧和不信任,有时甚至心怀怨愤。

不论这匹狼过去发生了什么,不论我们多么煞费苦心地想将它的存在当作秘密保守,这个消息必定会泄露出去。本·富兰克林说过,要让三个人守住秘密,除非其中两个死翘翘。知道它的人数已然超标了。而且,我们没办法让一匹狼掩藏行踪,不要留下痕迹,也不能嗥叫——岂止是嗥,它有时一嗥就是好长时间,不分昼夜。和人一样,不是所有狼都能上《美国偶像》[1]。有些喜欢引吭高歌的家伙,反正就是不会控制声音。听起来是意料之中的事,而这声音的确与他的出场相匹配:雄浑的声音持久不息,逐渐上升成假声,直至渺然无踪,呼喊声响亮悠长。

当地很多人常去门登霍尔冰川休闲区遛狗、徒步、滑雪。周末的时候,这片土地也以其6 000英亩的广袤面积成为朱诺最受欢迎的冬季游乐场,吸引着每一个朱诺人,无论是一家人乘着雪

---

[1] 美国偶像:美国FOX广播公司的一档真人选秀节目。——编者注

橇带着蹒跚学步的小儿，还是专业的冰山攀登者。虽然休闲区毗邻无路可寻的荒野，中心地区却布满了纵横交错的道路，既有蜿蜒曲折的动物过道，也有轮椅通道；既有陡峭山路可供通行，也有足足四英里长的整齐的环形雪道穿过乡村。

一个温暖和煦、雪光熠熠的周日，好几百人或将从四面八方前来游玩。大雪天寒暂时减少了熙熙人潮，压抑了鼎沸人声，但我们不能想着能将一匹狼藏匿起来，就跟幻想作品里小孩子把独角兽藏进衣橱里一样。即便我们能够做到，也无权这样做。

黑狼还算幸运。朱诺不同于大多数阿拉斯加城市，正如大多居民会告诉你的那样，无论你对这个城市印象如何，毫无疑问，它是整个州最拥护环境保护也最具自由倾向的城镇之一，萨拉·佩林[1]如果在这里竞选州长，将会遭受重大打击，即使她在全州范围内呼声最高的时候也会输掉州内选举。朱诺集首府、渔港和矿业发达城市等身份于一体，历史可追溯到领土扩张时代，其核心似乎充斥着思想自由的旧阿拉斯加平等主义。人们习惯于在公众场合充分表达自己的观点，而不会犯下什么不可饶恕的罪过，州委员可能会在杂货店跟祖上三代皆是渔民的人闲聊。一名普通的水手跟一名大学教授一样，很可能持有相似的环保观点，比如关于林业的政策，关于开采一座新矿的许可，或者关于一匹游荡在森林边缘的黑狼。

有史以来，大多数朱诺人都支持过保护狼群的政策，反对州

---

1 萨拉·佩林（Sarah Palin，1964年2月11日— ），2006年至2009年任阿拉斯加州州长，是第一位担任此职务的女性。——编者注

政府资助的捕食性动物控制行动。这座首府城市可能确实是整个州里唯一一个很多人能包容并给狼以生存机会的大型城镇。虽然狼能自在地在人类身边活动，但却不可能始终在商场林立、熙熙攘攘的安克雷奇地区游荡。安克雷奇拥有30万人口。那么费尔班克斯呢？那里就更偏北了，更临近阿拉斯加边界，且占据整个州四分之一的面积。别想了。事实上，在这个相当于一个次大陆面积的州里，几十个城市、乡村散布其间，狼一旦靠近这些地方，都可能危在旦夕。不过，在这个问题上，至少40%以上的朱诺人都是右派甚至极右派人士。对他们来说，狼哪怕不会真正构成威胁，至少也是个麻烦，他们不愿看到狼成为他们狩猎驯鹿、驼鹿和山羊的竞争对手，不管为了消遣还是为了食物。因此，即使大部分居民认为这匹狼不会坏事，或者至少不会成为隐患，也有一帮人坚定地持有相反的观点。

　　一月的一个晴朗的早晨，雪莉和我带着狗去西岸。在湖湾的北端，不止有我们和黑狼，还有一群身着鲜艳风雪大衣的人和活蹦乱跳的狗。狼就在那儿，不是在边上看着，而是跟这群人和狗玩在一起了。离远了看，谁都会将它误认为一条跟同伴们玩游戏的狗。我们拴住狗，站在75码外看着。三名女士都是当地人，摇着头，朝我们咧嘴一笑，耸耸肩，很是惊讶。其中一人拿相机瞄准了这个景象，拍下照片，似乎在证实她看到的画面。黑狼走出了灌木丛，另一人喊了一声，她们还没弄清楚它是什么，也来不及惊慌，竞相逃窜奔走起来。狗不听命令也不上前，但是她们说，这看上去并无不妥。

至少就犬科动物的身体语言而言，那些女士是对的。虽然黑狼比其变异过的同类高出一大截，但其凶恶程度与幼犬相去不远。它呜呜哀鸣，尾巴低垂，身形明明高大如米开朗基罗塑刻而成，却像一两岁的拉布拉多犬一般性情温和、精力旺盛而又傻里傻气。女士们带着狗离开湖边后，黑狼竖起尾巴与我们打起了招呼，跳将出来，比以往都靠得更近。虽然既没抓球也没狼与狗相亲的场面，抛接游戏还是继续下去了——并不比刚才离开的女士们更接近，因为我们会退开一些保持距离——黑狼像往常一样，两次停在离我们50码左右的地方，有时候还要更近。如果我们挥挥手臂或者朝着它的方向跨进几步，它就会转身朝后跑几步，然后停下，但渐渐地又靠拢过来。这个场景实在扣人心弦，当然，也很上镜（我终于拍到了一些值得保存的画面），但却令人担忧。一点攻击或不适的迹象也没有——没有冷酷的凝视，也没愤怒的表情。但是如果它靠近错误的对象，这类人看不懂它的身体语言，或者之前没见过狼，或者一旦被接近就采取防卫，抑或向美国林务局或者阿拉斯加渔猎部投诉呢？

一天黎明前夕，黑狼高亢的嗥叫惊醒了我们，那叫声穿透足有一英尺厚的隔热墙和双面玻璃窗。我们在后门50码处发现了脚印，沿着朝向林务局营地的道路和附近的沙滩散布开来，这一片是公共场所，被称作溜冰休息室。在黑夜的掩护下，它似乎准确无误地摸到了我们的住所附近。调查？狩猎？没错，白靴兔、海狸、水貂和其他一些猎物的确会频频光顾附近的泥塘和次生林，但这嗥叫似乎是一个宣示：我在这里。

不论是什么刺激到了它，黑狼曾在麦金尼斯山的湖边裹足不前，如今终于寸寸迈步，频频接近，离开的迹象越来越淡了。它更像是想融入这里——以狼之名宣示主权，拓展领地，探索其蕴含的宝藏。无论我们是否愿意，那些社交规矩正逐渐脱离控制。

3
罗密欧

接下来的几周,我都好似生活在梦中。就着曙光喝着第一杯咖啡,抬头望着黑狼将会出现的地方。它跃过结冰的湖,蜷在冰面上,像是一枚生命的迹点,充实了大地,重新定义其本质——也让我重新理解自己所处的这个世界,理解或许已经历的过往。但愿我的方向是正确的。

狼在外面某个地方,在被我们称之为家园的乡间流连忘返,这是一回事;但若是在你吃饭睡觉的地方出现了野狼,你和荒野之间的那堵墙突然变得很薄,那就是另外一回事了。谁会看着一匹狼刷牙呢?我不止一次觉得自己是在做梦,而非亲眼目睹。

可这匹狼是真实存在的,就在那儿,就是现在,绝不是想象。冰面上不仅仅如平常一样有它经过时留下的印记——被风模糊掉的足迹,还有其他动物风化了的骨骼,或是它稍纵即逝的身影。

我心中反复回味着摄影师爱德华·威士顿所说的"纯粹摄

影"。每经过一扇窗户,我都比以往花了更多时间去凝望,这没什么奇怪的,我甚至频频丢下手头的事情,带上摄像包、望远镜和滑雪设备,时不时地消失个几小时。迄今为止,我遇到的所有野生动物,无论是驼鹿还是貂、熊,几乎都将人类作为陌生的、未知的动物加以防范,只有极少数暂时乐意接受人类接近,而且通常也只能持续几秒钟,就跟一只慵懒的松貂从溪水边好奇地望着我一般。有时候连着好几个小时,我躺在红石谷上方明亮的苔原上,周围尽是驯鹿在午后小憩,这些长着大角的动物的头转来转去,分明知道我的存在,却毫无戒备地接受了。在那些时刻,世界悄然变化,聆听着它的过去,那时候我们人类还是自然世界的一员,它也容纳着我们。

但现在,在野生动物眼里我们早已变成了一种遥远的存在,不论是出于经验还是本能,它们中的大多数将我们看作是极大的威胁。只有极少数情况下,这种感知到的威胁触发了它们自卫反击的回应;总体而言,最常见的反应就是回避,有时安静警惕,有时惊惶无措。

无论情况如何,也无论接触时间短暂还是长久,渐进还是迅即,我从没有过机会能逐渐了解一头大型野生捕食性动物,而且是在一段时间里,每天都能见上一见——不是作为一个陌生人,而是老相识。我不仅开始注意到它特有的品质和行为,还了解到它鲜明独特的个性,只有一些全职的研究者能有这样的经历。即便如此,研究野生狼的生物学家们大都也是从低空飞行的飞机或者无风险的观察地点,借助卫星或无线电项圈,在公园、保护区或者十分偏远的地区进行观察研究，而且对象几乎总是那些惯于无视科学家的族群，也就是说，它们不会作出反应，也不会害怕，更不会发起攻击。这又是另外一回事了。这不是在黄石公园或者丹那利国家公园，也不是我住了快半辈子的偏远的布鲁克斯山，更不是加拿大靠近北极的班克斯岛——这些地方我去过，别人也去过，都希望能找到狼的踪迹，但通常都无功而返。相反，黑狼与我们一样努力与彼此接触，打开了一扇通向新世界的大门。

1999年我们买下那块可以瞭望西岸的土地，当时并没想过会发生这样的事。铲掉融化的春雪和冻土，坚实的土地裸露出来。我始终认为，建造一所房子，首先要考虑的是它的视野，而我们确实也拥有这个条件：整座冰川像矗立在湖面上，山脉高耸，形成嶙峋的构图——更让人开心的是，这些美景中间，活动着一匹形单影只的狼。仅仅从窗户看着它就足以抵消建造房子的痛苦了。如今我们已经越过那里并进入了某个人迹罕至的区域。在这里，我们似乎是研究者，又好像正接受研究。在我们之间正在进行的，与其说是物种间的观察，不如说是无声的交谈。毫无疑问的是，我们彼此相识，在未知的土地上凭着感觉"交往"。问题是这段关系究竟是什么样的？会发展到什么地步？或者说，应该发展到什么程度？

诚然，是黑狼主动接近了我们，但这并没有消除我们的责任。它本该在数周前就消失不见的——感觉到来自远方的催促，对这里失去兴趣，退回它自己的世界。那么它徘徊不去是因为我们吗？还是无论我们做了什么，抑或什么都不做，它都会选择留下？留在这里，生活范围固定在这个小集体中，对狼来说，这很可能就意味着被宣判了死刑。雪莉和我深吸口气，觉得该做点什么。我们朝它跑去，高声呼喊，挥手示意，抛去坚硬的雪团，但它轻松地避开了。第二天，它又出现在了那里，像往常一样。如果每一个与它有所接触的人都这样，也许就能将它赶走了；但无论如何，黑狼并不打算离开。

我考虑到，事关生存时野生动物都十分实际，它不可能饿着肚子寻求社交，尤其是与非其族类的物种来往；它一定是发现乡间能满足它的需求，附近有足够的猎物，不仅能养活它，还能养得好好的。这样一想，我感觉舒服了些。饿狼同所有活物一样，不可能毫无节制地玩乐，并且，跟处在同样境况的人类一样孤注一掷——会吃狗，甚至会攻击人类，谁也说不准。相反，这家伙似乎吃得很不错，皮毛丰厚，十分合群，对于一匹狼来说，它活得也够放松恣意的了。它的生存能力、与狗来往的渴望，这都是它选择这里的理由。

毋庸置疑，黑狼愈发大胆了。它很快就养成了习惯，大清早的便懒散地蜷在冰面上，离巨石滩就几百码远，离我家则不足半英里——观察人来人往的绝佳位置。狗和滑雪者从停车场出来，从湖的尽头活动开来，三三两两络绎不绝。人们像往常一样在休闲区玩耍：在滑雪休息室前与孩子们玩曲棍球，为全国滑雪比赛而紧张训练，与友人一起遛狗。但今时不同往昔了，这里来了匹狼——有时候不知所踪，或者只在远处现出个影子，但有时候则会明晃晃地跳出来跟家犬互相问候，让人根本无法忽视它的存在。

虽然目前为止还没有传出什么麻烦，但未来就无从得知了。

当黑狼的照片出现在《朱诺日报》头版之后，游戏终于正式开始了。相机快门一闪，打印机一响，原本悄然无声的秘密和流言摇身一变成了活生生的现实。有人称它为冰川之狼，突然间它成了全城的热门话题，无论是超能熊杂货店、阿拉斯加吧，还是黑狼奔雷山咖啡店，结账排队时都有人热议：是啊，一匹狼呢……黑色的……就在湖上……我亲自去看了……那是怎么回事？我不知道，好大块头，不过看着怪可怜的。

已经无法掩饰下去了，人们开始议论纷纷。我们发现自己从前很少这般鬼鬼祟祟；另外一些人跟我们一样隐忍不言，或许是在秘密守护那匹狼吧！它确实已经时不时地出现了至少半年了，大多数人对此还很新鲜，而有一些人已经渐渐习以为常了。雪莉的一位病人说他去年春天在疏浚湖区边的小路上看见过一匹黑狼，这匹狼还跟着他和他的狗走了一段距离。那个秋天有人发现一匹狼沿着蒙大拿路到处乱逛。十一月中旬，另一位朱诺作家林恩·斯科勒沿着湖岸观察过它，那时候距离我们第一次见到黑狼也就几个星期。一个滑雪者告诉我，他带着两条拉布拉多犬在晨间漫步的时候，黑狼常常跟在后面。还有一位女士，就住在街边，见过一个黑色的大个子，类似爱斯基摩犬和牧羊犬的混种犬，经过她的院子——现在她知道了，那根本就不是条狗。除了我们自己之外，我们知道至少还有两个人与黑狼有过接触。故事还在增加，一个接着一个。

奇怪的是，人们得知狼出现在我们身边后，起初似乎没怎么有太多变化。大多朱诺人对此安之若素。这里毕竟是阿拉斯加。如果他们看见一匹狼，那就在那儿呗，也不过是户外一景，并不能成为人们前来或是离开的理由，反而会是额外的福利。有些人甚至看都不会看一眼，也不怎么在乎那儿是不是有一匹狼，只要那家伙不会影响到他们。而其他人可能很少有机会见到狼，会因此兴奋难耐，于是热情地接纳它，成为狼聚乐部的一员——这个俱乐部临时成立，规模却也稳步扩大，其成员不论老少，不拘外形。其中一些人是黑狼彻头彻尾的崇拜者，他们给毫无准备的狼戴上了至善至美的王冠。另有一些人，包括生物学家，自然主义者，猎人、偷猎者，专业的、业余的摄影师以及一大帮市民，他们可能是州立法人员，可能是商店职员，还有可能是大学生或工程师，大家蜂拥而至，来看、来听他们今生见到过的第一匹活生生的黑狼，可能有人还会拍些照片或视频。不过，总而言之，这个休闲区面积够大，足以容纳狼和围观者，甚至还有多余的空间。然而，另一拨人却觉得狼是威胁，于是就有了牢骚：一匹狼游荡不去，离房屋、孩子和狗这么近，没危险吗？你肯定知道它绝称不上好东西。不行，得采取点儿行动才行。于是黑狼就成了公开场合和私下里人们持续不断的争论话题。

　　除此之外，还有一些人则长年健忘。狼出现数年之后，甚至日报和电台上不再出现有关黑狼的字眼和新闻时，公众关于它的苦恼和争论也都消失了，时不时仍有当地人承认自己十分震惊，竟然在湖上而不是别的地方看到一匹黑狼。人们仍旧从四面八方来到湖上，不论他们看没看见，听没听到，在意与否，消息还是迅速传遍了整个社区，慢慢地不断驱使着越来越多的人在某个下午突然来到门登霍尔湖，尤其是在阳光灿烂、道路坚固、冰雪冻结的日子。围绕罗密欧一生的种种反应已然非常复杂了——复杂难懂，矛盾重重，通常模糊不清，难以厘清，甚至不能准确描述出来。毕竟爱和恐惧比我们以为的更接近；而我担忧着它的安全，感受到二者在我胸膛里蠢蠢欲动，交织不分。我能想象到克拉伦斯·伍德冲我摇头的画面：他的旅伴与他一起猎狼数年，如今却为一匹狼惴惴不安。我仿佛能听见他带着喘息的低沉嗓音近在耳边：真漂亮的皮毛。你不能就那样对待它。我知道还有其他人也是这样想的。

但黑狼毫不在意，总是跟着我们行动，像狗一样跑来跑去。路口碰到了跟狗打招呼，偶尔打个猎，在喜欢的地方打盹儿，给自己选个剧场来一场狼嗥表演，在冰面上跑来跑去，顺着山坡跑上去，很快便跑得远远的。它的足迹不仅留在了人多的路上，还有海狸聚居的结冰沼泽地上。除非跟着它刚刚留下的足迹，否则你会被引到人迹罕至的地方，而我常常干这事。我随着它新新旧旧的足迹穿过柳树林，查探它落脚的地方，拨开它的排泄物，一看就是几个小时，它有时也在场，但多数时候不在。

尼尔森·格雷斯特是个伊努皮克老猎人，从小住驯鹿皮帐篷，搭弓射箭猎雷鸟。数十年前，他曾告诉过我，狼通常在它们喜欢的地方活动，路线一成不变，你有时甚至能预测到每次它们经过狭窄通道时会走到哪里，误差不过几英寸。这些狭窄通道就是设陷阱的最佳位置。"跟着它们的脚印，"尼尔森点头道，"然后你就会有所发现。"我在北方的经历早就证实了尼尔森的法则。我曾通过足迹认识了一对狼,但从未亲眼见过,它们常常从同一个地点穿过马尔格雷夫山(诺阿塔克山谷以北)中的一个峡谷,1982年至1984年冬天,几乎每两周一次。另一匹孤狼,我只了解它的足迹和气味点(常去撒尿的地方),它在安布勒村附近徘徊了整个春天。要么是它,要么是一匹经历相同的狼,数年后的三四月里又回来了,它的足迹几乎每周都会与我滑雪留下的印记交错。

　　黑狼越来越适应这种恋家模式,虽然适应范围极小——比我过去所见所闻要小得多。它的活动范围以门登霍尔湖西岸为中心,往高处延伸至麦金尼斯山上,其外延则往蒙大拿溪谷北边扩展了一英里左右。中心地带沿着布拉德山的陡坡和海拔高达三千英尺的奔雷山往东延展,跨过了疏浚湖区,人和动物通行的小道在湖区纵横交错,如同迷宫,蜿蜒着穿过海狸出没的沼泽地和改造后的砾石坑池塘。奔雷山因冬日雪崩轰鸣如雷而得名。山的北面千沟万壑,在疏浚湖区的西南角,就在门登霍尔河对面,还有一片沼泽林,林务局营地的大小道路纵横其间。再往外有一排房子,我们的家正在其中,临近营地,位于门登霍尔河上游。门登霍尔河冰冷青灰的河水从湖中流出,在山谷腹地穿梭前行,同相邻的疏浚湖区和兄弟桥周围的开阔地构成了一道林木走廊,一路向大海伸展绵延——这里乃是枢纽地带,联结着居民区、学校、教堂、商业区和商场,以及朱诺机场附近的一个工业园。机场靠近潮汐形成的肥沃沼泽地。总之,那个冬天,黑狼的领地总面积约有7平方英里左右。其实面积大到成百上千平方英里才更寻常吧。

虽然从人类的角度来看这样一片土地可能还挺广阔的,但对狼而言则不然。需要再强调一下,这是一匹孤狼,而不是一个狼群,而且它是新来的,因此地盘有限或许也是合理的。在这个范围内,它的活动确实可以预测到,偶有普遍中的例外发生。它时不时地会消失一两天。就在我们以为它已经离开的时候,它又出现了,回到了老地方。它似乎越来越少掩藏自己,它的所作所为表明不像是暂居此地的样子。

对于孤狼来说,在陌生的乡村地区最好还是谨慎行事。野狼丧命的主要原因之一正是生物学家所说的族群冲突——外来狼闯入另一个狼群的地盘而遭到杀害。想想黑狼是以什么视角在看待我们:它冒着生命危险,鲸吞蚕食着一个陌生的大型族群的领地。无论按照我们的还是它的标准来衡量,它的行为都是出格的。另一方面,离群独身的狼如果没有遭到杀戮或驱逐,有时会变成"卫星"狼,生活在一个族群的边缘,并不仅仅以其猎物为生,可能还在寻求归属感。或许过一段时间,"卫星"狼能找到机会溜进去交配,或者彻底成为这个族群的一员。还有一种可能,那就是这个外来者诱使一只准备离群的异性狼离开族群,一起建立自己的家族。因此,在新领地上采取大胆的行动通常会得到生物意义上的回报,足以促使这一特征传承下去。而每种情况是如何起作用的,归根结底关乎个性、时机和环境——大自然又一次进行了随机选择。或许有些怪异、费力,甚至因循守旧,但那可能正是自然运行的机制,正如数千年前在我们的先祖燃起的篝火旁所发生的那样：我们未来的盟友，等候着接受邀请。

如果我带着狗，通常只带一只——有时是像个假小子一样难搞却又淑女兮兮的达科塔，有时候是温顺的古斯。虽然我们多少相信黑狼足够宽容，但是那只最年幼的小伙伴蔡斯却是一定要拴住的。我试图找一个狼很少出没的地方带着三条狗一起活动，而不再去我经常独自出行的地方。我相信带着三条狗更有可能与狼近距离接触，似乎越喧哗它越开心。不过，我不希望只能在一群活蹦乱跳的狗里拍到它。尽管狼狗尽欢的场面甚是迷人，但我想知道它在其他情景下是怎样的，想了解它的其他侧面。此外，用狗做诱饵的想法似乎有点问题，哪怕它看起来对一些狗和狗的主人没什么威胁；其他人则未必这样想，我不想为别人树立榜样。为了逐渐戒掉"以狗做中间人"的习惯，我通常只带一条狗出行，让它紧跟在我身边。渐渐地，我常常选择独自滑雪或是步行出门寻狼。就这样，单独与狼相处的机会愈发难以觅到了。

不管这是否为我们所愿，达科塔天生就容易吸引狼，我们很难将这两个家伙分开。从人类的审美来看，达科塔确实容色出众，靓丽异常：胸部深厚，腰肢苗条，肌肉如同雕塑，皮毛似天鹅绒般柔软，尾巴像水獭般厚实，脸部的线条细腻精致，温柔的棕色眼睛周围带着天然的黑色眼线。当然，我们都认为自己的狗十分完美，但我们并非因爱自己的狗而夸大其词。几年前，埃迪·鲍尔来朱诺拍摄，曾选达科塔做过一段时间模特儿，那时它得到了很好的招待，特别受欢迎，与外形同样完美的人类在冰原上嬉戏追逐，我们还因此获得了一笔报酬。

虽然我们觉得它十分漂亮，但却并不代表着它具备对异性的吸引力。达科塔很小的时候就绝育了，与狼初次邂逅时，它快到九岁了，很难发出诱人的信息吸引热情的异性犬前来交配。无论基因多么相近，它也是另外一个物种了，与狼的相似之处再多，体型上也比寻常母狼小了三分之一。同时，还有很多更年轻更像狼的爱斯基摩混种，有些是结实性感的牧羊犬，还有些是阿拉斯加雪橇犬，相较之下，它们对狼的吸引力要大得多。

黑狼与我们的狗建立了深厚的近乎浪漫的友谊，但维持的时间很短暂，这很令人费解。多年来黑狼与许多狗都建立起了同样的关系。无论其意图为何，其行为都呼应了"狼"这个字所含有的某个过时的意义，并没有表现出卡通片所描述的邪恶。

如果黑狼看到达科塔，哪怕隔着老远的距离，它也会跑过来，开始作怪——哀鸣，踱步，像公狗一样摆出挑逗的姿势，站得高高的，竖起耳朵和尾巴，尾巴尖儿柔柔地摇晃着。这个距离根据狼的情绪和时机而有所不同，达科塔也会迅速地摇晃尾巴，躬下身子，摆出调情似的姿势，低低鸣叫着回应。如果我们放开它，这两个家伙就会神气活现地跳来跳去，好像初中舞会上被荷尔蒙冲坏了脑子的少男少女。我们跟监护少女的家长一样，两个家伙可怜兮兮地向我们请求，我们反复讨论后才勉强让步，偶尔让它们短暂接触后就立刻将达科塔唤回来。随后，黑狼常常跟着我们回家，它会慢慢落在我们后面，最后独自站在冰上，仰天长啸。

几乎没什么声音能比狼嗥更忧郁了，但黑狼那时候的叫声似乎含着极端的沉痛。有时它看起来万分绝望，不再像平常那样停下脚步,反而一路跟随我们回到家里,大步跑到我们前面,试图将我们赶离房屋。黑狼当然认得我们和狗,但是现在,它也认得我们那个奇形怪状、高高耸立的木屋子了,也不知此事是好是坏。雪莉说,把狼关在外面,听着它哀号,看着它在院子边儿上踱步,真是痛彻心扉。我敢保证,如果雪莉生活在虚构的和平国度里,她会将它引进家中,让它洗个澡,替它搓搓耳朵,还会让它跟我们的狗一起睡在床脚边。而它踱步的姿态,哀号的声音,似乎都在诉说着对伴侣的渴求,让人觉得它可能正是为此而来。

当然,并非所有人都跟我妻子一样认为狼性本善。一个下雪天,我碰到一位暴脾气的老人,他眯着眼瞧着雪地上的罗密欧,垂眸看看他的西班牙猎犬,唾道:"见鬼!这些狼应该有多远滚多远。"说罢绕道走了。我们的朋友安妮塔刚从外面回来,一名女士拦住她,问她有没有看到那匹"无赖狼",话里好像在说它一直在偷吃小孩子似的。不难发现一些人的不满情绪正高涨起来。

一天早上,雪莉拉开卧室的窗帘,黎明的天灰蒙蒙的,她看见狼孤零零地卧在外面,直勾勾地看着房子。"罗密欧又来了,"她嘟囔道。虽然起初她并没打算拿罗密欧做黑狼的名字,只不过是私下里这样叫它,挺合适的,也就用下来了。她说,毕竟我们十分了解它,也认识它很长时间了,我们应该给它起个名字,而不是就叫它"那匹狼"。她反复在牙科医院里跟同事和病人提到这个称呼,于是"罗密欧"这个名字就传开了——至少在媒体介入之前,朱诺人都知道了。

这并不是什么命中注定的爱恋,情形反而往往是这样的:天色昏暗，达科塔呻吟着，用力拽着皮带，我和雪莉拖着它，而狼与我们并行，一路上经过高高低低的树丛，等回到院子里，我就扔去雪球将它赶走。我希望能跟它解释原因，令人心痛的是，我却无法向它解释，这残忍的举动背后隐藏着的是善意。周边有些邻居不喜欢黑狼，滑雪休息室外道路上的车辆时速超过了50英里，我们不能任它逗留于此，也不能决定它跟从多远。我们下定决心，做出了唯一可行的选择：将它们分开。雪莉就此指出，我们也许不该再继续外出了，至少我们自己可以退出。正因为黑狼能接受我们，越来越多的人和狗涌入，就不太妙了。我们反复讨论这个问题，减少了外出，而其他人则站了出来，顶替了我们的位置。

我见黑狼接触过数百条狗，虽然看起来含情脉脉，但它从来没有出现过调戏行径，也从未尝试过这样的举动。虽然它是个成年雄性，有正常的生理冲动，而它在交配季里至少遇到过一些愿意接纳它的雌犬。但我也没听人提过它的交配行为，甚至第一个交配季里，有位女士牵了发情期的爱斯基摩犬到冰上来，希望能让它们结合生出一窝杂交狗，这愿望也落空了。多年以来，这始终都是一个谜——湖面上始终没奏响过浪漫爱情的序曲，没有轻嗅和舔舐，没有爬背交配的行为，甚至没有以玩乐或主导的姿态出现过，哪怕粗鲁的狗时不时地也会做出后一种行为。狼每年确实只有一个交配季，是从晚冬到初春的短短一段时间，但是已知雄性狼和杂种狼其实整年都会回应发情期的狗。这家伙却不然，明明它的"硬件设施"也是齐全的。不过由于狼皮毛浓密，层次繁多，远不如狗的器官显眼。在旁人看来，交配的冲动或许就是一种本能，由荷尔蒙刺激而做出的一种回应，努力适应这个种族的生育机制：每年通常只有地位居高的"夫妇"可以生产一窝小崽子。不论是什么原因抑制了它的冲动，这些年来，这至少减少了一个潜在的导致冲突的根源。对于已经不甚乐观的形势而言，这实在是一件好事。

4
吉祥物

2004年3月。

傍晚,夕阳斜照,我向北滑行前往冰川——那一天第二次环行五英里。早些时候,狼尚未出现在营地,于是我去遛狗,并速滑前往,想看看它怎样了。前行了约莫一英里,发现冰上出现了十分熟悉的场景:人们站在滑雪板上,看着狗跑来跑去,上前与狼戏耍一阵,休息一阵。我靠近些,认出有些狗和它们的主人是常客,可能混入了一两个新人。其他人和狗远远地站在湖对面,三三两两的,都在看着这一幕。那时我已经跟狼玩得很熟,知道这游戏很可能会持续几分钟甚至半小时。2004年3月中旬,事情便发展到这个地步了,其实距离我们第一次看到黑狼,也不过四个月而已。

罗密欧已经从新闻"小人物"蜕变成了大红大紫的"名流"。随着白昼增长,天气晴好,大批朱诺人被吸引到冰川地区,而我们家就住在这儿,观察黑狼有得天独厚的优势。山脉闪烁着白色的光芒，映衬着卷云片片的深色苍穹；几英里长的滑雪道和步行道遥遥呼唤着人们前行。而在那儿有一匹狼等候着，那画面好似电脑生成的特效。当然，我们一眨眼，这个画面就转瞬即逝了。而黑狼确然存在着，它呼出的气息，它的爪子在雪地上凿刻出的印记，如同它眼里奇异的琥珀色火焰一样生动如许。

它在好几个地方流连忘返——巨石滩，后面的西冰河步道停车场，以及从疏浚湖区沿岸的河口往东的几处地方。这些地方每一处都能碰到它的身影，因为这几处具有对狼有利的特点：视线开阔，且有利于嗅觉发挥作用；连通已知的道路网；可就近逃往林木茂密的地方；附近还有好的狩猎地点和行动路线。它选了这些地方与我们的狗相会，当然也别无选择地与我们人类相遇了。虽然我们可能认为那些区域都是我们的领地，因为是我们筑造了那些地方，在附近的土地上留下了印记，但同时也是狼的地盘，它用气味和声音留下记号，我们察觉不到，也猜测不明。无论准备充分与否，这个首府城市已经迎来了一场剧情荒诞的观狼盛宴，表演随时都有，人人能看，甚至不用下车，在停车场就能大饱眼福。随之而来的还有这场真人秀的食谱：将一匹大黑狼和一座三万多人口的城市丢进一口锅里，搅拌均匀，袖手旁观。

冰川区围观的人越来越多。人们拖家带口呼朋引伴在湖上闲逛，听到罗密欧的呼唤，便回过头去长啸应和；也有人会挑些奇奇怪怪的时间鬼鬼祟祟地沿湖环行，谁知道他们想干吗！消息不胫而走，只需带着一条狗，就能吸引狼靠近，这事儿棒极了。完全不用担心，就好像去阿拉斯加的巨型游乐场兜一圈儿。有些人甚至完全没接触过大型野生动物，也几乎不知道如何控制他们的狗，随随便便就来凑热闹。有些人借了狗或者跟在别人后面只求近距离看上黑狼一眼，这也增加了围观群众的规模。能跟大型野生肉食动物亲密接触，确实扣人心弦。这样的氛围诱来了形形色色的看客，还有一些原本对狼没有丝毫兴趣的人，也因此受到了愚弄。我无法责怪他们，虽然我希望他们待在家里，不要瞎凑热闹。而实际上我跟他们有何不同呢？被大群人类围观着，黑狼始终无动于衷；虽然它从湖边观望着，可一旦他们靠近一百码以内，它就会消失在灌木丛里——不过从狼的角度来看，这距离已然是近得不可思议了。

事实往往都是这样的，越来越多的人与黑狼慢慢熟悉起来，随之而来的是人们对潜在危险的不可避免的轻视。虽然有很多人拴着狗，控制着声音，但也有人并没意识到，让不同体型、外形和脾性的狗对着狼狂吠、嬉闹、追逐，其实是有危险的。不少人鼓动宠物接近罗密欧，想让宠物与那个俊美的黑衣来客亲密接触，其中有些宠物外形可怖、牙尖声厉。哈，为什么不让小家伙们排好队，摆好造型，与狼来个全家福，作为明年的圣诞贺卡呢？虽然听起来可能古怪了点，但那个冬末，我见过很多人真的带着小孩儿那样站着拍照，这些年来都时有发生。

不止一次有人塞个傻瓜式相机给我，问我是否介意帮他们把黑狼当作背景拍进去。考虑到很多人——也许算不上大多数——对于狼的行为并没有判断力，也不知如何应对，一切都取决于狼。一旦发生由于人类不了解狼的性情而做出惹怒狼的举动,人们一定会责怪狼,那么,狼就是替罪羊。它有可能会出于自卫而攻击人类或他们的狗,尤其是有些人会做些相当过分的事情:挤得越来越近,有时还围着它,突然做出动作,有时将它追至桤木丛中。一匹狼再怎么合群,也是有它的底线的。

与此同时,越来越多的摄影师加入了进来,他们在湖上吃力地拽着设备,调整角度,试图拍摄一张平生难得一见的画面。其中有一位当地的专业自然摄影师约翰·海德,才华横溢,广受好评,他几乎每天都会出现,很快就成为湖上一景。他和我一样明白这个机会多么难得,不过显然他比我更乐意突破界限进行拍摄。虽然我有时候恨得牙痒痒,不过还是忍住了,没对他指手画脚。有一件事是确定的:如果罗密欧建个照相亭,拍张照收50块,它一定会大发横财,而不会让人一听到"狼"这个字眼就联想起血腥的画面。

黑狼不可避免地引起了轰动,产生了不小的影响,以至于负责监管该地区安全和大众行为的机构不敢掉以轻心。门登霍尔冰川休闲区有一小片属于广袤的汤加斯国家森林公园,该森林有1 700万英亩,是美国最大的国家森林公园,林务局负责对这片土地及其使用者的行为进行管理。虽然联邦管理局自己保有大部分监管和执行权,与阿拉斯加州的执行权有所重叠,边界不清,不过野生动物管理问题(比如一匹太过友好的狼)一般都是推到阿拉斯加渔猎部头上的。黑狼游荡的这片土地,其中大部分土地的所有权其实是联邦政府的;黑狼本身,则属于阿拉斯加州;涉及其管理权的法律,则符合联邦和阿拉斯加州两级政府。然而，罗密欧漫步一天，可能从联邦土地上出发，晃荡到私人领地上，跑过城属区，又晃悠到一块州属地上，最终又回到冰川——每块区域都有一套规则、章程和法律。有关管理、公共安全和执行的问题可能牵扯到阿拉斯加渔猎部、阿拉斯加野生动物警察署、美国鱼类和野生动物管理局、美国林务局，甚至还会把朱诺警方卷进来，这就完全取决于可能发生的事情及事发地。由此可见，不仅管理的司法系统混乱，而且这个问题还掺杂了太多感情因素。第一个冬天里，所有机构就黑狼采取的措施最终可归结为一个词：按兵不动——这其实是积极的做法。

虽然黑狼于官方而言是个不安定因素，但它自己的行为决定了整件事情的基调。到底该如何处理一匹友好的狼？要知道它的友好表现并非心血来潮，而是始终如一。这事儿前所未有。虽然它看起来好像构成了很大的威胁，有些民众一看到它靠近小孩儿可能就会口出恶言，火冒三丈，但目前为止，它其实并没造成任何麻烦，不过是吃吃水貂和山羊罢了，比起普通的扒垃圾的熊可吃得少多了。

渔猎部在《朱诺日报》上发表过一两封建议信，警告居民与黑狼保持距离，遵守常识，管好家犬；除了人和狗的安全，黑狼也可能会感染狗携带的疾病和寄生虫，而后传播给野生动物——人会威胁到狼，反之亦然。有些市民也给报社写了信，对于物种间过于亲密的行为表示了担忧和义愤。他们传递的信息非常明确：人和狼就是不应该混在一起。

然而看不出是否有人读了日报。考虑到整个形势——区域面积广大，人口颇多，黑狼乐于与狗交往，参与人数众多，黑狼对人类的容忍度越来越高，并且很多人对它抱有极大的兴趣——几乎不太可能切断双方的联系，除非关闭整个休闲区。人与狼的亲密接触几乎天天上演，委实在所难免。"我们身处人迹罕至的土地，"彼得·格里芬时任林务局的分区营林监察一职，他若有所思地眯着眼，而后咧嘴笑了，"我们选择按兵不动，因为我们没有理由……一匹狼出现在阿拉斯加的国家森林公园里，看起来是很妥当的事情。实际上，我觉得身边有匹狼是件很威风的事情。真正要管理的是人而不是狼，而人们多半表现得彬彬有礼且富有责任心。"虽然也有一些例外，黑狼和人类都犯过无数的小错，他的观点却是站得住脚的。目前为止，一切都比预想的要好。

自然没人问过黑狼是怎么看待这个观点的，它的行为清楚地说明了它认为自己有继续待在这儿的权力，好似它在巨石滩上张贴了宣言。会见家犬是首要任务，如果狩猎、陪伴其他狼或者躲开人类更为重要，它早就去了别的地方。社交欲望主宰了它的行为，不过同时也暗示了它的基本生存需求得到了满足。它始终可以心血来潮便杳然无踪，又悄然现身。然而，黑狼仍旧没怎么表现出离开的意愿，至少就它自己对离开的理解来看是没有。

平常的冬日里，晨曦未亮，人们早起热身遛狗前，它就先就位了，如同考勤签到。当然，它有自己偏爱的时刻，不得已的时候，其他时间也能接受。上午晚些时候，像往常一样平静一阵子，它会在附近找个视野良好的地方打个盹儿。至于到下午过半，甚至黄昏时分，它是否还会再出现在公众面前，那就不一定了。黄昏时分，结束了一天工作的人们都赶了过来。因为天气糟糕的时候，人和狗往往会减少外出，黎明前或夜里摸黑出来还要更好些呢。和大多数狼一样，罗密欧在黎明和入夜时分最为活跃，而此时大多数人都在睡觉。当然，如果合适的话，它可能会选择任意时间狩猎、睡觉、出游。

黑狼出现的时间与人们上班或睡觉的时间大致吻合，有些勤劳坚毅的本地人觉得这正是与黑狼接触的大好时机。有个长着鹰钩鼻的家伙，四肢瘦长，迈着大步，总牵着条高大的黑色拉布拉多混种犬。有时候天刚亮，我便从家里看到他在冰原上进进出出，一直摸黑在疏浚湖区里与黑狼晃荡，也不知待了多久。而那些日子里，天气太坏，其他人连门儿都不出。我不禁十分钦佩他的执着，但也隐隐觉得不快：他去了哪儿？他到底是谁？那时候我甚至不知道他的名字，好些年也没当面碰到过他。虽然通过电话，隔着几百码的距离路过时，也不过是漫不经心地挥挥手，但我和哈利·罗宾森注定是要成为盟友的，随后又做了朋友，由于对黑狼深深地喜爱而走到了一起。多年之后，我才听到了他的全部故事。

哈利和布莱顿（哈利的狗的名字）与我们差不多同时碰到黑狼。他们不是在冰川区邂逅黑狼的，而是在门登霍尔山谷下三英里的一个小山坡上，那是兄弟桥路的一条支线，更为偏僻。那条路经过一个林木茂盛的保护区，与门登霍尔河并行通向大海。20世纪80年代末，朱诺城高速发展，似乎要囊括整个山谷地区，于是这条通道便被搁置一旁了。周围皆是居民区和商业区，这一带既是广受欢迎的休闲区，也是那条野生动物通道的一部分，将冰川与滨海地区连接了起来。哈利一直趁着冬日凌晨的夜色将布莱顿带去那儿，他还记得，布莱顿有时会溜进路边山坡上的林子里，直到听见他的呼喊才会回来——不过它仍然专注于上面林子里某只不曾露面的动物。那时候，哈利与一友人遛狗，在新雪上发现了手掌大小的爪印，而旁边并没有人类的足迹，他们觉得这是某只大型犬漫步时留下的。在路的下一个拐弯处有一小片草地，他们在那儿发现自己的宠物正和那些足迹的制造者玩耍。而那制造者，竟不是狗。

"它高瘦而笨拙，"哈利说，"但十分庞大，皮毛丝滑光亮，就跟刚从美发店里出来一样。"布莱顿和黑狼看起来相处自在，彼此熟稔，哈利猜想布莱顿消失的那段时间很有可能是跟狼混在一起。"它们蹭对方的鼻子，互相蹭来蹭去，就跟老朋友似的，"他回忆道，"它似乎没这么喜欢我朋友的狗……有一次，它站在布莱顿旁边，侧身从它背上跳过去。相当惊艳。"灰扑扑的小雪扑簌簌地落下来，两位狗主人定定地站着，挪不开步子，他们不知所措，担心自家宠物的安全。就跟我们所有人早先一样，他们有点多虑了。最后，他们叫回了狗，拴好狗绳，就在这时，狼仰天长啸。不知道那意味着什么——焦虑不安，进而激起了好斗情绪？谁知道呢——两人当即离开了。

和我一样，哈利一下子就上瘾了。哈利家历来钟爱户外活动。他父亲是个常常外出游历的百事通，曾做过狩猎向导，很早便教他追踪、求生和射击技能。四岁时，他家在山里抓到一只失怙狮崽，哈利跟它玩得很好，成年后，他仍对野外世界和各色动物十分着迷。他在华盛顿大学取得了地理学学士学位，在户外用品商REI的西雅图办事处做兼职野外向导，带队前往喀斯喀特山脉中心地带，参观那些被遗忘的矿井。他也曾独自探索过人迹罕至的偏远地区，数次碰到野狼，皆是一晃而过，而根据官方说法，那些地方是没有狼的。他还曾在西雅图林地公园动物园做志愿者，设法与动物园的狼崽相处，与它们建立了特殊的关系。

与他日渐情深的女友早他一步北上，他便也听从冒险的呼唤，接受了一份工作，于1996年搬到了朱诺。虽然那段感情以分手告终，他还是定居了下来，重拾他在"外界"（阿拉斯加人如是称呼其他48个州）一度置之不理的爱好——在周围的山里远足，很多时候他都是独自前往人迹罕至的地方。从当地人道主义协会收养了布莱顿后，它便始终伴随左右，随后又成了他"派往"野外世界的"特使"。

大多时候，他都选择天还没亮之前与狼会面，不止在兄弟桥，还有门登霍尔湿地野生动物保护区北端。那是一片物种丰富的沼泽地，由潮水冲刷而成，点缀着一片片树林，周围有居民区，以及棋盘似的工业区，还有机场。其实从阿拉斯加对"野外"的定义来看，这里看起来不怎么像野外，不过现在野外的象征——狼——来到了这片土地，用它的出现重新定义了"野外"一词。狼在寻找哈利和布莱顿，反之亦然，彼此感情日益增进。虽然布莱顿被切除了卵巢（似乎是当地通行的做法，但也有例外），但它身材高大，体重上也比大多数狗更与狼匹配，虽然力量和风度上全然不及,但没有哪条狗能跟狼一样孔武有力又风度翩翩。一狼一狗相互之间似乎非常了解,狼和狗撕咬摔打,常常还被狗恐吓。虽然不断受到假意欺侮,罗密欧始终没有回击——这似乎又在彰显它与生俱来的好脾气。它们互相吸引,而同时呢,哈利也没想到自己会对狼有兴趣。随着对狼的喜爱日益增进,他的举动也顺着一狼一狗的喜好了。对于布莱顿与罗密欧的交往,哈利保持中立的姿态,从不阻碍,一直很冷静,并逐渐为这个小圈子所接纳。

初步接触后的那几周里,哈利、布莱顿和黑狼将会面地点转移到了冰川上。也是从那时候起,那里成了黑狼的大本营。就哈利而言,门登霍尔冰川休闲区比起野生动物保护区或兄弟桥更具优势——窥探和干扰更少,而漫步的空间更多。这个铁三角不只在黎明前碰头,晚上也会,有时会在疏浚湖区里消失好几个小时。当哈利抵达停车场,他会清啸几声(他承认比真正的狼嗥差得远了),几分钟之内,黑狼就会出现。不管口音糟糕与否,罗密欧确实清楚地辨认出了信息和它的发送者。然后他们一起离开,黑狼带路穿过它的领地,前往林中无人打扰的僻静空地。哈利有时会比预期逗留更久;幸运的是,他的工作让他得以重新安排日程。作为一名无牵无挂、专心致志的单身汉(他曾是华盛顿州台球锦标赛顶级选手),他尽其所能培养狼和狗的这段关系。

"布莱顿对狼来说似乎非常重要,"哈利说道,"你能从黑狼看见布莱顿的反应里看出来,而我们离开时,黑狼有时也异常失望。我不愿让它失望。"黑狼——哈利私下里称它狼孩儿——成了他生活的重心。

同哈利一样，我也会趁着冻出鼻涕的天儿独自出门——有时候雪下得很大，黑狼的背部和头部都积起了厚厚的雪，变成了白色；有时气温骤降，严霜布满了它的口鼻和睫毛，毛发冻结，而它嗥声渐起；有时突然解冻，湖边冻土变软，泥泞不堪；有时雪深云重，每一脚都得小心翼翼。在那些时候追寻它的踪迹，我倒是弄明白了一件事：黑狼每天生活的这个世界，条件之艰苦，超出了我们的想象。

在晚冬阳光温暖的日子里走在湖边的小道上，那又是另一回事了——那是野外体验和壮观人潮的奇异结合，有时气氛高到狂欢节一般，尤其是周末。每周会有一大帮人和狗——有些人是坚持数日的"顽固分子"，有些人则纯粹是出于好奇，有些昂首挺胸，有些小步疾行，有些踢踢踏踏，有些迈步狂奔，有些轻盈滑行，纷纷朝那匹孤狼进发，在它周围打转儿，好似扔进人流里的一块黑石头，激起了漩涡。

罗密欧始终都是个极好的小伙伴，哪怕有些混血犬傲慢地撇嘴，还在它温和地伸出鼻子时咬上一口。有时一群乐颠颠的滑雪者带着狗围住了它，切断了它的退路，无意间造成了威胁，它也不以为忤。大多数狗同它们的主人一般，罗密欧和蔼可亲，它们也回以善意。有些人小心翼翼，抑或心惊胆战；有些人则毫不在意；只有极少部分人一开始便气势汹汹。如果狗变得凶猛好斗，而狼并不会打倒冒犯者，反而会夹起尾巴避开无足轻重的发难，或者突然跳起来掺和到游戏里去。这匹狼铜皮铁骨，重达120磅，却对有些甚至不及它膝盖高的混种狗做出安抚的姿态，还温顺地跟在它手底下过不了几招的粗俗小喽啰厮混玩乐，这个场景十分怪异，但我们都见怪不怪了。

黑狼出名了，人们对它议论纷纷猜测不断，包括我们一直在思忖的那些问题。它的过往成了神秘的焦点。2003年4月，一匹黑狼在门登霍尔冰川游客中心附近命丧计程车车轮之下，大多数人认为，罗密欧与那匹黑狼相关，这个想法逻辑上完全说得通。母狼被撞死后，目击者听到过林间传来的狼嗥，那可不止一匹狼。死去的母狼育有四只狼崽，才出生几周。或许正如一位女士后来说的，罗密欧是母狼的伴侣，心碎绝望，羁绊此地，无止境地寻找它的朱丽叶。

很多朱诺人猜测，黑狼的名字便是来自于这段传闻中的恋情。而这联系也许能够解释为什么罗密欧在此地徘徊不去。这种解释再合适不过了，它将整个故事颇有道理地关联起来，赋予其人类的情愫，听来让人畅快。

雪莉念叨那个词时或许并不是这样想的，与其说是给它起个名，不如说是突发奇想罢了，但我们知道，故事至此有了生命，不再为我们任何人所掌控，也不为黑狼自己所左右了。

研究和目击者的讲述表明，狼一旦拥有伴侣，就终生不渝，同动物世界的其他成员一样，是单配性的物种，其忠贞可令许多人类羞惭不已。狼学者哥顿·哈伯博士曾报道过，一匹公狼找到死去的伴侣，将其掩埋，在原地躺了十天。

大约十年前，我曾与克拉伦斯剥过两匹狼的皮，一匹是体型庞大的黑色公狼，还有一匹是灰色母狼，几乎可以肯定，它们乃是狼群的头领。我们返回埋尸处时，发现一圈足迹，说明先前狼群来此祭奠了它们死去的家人——我十分艰难地认识到这一点，久久难以释怀，以至于在已然前行多时的道路上越走越远。

通过家犬，可以更直接地看到狼群中的紧密关系，无数例子记载了它们对人类同伴无条件的忠诚、钟爱和牺牲：从火中救出婴孩，在死去主人的坟头徘徊不去，千百里流浪寻家，此种例子数不胜数，遍布历史和文学作品之中。费多（Fido）在拉丁语里表示"忠诚"，常常被用作狗的名字，真正实至名归；它们倾向于形成、维系并遵从强大的社会关系，其根源深植于狼的基因里。族群的行为十分复杂，一个族群要取得成功，三大主要任务便是狩猎、抚育后代及守卫领地，这就需要成员对家族共同怀有亲密无间的奉献精神，我们对自己的宠物敬重有加的正是这样的付出。当我们凝视家犬充满敬慕的眼睛时，其实我们看到的是一匹狼的灵魂经过驯化打磨后的模糊样子。两者关键的不同之处在于，通过选择性的抚育，我们成功地驯服了狗，令其对人类忠贞不贰——不仅为我们服务，也同样爱我们，爱我们甚于爱自己。有人或许会认为这是一场交易，因为人类占据主导地位，领导它们，喂养它们，给它们安定的生活。研究犬类行为的专家都赞同这一理论：我们对狗的驯化，如同将青少年拘囿起来，而这是完成转变的必要条件。同时，野狼一贯仅仅依赖彼此，因而我们对与狼同宗同源的狗，也带着崇敬、怀疑、恐惧的复杂情绪。

狼群的凝聚力令人叹为观止，根本原因在于其族群的核心是一对夫妇,这对夫妇间的联系非常紧密;事实上,一对夫妇本身就可视为一个族群了,而这个族群其实也能看作是它们的。用人类的话来说,它们是一个家庭,这是比"族群"更为准确的描述,因为族群隐含有乌合之众之意。

虽然研究者记载了一些特例,但大多情况下,一个族群里只有一对负责繁殖的狼,那就是领头的公狼和母狼。它们常常明显地对彼此表露关爱——磨蹭、玩乐、同眠、互相梳毛。如族群还有其他成员,则是长大后尚未寻找伴侣的狼崽子们,可能也有被收容的离群者。这些较年幼的动物,与其父母及同伴紧密相关,形成绝对主导、完全服从的族群等级。在这一秩序下,根据猎物获取权、族群活力、体型和性情,族群得以在玩乐、战斗、狩猎、喂食、迁移等日常活动中保持井然有序的状态。体型大的狼通常压服小一些的,事实上,族群里体型最大的成年狼通常是主导的公狼,或称头狼。虽然幼狼能得到整个家族的宠爱和双亲的关爱,但只有小部分狼崽得以成长到生育年龄,即两岁左右。但实际上通常它们要推迟好几年才能交配,这就取决于运气、机会以及个体欲望了。困难时期,年幼弱小的狼通常首当其冲地面对死亡;由于狼繁殖迅速,总量骤减后也能快速恢复。从生物意义上而言,成年狼比幼狼更有存在价值。幼狼涉世未深,易判断失误,注定要饱受伤害;如果幼狼靠近人类,其天生的强烈好奇心轻易便能导致它落入陷阱或吃枪子儿。此外,在与邻近群体战斗时幼狼也可能遭到杀害,饥饿也会造成沉重的打击。

幸存的幼狼通常会在一到四岁时离开族群,有时为追求伴侣创建领地不惜流浪万里。研究发现，在任意选定的时间里，大约15%的狼都处于离群索居的状态。当然，根据当地环境，各个族群离群之狼的比例或许大相径庭。大多独行的狼都尚且年幼，其余的则是经过人类大肆屠杀后幸存下来的，也有些狼莫名选择独自生活，可能暂时孑然一身，也可能永远遗世独立，后者极为罕见。无论来自何方，这些边缘者的死亡率总是远远超过生活在正常族群里的狼。因为虽然同样面临着来自四面八方的威胁，却没有一个紧密的群体能为它们提供庇护。生物学家哈伯曾观测到，孤狼等同于死狼——或许有些言过其实，但也没怎么夸大其词。罗密欧始终举步维艰。

黑色母狼在我家附近因车祸罹难，当时正是交配季节后几周，再过几周狼就要开始筑巢，与伴侣高度合作，全心投入育儿大业。鉴于此，人们听到在林间哀嗥的那些狼里，死去母狼的伴侣很有可能就在其中；如果只是暂时分离，它或许连续数日甚至数周长嗥不止，检查母狼留下气味的地方和碰头的地点，试图寻找到它。间接证据似乎与"失侣论"相吻合：罗密欧翌年夏天出现在疏浚湖区，距离母狼出事的地点不过一英里左右。然而，它的年龄又削弱了这一论断的合理性。在一个稳定的族群里，两岁的公狼少有交配的机会，只有更年长更有权力的成员经过千辛万苦才能赢得交配权。另一方面，特定条件下，年轻雄性获得交配机会也并非天方夜谭，其实罗密欧很可能就属于这种情况。根据渔猎部记载，前一年三匹狼在金块溪流域被合法捕获。金块溪位于冰川南面，布拉德山和奔雷山之间，沿岸峭壁耸立，地理位置上十分接近。它们很可能属于同一族群，其中一匹狼也许就是母狼原来的伴侣。由于它离开了，更年轻的公狼就凭借本领占地为王，做了它幼崽的父亲。研究者正好记载了在秩序混乱的族群中会出现这样的情况。一个狼群非常迫切地想要生育幼崽，这是烙印在基因里的观念；如若错过了生育年份，狼群则会面临数量锐减的风险，甚至灭亡。而罗密欧的体型也支持了这个观念：它可能抓住机遇，掌控了更幼小的狼，并成为黑色母狼的伴侣。

其他的可能性也存在。罗密欧可能并非母狼的继任伴侣，或许就是母狼前一季的幼崽，或者是母狼的兄弟。虽然它们极有可能确实是同一族群的成员，但也能认为它与此毫无关系，只是恰好在母狼死后数月出现了，而幸存的狼散布开去，它或许是前来填补领地空缺。

2011年2月，美国国家公园管理局生物学家约翰·伯奇在查理河上游的一条支流上给一头100磅的公狼装上了携带卫星监测仪器的颈圈，公狼失去伴侣后，四个月内竟迁移了1500英里——从阿拉斯加中北部到加拿大育空地区，北抵麦肯锡三角洲，西行再度进入阿拉斯加，走进死马镇20英里范围内，踏足普拉德霍湾广袤的油田。途中，它蹚溪渡河，在冰刀霜剑的时节穿越育空，跨过宽广的豪猪河，翻越崎岖的布鲁克斯山脉。无从得知它为何要流浪，但很显然，它本来在数英里之内就可以找到伴侣或领地。想想那匹狼：喜欢群居，有地盘意识，智商颇高，却独身穿行条件艰苦的未知山区。这种行为乃是这个物种与生俱来的，但并不意味着这就很容易办到，对它自己造成的损失难以量化。虽然我们得以通过全球定位系统上的地点跟踪这匹流浪的孤狼，也能利用已有的研究对获取到的数据进行比较，但我们不能绘制它的记忆和经历，也不能通过镜头准确预测它的情绪。人类辨识重大损失的能力由来已久，如果一条狗能够因得失而有情绪上的变化，那么一匹狼当然至少也具有同样复杂的情绪。

这一复杂的内在情绪引起了人们的思索，从而引发了狗与狼的智力对比。纯粹从身体角度而言，经过驯化的狗的大脑，考虑到其身体尺寸，比其野生祖先要小25%，这一重大变化足以导致某种能力的退化。然而，在这一领域进行实验的研究者认为，跨物种智力对比其实是靠不住的。我认识一些伊努皮克老人，他们终身与雪橇狗为伍，也抓捕、观察野狼，在实践中形成对狼和狗的认知，又代代相传下去。他们普遍认为普通狼要比普通的雪橇狗聪明得多。这是从野外生存的角度做出的判断：寻找并杀死猎物，避开陷阱，从经验中学习，引入并解决新问题，不一而足。另外，用狗拉雪橇的伊努皮克人都知道，狼崽或带有狼的血统的杂交犬野性难驯，很难学会拉雪橇以及与人类合作。大多数狼、狗杂交的品种很易受惊，难以安抚，甚至颇具威胁性，虽然这个品种对于物种基因的改善很有价值。我在诺阿塔克有位邻居，名叫德怀特·阿诺德，是个老派的伊努皮克老人，他有一条体型庞大的狼狗。这个狼狗杂种逐渐变得野蛮好斗，除了德怀特谁也无法靠近，与其他狗也隔得远远的。要从这样的杂交品种中培育出可为人类所用的狗，需要经过好几代仔细的繁殖和筛选。简言之，北极地区东北部的狼和狗在基因上是十分相似的，但熟知它们的人仍认为它们相去甚远，尤其是在关键的一点上：与人类合作互动的意愿和能力。

研究这个课题的科学家比较了人工饲养的狼和家犬解决问题的能力和学习方式，认为狗在解决问题时依赖人类同伴。而狼呢，哪怕很早就受到人类的影响，与其饲养者在感情上十分亲密，也倾向于独立思考和行动。此外，狼对因果关系似乎具有更精微的理解；而狗，尤其是边境科利狗和蔡斯这样的澳洲牧牛犬，则更擅长领会人类语言的微妙之处，并对此作出反应。然而，很难对两个物种的整体智力水平做出具有统计意义的比较。研究这个问题仅有的一些实验比较了聪明的狗和关在笼子里的狼。前者是从人类的角度而言，大多实验对象似乎都经过密集的训练，颇为聪明；后者与其野生同类相比，所经历的环境和社会关系太过简单，而且其繁衍并没有经过筛选，整体智力很有可能有所降低。正如所有精明的饲养员都会告诉你的那样，狗在智力、学习意愿或学习能力上相差无几；大多数人也会赞同，人类亦然。有理由猜想，狼也没什么不同——虽然野生环境的自然选择很有可能会进一步破坏基于家养的狼得出的任一可靠结论。还有一个问题，那就是区分通过基因传递下来的、天生的知识与个体后天主动的、适应性的认知分别对于智力的影响达到了何种程度。这里所讨论的智力，在持有维多利亚时代观点的人看来，不过是不经大脑的本能，包括达尔文在内。他是犬类坚定的爱护者，认为狗在道德和智力层面优胜于狼。我们能相对肯定的是，这两个物种虽然在很多方面都很相似，有些智力能力是重合的，但也有不同之处，分别为其独特的环境所改造。基于经验和研究，我认为，就纯粹智力、感觉和解决问题的能力而言，普通的野狼就足以等同聪明的狗，很有可能在其之上。与我们相处的过程中，罗密欧证明了自己非常聪明。有些人仍认为罗密欧一定是重获自由的狼狗杂种。他们觉得这能够解释对它狗莫名的吸引力以及它对人类的高容忍度，也消除了这样的错误认识：一匹纯野生的成年狼会有那种友好得要死的举动。

然而，也有很多人长时间与狼及其他动物接触过，指出其中的不合理，暗示了另一种解释。不止约尔·班内特，还有我的老友兼作家及摄影师同事塞思·坎特纳，后者成长于布鲁克斯山间一个农庄里，那里狼的数量随着驯鹿的增减而起伏变化。一次他与我同行去湖的南边观察黑狼，认为它显然是一只野生动物。邻居蒂姆·霍尔出生于加拿大西北地区，见过不少狼，也赞同这个判断。三月里的某个清晨，平静无风，阳光炫目，我们停下来看着湖边的罗密欧，蒂姆倚靠着那辆大块头的"雪上飞"机动雪橇的把手。以前他用这车在湖上设置滑雪道。"不，"他冲着狼点了点头，"那是原装的。"

由于缺少科学试验，无法对比死去的母狼和罗密欧的DNA来验证它们之间可能存在的联系（虽然讨论过这个测试，但没有尝试过），所有关于这匹狼的来源的说法也不过就是猜测罢了。对于那些问题，永远都没有确切的答案，或许这种神秘感愈发浓厚，正是最适合这个故事的走向。

无论黑狼来自何方，我们在一件事情上达成了一致。这个星球上，没有什么能与这事儿相提并论了。即使没有族群来往，但它仍是一匹狼，就在那儿，比起任何人听说过的故事都要可信。甚至更早些的时候，罗密欧轻盈优雅的身姿就已经成了朱诺一景。对一些人而言，它不过是引发了些好奇心；但对越来越多的旁观者来说，它是一个新邻居，一个生来便魅力无限的交际小能手——在每个聚会上它都是广受欢迎的客人。它正成为朱诺名副其实的吉祥物。

矛盾的是，既然黑狼的存在已不再是秘密，但从某种意义上而言，它又是作为一个更大的秘密存在着。当然，无论《朱诺日报》报道了什么，安克雷奇和费尔班克斯的报纸也都会跟上，我在阿拉斯加的杂志上开设了专栏，讲述了这个故事的开篇。但没有人把消息透露给有线电视新闻网或《今日秀》。那时候还没有YouTube、Facebook 和 Twitter。如有，罗密欧的故事或许早就像病毒爆发一样通过一些智能手机拍摄的视频流传开去。虽然每年五月到九月，有多达一百万旅客会乘船经过朱诺，其中不止三分之一会在冰川上停下来，来一场三小时的"盖里甘式"的旅行，但是那个黑魆魆的雨林里，那个风暴雨狂的冬天，发生的故事只属于当地的人们，属于那匹狼。发生在朱诺的一切，仍留在朱诺，至少当下如此。

5
开枪，抡铲，闭嘴

2004年4月。

我被一声巨响从睡梦中惊醒，那声音很耳熟，是大口径手枪发出的，并且距离我很近，枪口那"砰"的一声，震动了卧室的双层玻璃和拉上的隔音窗帘。然后又是一声，戴着耳塞的雪莉也被惊醒了，开始喃喃低语。我蹑手蹑脚地走向窗户，我们的三条狗纷纷抬起了头。我意识到发生了什么：有些愚蠢的混蛋在离我们后门不到两百码的地方使用手持加农炮进行了射击。就在溜冰休息室附近的沙滩上，大家都喜欢在那儿聚会，当地人有时会放声欢呼，全然不在意那儿早不是十多年前那般荒凉。

作为一家之主，我的怒火不止出于自己的家庭受到干扰和威胁。第一波枪声响起，我的第一反应与其说是一个字，倒不如说是一个画面，关于黑狼的画面！我匆忙穿上牛仔裤、靴子、夹克，而后才意识到这样一头扎进黑夜里其实无济于事，因为此时万籁俱寂，开枪的人已经走了——可能在我双脚沾地之前就跳上卡车绝尘而去了。我给警察局打电话,接听的人显然无意派出一队人马到偏僻的小村子里进行调查。我钻回被窝,躺在熟睡的妻子身边,琢磨着晨光熹微的时候会在雪地上发现什么,直到闹钟响起都没能再次入睡。我拿出望远镜,升起窗帘后发现根本用不着担心。罗密欧躺在那儿,在半英里之外蜷成一团,昂首戒备,等着第一个犬类小伙伴的出现。我至今不知道那几声枪响到底只是一些倒霉鬼醉酒生事还是一起意在黑狼的阴谋。我好几次在夜深人静的时候听到枪声回响在湖上,他们不是第一批,也不是最后一批。

从最早出现的"最后的边疆"的传说到上周的新闻,狼的身影时隐时现,像一剂黑色的苦味香料,而阿拉斯加人对此似乎甘之如饴——包括那些抱怨最多的人,可能他们占大多数。虽然狼群带来的麻烦大多都围绕着捕食猎物,但有人反复用危及人身安全来作为扑杀狼群行动的理由。尤其是像罗密欧这样的狼,其领地和人类的地盘有所交叉。在半城市化的地区,比如安克雷奇或费尔班克斯的郊区,除非接连出现意外和投诉(通常是在某些地区,宠物遭到袭击,或人类与无所畏惧的狼狭路相逢),否则阿拉斯加州不会对这样的动物采取捕杀行动。然而,不乏有人毫不犹豫地先开枪射击,这样的杀戮通常违反了法律,但是无人告发。

人们认为阿拉斯加狼会吃人。2011年,这个臆想,在一部以求生为主题的黑色电影《人狼大战》中得到充分的戏剧化表达。连姆·尼森扮演一位厌世的生物学家,他以狼为研究对象,持枪保卫北坡油田的输油管道工人免受不断逼近的威胁。载着尼森和其他工人的飞机在狼群的领地上坠毁,屡弱邋遢的人类遭到狼群无休止的追杀。头狼的形象经过数字化处理,体型庞大,外形可怖,如同噩梦,那是一匹完全不同于罗密欧的黑狼。诚然,这是一个扣人心弦的故事,但也有一个问题:整件事从头到尾都是好莱坞的一派胡言。

这部电影也证明了狼的恐怖形象根植于人类集体的潜意识里,并未随着时间的流逝而淡化,至今仍鲜活明晰。事实上,最近其他几部主流电影似乎是专门定制,要将狼作为反面形象介绍给下一代。如《暮光之城》系列电影里,可变身的吸血鬼和狼,还有史蒂文·杰克逊出品的托尔金中土世界英雄传说,充斥着体形恐怖、怒号声声的座狼和半兽人。

那么,那些狼吃人的故事呢?《彼得与狼》《小红帽》,狼群在俄罗斯大草原上追捕行人,诸如此类。近几个世纪里,捕食性的袭击显然多发于印度、阿富汗和巴基斯坦的偏远地区,究其原因,一方面在于这些地方自然猎物急剧减少,另一方面饱受贫困折磨的人类,侵入了狼的栖息地,而人们一贯将小孩留在家中。在过去两个世纪里似乎发生了好几百起被狼袭击致死的事件,虽然没有官方记载可以对这些数据进行佐证。拉迪亚德·吉卜林著有《丛林故事》丛书,主要讲述了狼孩莫格利的故事。莫格利被一群和善的野狼收养,这个狼群乃是人类文学里少有的富有同情心的狼的代表之一,不同于当前众多似是而非的威胁论里,这本书对于狼的描述显然是正面的、积极的。欧洲人也零星记载了几起狼猎捕人类的案例,可这些讲述大多无法证实,经不起认真推敲。

毫无疑问，狼热衷于捡食腐尸，在瘟疫肆虐时期或战争年代，狼会吃人的尸体，惊恐不已的目击者便推测它们乃是嗜血的食人杀手；或许这正是旧大陆狼人传说的源起。可以想见，以人尸充饥的狼学会将人类与食物联系起来，它们不再对人类充满恐惧，反而更加频繁地将人类作为猎物。然而，并没有确凿的证据可以证明这个进程。

至于北美的情况，1944年，一位名叫杨的研究员考察了1900年之前发生在北美大陆上的30起野狼攻击性事件，其中6起造成了人类的死亡。在介绍中他说道："这些故事究竟是想象的产物，还是事实，很难断定。"换言之，他承认这6起死亡事件或许并不曾真正发生过。考虑到人类在美洲扩张时人狼冲突之多，6起死亡事件其实少到不可思议。然而，确有记载显示野狼对人类发起过挑衅攻击，较近的报告都集中在阿拉斯加。2002年，阿拉斯加州生物学家马克·麦尼搜集了80起人狼交往的案例进行研究，时间跨度为从1970年到2000年的三十年，全都发生在阿拉斯加和加拿大境内。其中只有16匹未患疯病的狼咬伤过人或抓扯人的衣服。虽然其中几例相当严重，但伤口都没有达到构成生命威胁的程度。6起重度咬伤中有4起发生在孩童身上。2000年，一个六岁的男孩在阿拉斯加冰雪湾的伐木营地遭到狼的攻击，该起事件被广泛报道，引发诸多讨论。正是这个事故促使麦尼进行研究，为了重新考察狼对人的威胁。那个男孩玩耍时受到袭击，被咬伤拖拽，直到一只黑色的拉布拉多宠物犬和附近的成年人相助才获救。那匹狼被枪杀，经调查人员证实,去年就了解到它是被人用食物训练过的,在这起伤人事件发生几周之前,营地工人还喂过它。

虽然麦尼就狼攻击人类的原因所做的分析并不完整,但细心的读者已经能够借此推测出这份研究所暗含的信息:食物刺激显然是狼袭击人类最主要的因素。狼对人类的出现习以为常,也增加了人、狼近距离接触的可能性,从而增大了发生事故的概率。此外,躺卧、孤身或年幼均是力量弱小、易受侵害的因素,或许也增加了受到攻击的风险。在已知的十几起袭击事件中,大多都差点儿没发生身体接触,狼似乎都是在保护自己、幼崽或族群成员免受人类杀害。其他案例里,狼好像将人误认作了其他猎物,当意识到错误时就立即撤退了。似乎只有少数案例里,未经调教的野狼无端发起了重大攻击,但其中鲜有造成人员死亡的事件。

包括冰雪湾案件在内的39起伤人事件,其中6起有狗出现。虽然麦尼并未将家犬作为导致狼袭击事件的因素之一,但暗示了可能有这种关联——我们可以这样猜测,狼会出于保卫领地的意识,对闯入地盘的犬类动物产生敌意。来路不明的灰狼、丛林狼、狐狸和家犬一旦被发现就会遭到追逐杀害,通常还会被吃掉。如果真是这样,罗密欧与人类和狗在无数次类似的来往中却表现得十分平和,显然完全与众不同。

无论是真实的还是感知到的威胁,除开偶有发生的咬伤事件,纵观阿拉斯加历史,只有一起健康野狼伤人事件确然造成了人类死亡,这件事就发生在不久之前。2010年3月8日,来自宾夕法尼亚州的教师坎迪斯·伯纳在一个偏远村庄两英里以外的地方遇害身亡。该村庄位于阿拉斯加半岛的奇格尼克湖。由于没有目击者，实际情形永远不得而知了。伯纳最后一次被人看见是在村子的学校里，大约是在下午4:30的时候，她告诉同事想去运动一下。她选的道路狭窄曲折，灌木丛生，自一个只有73人的阿努提克因纽特村子延伸出来。她出发时，西风强劲，时速达到35英里，雪片横飞。她从村子里出来，戴着耳机听着音乐，和其他在郊区慢跑的人一样，毫不担心周围环境。一个小时后，四个村民乘着机动雪橇，在路上发现了伯纳的连指手套还有拖拽留下的血迹，而她的身体已被撕碎，部分被吃掉了，剩下的部分被丢在离山脚几十码远的一片柳树林里，周围全是动物的脚印和挣扎的痕迹。其中三人前往帮忙，另一位年轻人乘着机动雪橇环绕该地，看到一匹狼走出灌木丛后消失无踪。伯纳的遗体被武装好的村民带回村子。阿拉斯加州警察翌日早晨赶来，调查这是否为一起人为犯罪，并进行了指纹取样、纤维样本采集、强暴拭子收集等程序。但由于他们认为证据几乎明确指向野生动物作案，州警察遂将案件转交给了渔猎部，后者又进行了调查。虽然天气恶劣为他们的工作带来了困难，渔猎部工作人员还是驾驶直升机追踪射杀了两匹狼，随后又有两名空中猎狼的专业猎人私下签约彻查该地，接下来的三周内，在村子方圆15英里范围内成功猎杀六匹狼。

这则动物杀人的新闻在全阿拉斯加州炒得沸沸扬扬；这就是狼对人类构成威胁的证据，反狼人士纷纷冷笑点头，露出"我早告诉过你"的满意神情。然而很多阿拉斯加人对这样的结论仍持怀疑态度，其中不乏声名赫赫的生物学家和野生动物专家。杀人犯不会是当地的狗吗？毕竟每年都会有几百个阿拉斯加人会遭到家犬袭击，有时还会造成人类死亡，而且不幸的是，这类事件在灌木丛生的村庄里司空见惯。我就知道曾经有两个小孩儿被雪橇狗咬成重伤，我自己也曾赶走一条庞大的爱斯基摩混血犬，若换个体型单薄或是胆小些的人，或许就丢了小命。伯纳也许就遇到了这样的动物。或者涉事的狼是不是被村民喂养过呢？可能狼闯入了垃圾场或者有人有意喂养，狼因此将人类和食物联系了起来。也有可能，她被人谋杀抛尸镇外，狼或狗吃的只是她的尸体。一时之间，关于此事的谣言满天飞。一年之后，渔猎部仍未公布事故报告，对一切细节守口如瓶，有人说这起事件要绝对保密，传闻愈演愈烈。渔猎部最终发布了报告，我采访了州警察丹·山德罗斯科和渔猎部地区生物学家莱姆·巴特勒。两人都是各自调查领域内的尖兵，乐于助人，也直言不讳。虽然两人的报告存在细微的出入，但结合媒体先前发布的消息，我发现没办法反驳官方的结论。坎迪斯·伯纳确实为狼所杀，根据足迹和身体采样的 DNA 分析，这群狼少则两匹，多则四匹。后来猎杀的狼里，其中一匹的 DNA 与样本的检测结果相符。伯纳遭到无数次噬咬，致命的咬伤穿刺了颈部，一边臀部与身体分离，肩部和手臂都被吃掉了。如果她的身体没有被人发现，很有可能最终会被啃得只剩下头发和骨骼碎片，就跟狼捕获的其他猎物一样的下场。

还有许多独特的因素有助于说明为什么伯纳被害。天气很糟糕，加之光线暗淡、雪花纷飞，狼很难辨认出正在行走的是人还是其他猎物,而距离又加剧了形象的扭曲失真。她遭到攻击的路段狭窄曲折,两边灌木丛生。根据树林里狼留下的足迹来看,她并未遭到跟踪;相反,狼和人在树丛密布的弯道处相遇,即使只隔着几十码远,也不易看清彼此,从而很可能被对方吓到。根据发现她尸体的一位村民所述,伯纳在那里似乎曾掉转方向返回村子。她很可能惊恐地转身疯跑,而狼则进入了捕猎模式,将之视为寻常猎物(也许把她当作了一头小驼鹿),于是锁定了这个窜逃的黑影。伯纳高4英尺10英寸[1],这个体型或许使得她看起来更为脆弱。伯纳逃跑的反应触发了狼追捕和狩猎行为;也许伯纳停在原地,传达正确的身体信息,狼或许就会停下来,做出友善的姿态,要么停下,要么撤退——她的行为也是可以理解的,这样的假设并非在挑她的错或者将此事归咎于她。

然而,尽管这些因素协同发挥作用,仍然难以断定为什么一次普通的遭遇会升级成一场全面的捕食性进攻,其实绝大多数人狼互动——成千上万,难以讲述,绝非个例——最终都并未挑起狼的兽性。DNA匹配测试显示,被杀死的那匹狼身体状况良好,也没有被人类喂养或调教过的迹象,虽然两者均有可能是促成因素。生物学家巴特勒的报告指出,过去在奇格尼克附近,狼猎食过当地的猫狗。狼涉足过镇子附近的垃圾场。垃圾场周围有围栏,但并不严实。他还观察到村里一条狗在拖拽一袋垃圾。当然,狼也可能做出同样的事情,从而将人和食物联系起来。

在北美,还有一起记录在案的野狼袭击人类并致其死亡的

1　4英尺10英寸约为1.48米。——编者注

事件。2005年11月，事件发生在萨斯喀彻温省，靠近一处偏僻的地理考察营的垃圾场，涉案动物似乎是人类饲养的狼。受害者是一名年轻的地理专业学生，名叫肯顿·卡内基，他在工作结束后出门散步，遭到攻击并被啃食了一部分，残体由一只或多只大型食肉动物拖拽隐藏起来。这是北美第一起野狼杀人事件，卡内基事件自然受到了严密调查。数名备受推崇的生物学家经过分辨得出结论：杀手极有可能是一头黑熊，而包括马克·麦尼在内的一些人则认为，证据显示行凶者是狼。此外，研究人员大卫·麦奇等则暂不做出最终判断，这也是官方结论。如果确实是狼犯案了，那也仅仅是四个多世纪的人狼来往史上整个北美地区第二起有明文记录的杀人行为。同期，很多人死于各种家畜和野生动物之口，包括猪、驴、鹿和美洲驼。仅美国境内，家犬平均每年就会造成大约30起人类死亡事件，我们以为家犬是人类最好的朋友，但曾有数千人被狗咬成重伤。

在我自己与狼打交道的经历中，很多次我都处于十分弱势的境地——我曾深陷在及臀深的雪地里，而狼突然朝我跑来；也曾在黑暗中被狼群围困；但唯一一次感到威胁是与一匹年轻的母狼（正如我一生中遇到的很多狼一样，是黑色的）相遇，但它极有可能并没有伤害我的意思。它和同伴正将一只驼鹿逼至绝境。我躲在灌木丛里，正捣鼓着被卡住的雪橇机，它发现了我的身影，于是冲了过来，眼神颇似捕食时的样子，但在三十尺开外便打着滑停下了，睁大了眼看着我，随即全速反方向跑了。除了那匹狼，当然还有罗密欧，以及其他并不可怕的狼，与我近距离接触过的大约有十几匹，对于我的出现，它们看起来要么谨慎又好奇，要么漠不关心，要么颇有些生气。

而据我所见，被困或受伤的狼都会表现出投降或恐惧的姿态，或者尽力逃跑。被靠近或被戳中时，咆哮撕咬完全是狼防御性的反应和信号，并不存在恶意，不过是意图避免冲突。事实上几乎每一段煽动性的电影片段里，狼聚拢在猎物周围残暴地怒吼撕咬，其实是为了告诉别人，它们只想进食，不想找麻烦。

相较于我遭遇狼的经历，在过去三十多年里，我被不少野生动物追逐过，挑衅过，其中十几次是灰熊，三四十次是驼鹿；也被麝牛追着跑过；几次遭遇到黑熊，甚至遇到过一头母北极熊，它们咆哮龇牙，佯作进攻；也曾持刀与鹿搏斗，还遭遇过一头受伤的驯鹿，它低着头试图攻击我。我亲眼见过不少被灰熊袭击的受害者，其中几个是我的朋友，而且有一人身亡。但据我所知，具有丰富野外经验的农场主和猎人，并没有被健康的野狼侵害过。我的一位伊努皮克老友，名叫扎克·雨果，1943年，他时年14岁，在阿纳克图沃克帕斯遭到狼的攻击，幸运的是，驯鹿皮做的衣服保护了扎克，他好好活到了现在。根据那匹狼的行为，他和父亲认为它患了疯病。几年前的四月里，一个暴风雨肆虐的下午，他喝着咖啡跟我讲了那个故事。

无畏无惧的狼通常可能患了疯病，这种病毒在阿拉斯加东南和中南部很难见到，但确实爆发过，尤其是在极地地区和西部地区，该病在当地隐匿不去，每隔几年就会爆发一次。这种致命的病毒会攻击大脑，导致身体受到全面损害，哺乳动物遭到袭击后，看起来或温顺或无惧，十分怪异；动物或脚步踉跄，或垂涎不止，只有极少数案例里，会盲目好斗。除了扎克·雨果的案例，阿拉斯加还有几起记录在案的袭击事件，其中至少两起造成了死亡，都是因为被动物咬伤后感染了这种致命的疾病。然而，这些只是个例，并不会持续对公众健康构成隐患。

悬而未决的不是为什么伯纳和卡内基遇害身亡，而是为什么狼会攻击人类，而且不止在这片土地上，还有其他相当多的地方，此类事件也频频发生，但在亚洲中南部的偏远地区，攻击事件却极为罕见。狼是一种机会至上、适应性强的捕食性动物。为什么不定期选择攻击人类——毕竟人类相对于大多数野生猎物而言，行动迟缓，体型较小，能力稍弱。当然，如果北美狼视人类为潜在食物来源，那么成千上万的人应该已经死在它们的尖牙下了。可事实上，人遭遇攻击而身亡的事例不过才两个罢了。至于非捕食性的动机，狼也不必为了捍卫领土而攻击人类，像《人狼大战》里妖魔化后的狼所表现的那样。其实狼在巢穴周围，哪怕有狼崽在，也不会主动地向逼近它们的人类发起挑衅，虽然它们可能会像警惕的狗那样嗥叫、佯攻，退却前也会表现出焦虑，但它们却会攻击熊。为什么不愿意攻击人类呢？经过长期共同进化和自然选择，狼或许天生便深切明白，人类是一种类似半神的存在，需要避开他们，以免给自己带来致命的威胁。或者就是因为人类太奇怪了，与大陆上其他事物都不同，于是人类的出现引发了狼的恐惧。这样看来，狼对人类的忧虑，并不弱于人类对狼的恐惧，而人类自身的恐惧，其实并没有什么现实依据。如果有人被狼袭击致死,那想必是倒霉到家了,就跟凭空被太空垃圾砸死的概率差不多。

还有一个问题:好几个世纪以来,北美大陆上都没有人遇害,为什么21世纪之初出现了这两起?这是巧合,还是人狼接触增加后难免会产生的副作用?还是人类对狼的迫害少了,于是狼不再惧怕我们?当然,诸如此类的事例发生几率太小,难以得出合理的结论。而且,整个北美地区,狼都是主要的狩猎诱捕对象,还受到严格的控制。现代雪橇机和全地形车将人类带入偏远地区,在阿拉斯加,利用这样的机器捕狼已经是合法行为。同时,美国本土48个州对狼的猎杀致使野狼数量锐减。直到最近出台了《濒危物种保护法》,狼才得到保护。该法案在蒙大拿、爱达荷、怀俄明、密歇根、明尼苏达和威斯康星几个州得以实施。根据自然选择理论,大胆无畏的狼定然更容易被人杀死。生活在阿拉斯加的狼,每年有近十分之一会被人猎杀——而且那只是记录在案的数量,实际数据可能是两倍三倍甚至更多。我知道在我住过的极地小村子里,很难见到按要求贴上渔猎部塑料记录条的狼皮,每年都有几十张狼皮落入村民手中。想必这种没有登记的进项在整个阿拉斯加并不鲜见,那么每年总数必然累计达好几百张。因此,眼下狼在阿拉斯加面临的迫害,或许确实正改变着它们的行为,使它们在面对人类时越来越倾向于选择躲避。然而,在美国,并没有证据显示两者之间的接触正在逐步减少,而且大多情况下都是狼处于不利的局面。

那个冬天,罗密欧接近了这么多人,却没有遭到枪杀,不得不说是个奇迹。如果饥饿战胜了跨物种社交的冲动，就如同大家担心的那样，它在开始那几周就被狠狠收拾了。即使早期与狗和人接触时显得友好或中立，人们也还是知道阿拉斯加的往事和那些更加黑暗的故事和传说。不同于大多数狼，罗密欧很容易成为临时起意的杀手们的猎物：挑个好时机，开车进入西冰河步道停车场，扣动扳机，或者在附近灌木丛里丢一些有毒的诱饵，也可以在它行经的道路上装一堆捕兽夹。而且，狼也可能走错院子，被人以莫须有的自卫理由杀死，而且这种事发生的几率很大。罗密欧在湖面奔跑的景象也许扣人心弦，但也令关注者心绪难安，我们认识它的那些年里，这份担忧就从没停止过。很大程度上，能否活命取决于它自己，也取决于玩弄一切生命于股掌之间的命运。我们既不能保护它，也无法为它的存在保守秘密。虽然有些人看淡生死、心性豁达，得以放开紧紧攥着的拳头，也放下对在劫难逃的未来的恐惧，我却是永远也办不到的。

　　黑狼只是偶尔出来游荡一圈，但其实于事无补。它，或是另一匹黑狼，或许还有好几匹样貌和行为差不多的狼，突然开始频繁出现在门登霍尔山谷里，有时在奔雷山附近，有时在距离机场不到一英里的门登霍尔湿地上，有时甚至会靠近阿玛加港，距离北边不过27英里。那是朱诺城的一条沿海干道，高速公路两头都是封死的，50多英里长，名称很多，如伊根大道、冰川高速或那条公路。虽然罗密欧的巢穴靠近冰川，但那里并不是狩猎点，它只需要跨越西冰河步道四分之一英里处一条实际上并不存在的线或者漫步到蒙大拿溪就能进入自由狩猎区。

而且，据说它会时不时地走得更远。它那优质的皮毛就是令人惊叹的战利品，不少自命不凡的狩猎爱好者便会迫不及待地想干掉它，不论是否合法。朱诺的黑狼可能消失在乡间，重新出现在某人的小屋的墙上，如同漫画书上画的那样，凶神恶煞地露出獠牙来，几乎没有人知道它的命运。尽管困难重重，黑狼还是存活下来了，而且活得很好。

鲜有动物能凭一己之力成为社会话题，但罗密欧却成为当时社会一大热议话题：在阿拉斯加，狼与人类的话题经久不息，它则是一个活生生的焦点。与那个更大的议题一样，对于黑狼的不同意见并没有真正将朱诺人划分成两个阵营。更贴切的模型应是一个连续体，一端是一些强烈支持黑狼的人，另一端则是一小撮对此完全不感兴趣之辈，绝大部分人都分布在中间，程度递减，直至漠不关心。但即使那些对这匹狼几乎一无所知的人，甚至永远见不到它的人，如果被要求，也会就它的出现给出一些意见。不管分歧如何，有些朱诺人即便对黑狼怀有深仇大恨，也压抑着自己的感情，无论是出于对其他人的尊重，还是不愿冒险承受邻里和社会的怒火。若没有这样的束缚，黑狼是不大可能保住性命的。

考虑到地形，一匹狼会成为市民的中心话题其实再自然不过了。朱诺地区占地面积总计3 255平方英里，南北相距近100英里，向东跨过深深的感潮峡湾，囊括了许多颇大的岛屿，尤其是道格拉斯附近，远处的阿德默勒尔蒂岛的一部分也属于朱诺，那里以其众多超大号的海岸棕熊出名。实际上有道路的区域，沿着山海之间狭窄的沿海大陆架，大约有50英里。朱诺不仅是阿拉斯加最大的综合性城市，在整个美国的大城市中间也排得上号，与洛杉矶、芝加哥和纽约同等级。19世纪90年代是淘金时代，朱诺的支持者们野心勃勃，尽其所能将更多的土地划入朱诺的司法和税收范围，同时也就收揽了未来矿产的所有权。结果朱诺的人口密度平均每平方英里只有10人，但这个数据并没有展现出真实的现状。一些朱诺人住在人口密集的地区，而少数人却居于偏僻的荒野，三万多居民，大多聚居在沿海和沿环路、支路的狭长地带，这些地带延伸20英里，最终通往人口密集的山谷地区。

雪崩形成的坡路太陡，不能修筑房屋；而另一面又是潮水，城市的扩张受到限制。朱诺大多建制地区都是无人居住的荒野，城区只有巴掌大的面积，十分紧凑。即使首府是看起来最具都市气息的地方，包括政府大楼和旅游纪念品商店和餐厅林立的主街道，距离主要的野生动物栖息地也只有一英里甚至更短的路程。黑熊夜间会游荡到州参议院办公楼几码开外；杀人鲸会跟随海豹靠近海边的房子。不管在阿拉斯加还是别的州府，不论是不是首府，也不论有意还是无意，比起同等规模的大多数城市，朱诺都更具野性。既然如此，为什么不把一匹狼丢到这样一个复杂的地方来呢？

事实上，这不是狼第一次在朱诺引起争议。早在2001年春夏之交时，一个狼群——两匹成年狼和一窝狼崽——出现在了道格拉斯岛上，岛屿就隔着加斯蒂诺海峡与朱诺市中心相望。甚至当潮水高涨的时候，相距也不足半英里，对于一匹狼来说，轻易便能渡过。数十年来道格拉斯岛上并没出现过狼，岛屿较偏僻的一面是岩石嶙峋的海滩，那个狼群常常在那儿游荡，人们乘着船和独木舟去看它们，狼表现得相当自然放松，这也吸引着游客和当地人频频前往。接下来那个冬天，一名当地猎人设下陷阱，将其中七匹（很有可能就是全部）半成年的狼杀死剥皮。他的行为完全合法，且为当地一些猎人所赞赏，他们声称这些狼将会大大减少岛上鹿的数量。这件事点燃了人们的怒火，最终的决定也并不偏向人类，而是保护犬科动物。尽管狂热的反狼分子无休无止地叫嚣，在道格拉斯岛上设陷阱捕狼的行为还是被禁止了。

十几年以前，也曾发生过一件事，不过没有流传太广，到如今也几乎被遗忘殆尽，但此事带来的影响却不容小觑。1988年暮冬的一天，朱诺当地一个名叫朱迪斯·库伯的人，带着三条西伯利亚雪橇犬在西冰河步道上散步。还没走远，她的狗就提示她前面有东西，随后她听到了怪异的声音。就在几码开外，卧着一匹黑狼，三只爪子陷入了捕兽夹里，双眸闪着痛苦的光芒。它周围的雪已经被踩实了，斑斑血迹散落其上，而狼十分消瘦，显然这匹年轻的公狼已经被困住好些天了。库伯却并没有退却或匆匆躲过，而是走上前去。困住黑狼的捕兽夹是自制的，但显然已经足够有效了：不少鹿的前蹄都被悬挂在树上，周围还有一堆用锁链拴住的纽豪斯四号捕兽夹。黑狼从山区沿着西冰河步道而来，沿途频繁留下气味作为标记；朱迪斯随后沿着它的路线看到了那些记号。随着它漫步下山，它的鼻子将它带向了麻烦。钢钳啪地打开，锁住了一条前腿。它努力挣扎想要挣脱，却踏入了另外两个陷阱，彻底被困住了。这种工具的设计至少一个世纪都没有改变过了，但也有狼被困之后扭断爪子或者咬穿筋骨重获自由，很多狼的脚趾甚至整只脚都留在了陷阱里，冻结了起来。这匹年轻的黑狼挣扎间已经撕开了被困住的爪子周围的皮肉，很有可能连骨头也断了几根。23年后，朱迪斯已经七十多岁了，眯着眼睛回忆着当时的场景："到处都是凝固的血液，狼几乎动弹不得，既不咆哮也毫无攻击性。看着它就好像看着我的狗。"她对我如是说。

库伯没有犹豫，匆匆返回车上，随后带了两个男人过来，其中一人是当地的兽医。他们在释放黑狼时做了活套，但几乎用不上。"狼既没挣扎也没撕咬，"库伯说道，"它好像知道我们在帮它。"解开狼后，库伯和同伴们退开去等着，但狼当时已筋疲力尽，没有起身。最终三人决定绕过弯道上路，为解除狼对人的警戒，他们尽可能制造声响。这果真起作用了，狼惊恐地站了起来，消失在树林里。朱迪斯拍了现场的照片，以证明那些捕兽夹对每天都会经过那条路的几十条家犬造成了威胁。当时约尔·班内特在负责阿拉斯加狩猎委员会，他决定禁止在门登霍尔冰川休闲区四分之一英里范围内所有道路上使用任何陷阱——这正是数年之后罗密欧每天都会踏足的那些道路。库伯救了那匹年轻黑狼，从某种意义上而言，或许同样也救了多年后来到此间的罗密欧。很有可能正是那匹受伤的狼，在二十多年前暮冬的那个下午，一瘸一拐地消失在森林里，活了下来，组成了家庭，生下了那匹我们称之为罗密欧的黑狼。

6
危机四伏

2004年11月。

我坐在覆满积雪的冰原上,端详相机的取景器,雪花扑簌簌地从低垂的天幕落下来。古斯蜷在我身边,一如既往的耐心。罗密欧背靠巨石滩,站在20码外,我把手指放在快门上,等着它仰天长啸的那一刻。那天下午静谧安详,冰面焕然一新,只有薄薄的一层,踩上去就会开裂凹陷。冬天的气息已经从山上再一次来到了山下,而黑狼也回来了,开始了与我们共度的第二个冬天。它奇迹般地过完了前一个冬天,入春后,直到四月的一个晚上才消失不见。它离开了,正如我们所知的那样,并且过了几个月,它又回来了。当然,它离开的那段时间我们担心不已,生怕它被人杀了;有时又心存侥幸,认为它或许活了下来,也许成了家,有了新的族群。我们无从得知真相,但别无选择,只能尽量不去理会。现在它回来了,黑色的身形映衬着雪地,看上去十分稳健,足迹也坚定安稳,愈发显得如梦似幻。我们与狼共处的第一个冬天或许是偶然；现在我们知道了，它不止一次选择在此地安家，而是两次，这匹孤狼愈加神秘，它与这片土地的联系也愈趋紧密。

2004年秋天，哈利·罗宾森在麦金尼斯山肩上的西冰河步道远足，最先碰到罗密欧。哈利认为自己听到了远处高山上传来的嗥叫，他用不够纯正的狼嗥回应了数次。他沿路返回时，在湖岸边就见到了罗密欧。"它看到了我们，竖起尾巴，<u>直直地跑过来</u>，"哈利回忆着，思绪拂过那些年月，"显然它很乐意见到布莱顿。我也很想认为，它是想见到我。"其实与他同行的律师简·凡·多特说，那匹狼似乎在跟哈利打招呼。哈利认为罗密欧是跟着布莱顿的气味来的，也有可能是循着他的叫声，沿着西冰河步道下来了。哈利并不是感情外露之人，但这么多年过去了，再回忆起那一幕时，他的眼神还是柔和了起来。

起初狼来了又去，似乎在专注于其他地方的事情。随着湖面和湿地的冻结，再一次将长满灌木丛的沼泽变成坚实的游乐场，它出现的次数就多了起来。如果有人怀疑这是不是同一匹狼，当它朝着喜欢的狗跑来，发出邀请似的高声呜呜时，人们心中的疑虑便会烟消云散了。我们还留心到，它的下颌和左肩上带着同样的花白条纹，下颌的垂肉上还有个小小的白色 V 字。这当然是同一匹狼，但略有<u>些</u>不同了。见过它的人都发现它的脖子、胸脯和腰臀粗壮了一圈。皮毛还如去岁冬天一样光滑，但今年显得愈发有光彩了。夏天消失不见的日子里，它不仅存活了下来，而且活得有滋有味。现在它至少有三岁了，更像成年狼,它进入了盛年时期:既有青年极为柔韧的体型,又有成年厚实的肌肉和骨骼。

至于智慧,想必自最后一次见到它,到现在也随着时间增长了,并且只要它活着,就会继续增长下去——而生命周期本身也取决于不断发展的知识和判断力曲线。根据生物学家的观点,野狼成熟的年龄在七至十岁之间,不过大多数都活不到那个岁数,只有少数能活得更久。一匹像罗密欧这样的年轻孤狼丧命的风险更高。比起群居的狼,孤狼几乎没有机会向年长的族群成员学习占领地盘和狩猎的技能——哪些山脉可以穿越,哪些山凹藏有旱獭和山羊,哪些道路可以走过高山中的冰原,穿过邻近族群的边界——它不得不自己摸着石头过河。如果黑狼在人类聚居地附近徘徊半年的行为看起来很奇怪,那么它的存活就已经证明了这一选择乃是明智之举。鉴于它几乎每天都能做出那些独特而积极的决定,我觉得它何止明智,简直出类拔萃。即使在人类狩猎设陷的行为遭到全面禁止的丹那利国家公园境内,经研究发现,园区内狼的平均寿命也只有三年,它们通常都会受到自然力量的侵害:意外、疾病、饥饿,以及与其他族群的斗争——后者是主要的死因,每年丹那利国家公园有25%的狼死于族群斗争。尽管少了显性的保护——显然缺少家族的保护伞来抵御入侵,没有人类狩猎设陷的区域也更为狭小——黑狼的利益得失其实是相当的。

甚至不只是第一年冬天,决定它命运起伏的因素都不在它自己的理解范围内。关于它的故事传得沸沸扬扬,很多人从未见过它,也永远见不到它,但都听说过它。人们的注意力如同闪光灯一样，它一出现，就聚焦在它身上，我们再度开始为它喜为它忧。那些旁观者中，有些人足以左右它的命运，但这对于一匹狼来说，真算不得什么。

虽然罗密欧回来了，但并不是所有朋友都等着欢迎它。达科塔皮光毛亮，健硕有力，一直都很健康，但一个初夏的早上，天色还未亮时，它将我们吵醒了，棕色的眼睛里闪着哀求。几个小时后我们带它来到了兽医院，兽医诊断为肠阻塞，一种严重的肠道疾病，病因未知。它挺过了紧急手术，得知它醒过来了，第二天就能回家，我们终于松了口气。但意外的是那晚它孤零零地死掉了，我们都没来得及抚慰它。即使我们提早知道，又有什么用呢？死去之后万事皆空，它将独自沉睡在凛冽空旷的乡间。我们根本做不了什么，不过是再走一次它到过的地方，承受悲痛的打击。另外两条狗因为它的离去闷闷不乐，时不时找寻它们失去的伙伴。数年之后，无论何时听到它的名字，仍然会竖起耳朵；看到一只体型、外貌酷肖它的浅色拉布拉多在路上，也会哀鸣不已。那个冬天，当罗密欧靠近我们，它似乎也在找寻，也在疑惑，四下搜寻那走失的一员。罗密欧因它而得名，如今它却已不在尘世，仿佛从未存在过。一些人痛苦不已，然而世界仍然不停向前。黑色的身影仍旧穿行在这个世界里，在我们的身边，遵循它自己的方式过着自己的生活。

尽管起初看似费解，但罗密欧选择的过冬地其实十分合理。湖区是交通枢纽，既有人造的路，也有动物的步道，还有自然形成的通道朝各个方向辐射开去。狼甚至比某些动物更注重路径的顺畅。野生动物的生存有赖于一个残酷的要素：路漫漫无尽，获取的能量必须比失去的多。失败，等同于死亡。一个狩猎狼群排成纵队艰难前行，通常一天能走过15到30英里路程，互相轮流承担繁重的领头工作。这并不是漫游癖，而是必须——跨越距离，寻找食物。研究显示，狼狩猎的失败概率远高于成功概率，但即使承受着饿肚子的痛苦，它们也不会费力气去研究其他动物，更别说进攻了，显然是它们意识到了这顿饭的代价可能太高了——追逐和捕杀会燃烧掉珍贵的卡路里，还可能会受伤。虽然健康的成年驼鹿、驯鹿和鹿在不利条件下可能会成为猎物，但很大比例（在一份研究中超过了90%）的动物甚至没有遭到猎食狼群的试探，更别说是攻击，这也证明了狼主要以病弱和受伤的动物为捕食对象。这虽然缺乏科学研究的佐证，路易斯和克拉克似乎也明白这个关系，称他们所见的草原狼为"牧牛人"——令兽群茁壮的保姆，而非祸根。一只站立不动的驼鹿，如果没有被迫突然逃跑，那么它是不会被干掉的。但这样的觅食需要狼不断地迁移，而且是在艰难的条件下进行。生物学家大卫·麦奇引用了一句俄罗斯谚语来总结犬科动物的精髓：狼是靠脚谋生的。

所以，如果有一条现成的路线，消耗同样多的卡路里，却能快上三倍，那么为什么还要在齐胸深的雪里举步维艰呢？一条坚实的道路于狼而言吸引力十足，一些伊努皮克猎人常常开着机动雪橇穿过可能有动物迁移的乡村，就在车后设下陷阱，恰好在他们自己机器留下的车辙里。不需要多么高深的骗术，只需要将陷阱安置在积雪覆盖的凹地里，并在周围撒上肉末和变质的海豹油。很多次我沿着自己的车辙或雪橇轨迹返回，都会发现在乡间迁移的动物，诸如狼、獾、驼鹿等，可想而知，它们皆利用我碾出的坚硬些的积雪带，而最常跟来的通常都是狼。这些道路除了通行轻松，前方可能还有食物——或许是踩出道路的动物，或许是其他动物留下的猎物，也不妨一吃。选择门登霍尔湖作为领地的中心，罗密欧继承了一个成形的运输网，得心应手，就跟它自己设计的一般。就生存而言，黑狼选择这个地方，或许主要就是因为这些已成形的道路。在积雪深厚的乡间——门登霍尔山谷上游必然如此——一匹孤狼很难在这片狭窄的区域开辟出一条道路，同时还能保持精力充沛。比起其他的狼，罗密欧日常散步很可能并不会少走多少路，但它来来回回地游移，大多是在好走的路段上面，不仅消耗的能量更少，需要的食物也更少，也就意味着狩猎所需的时间更少，承受的压力更小，同时也就有了更多空闲，来进行社交活动。再回顾一下路线的重要性：毕竟很可能就是它们最初将黑狼引来了这里。但它徘徊数月，随后再次返回，表明它定然沿路发现了足够的猎物。

灰狼获取食物的机会，即进化发展的机会，与大型有蹄类猎物密不可分——这些动物在阿拉斯加各地均有分布，多为驼鹿、驯鹿、梅花鹿、山羊、白大角羊。这些令灰狼感到棘手的猎物各显神通，这些有蹄类动物影响了狼，反之亦然；它们彼此适应改变，如同一场延续千年的军备竞赛。阿拉斯加狼部分族群专注于猎捕某一特定物种，以至于生物学家会称之为驼鹿狼或驯鹿狼，而其他族群则会根据机会在两三种猎物间转换目标。我的一位老友是渔猎部地区生物学家，名叫吉姆·道，他和同事称这类专一而成功的族群为运动式狩猎族群。尽管与有蹄类动物联系紧密，但狼这个物种的确适应性强，擅长抓住机会破解这个古老的问题：晚饭吃什么？有些狼甚至能探索到一个全新的高度。

一匹活跃健康的狼每天大约需要6磅食物，如有机会，一次甚至能吞下20磅，大腹便便，无精打采，随后便酣然大睡，连着好几个小时都好像飘飘然了，我的因纽特朋友克拉伦斯称之为"肉醉"。可别无选择的时候，一匹狼一个多月不进食也能活下来，荒野中狼挨饿的几率通常都很高，很多狼的进食量远不及最低标准，能吃得心满意足的机会自然就更是少得可怜。由于狼的数量随着猎物的充裕程度起伏不定，而它们又繁衍迅速，即使在猎物相对充足的时候，有些狼也是注定要挨饿的。

要喂饱像罗密欧那般体型的狼，每年所需的可消化食物约在2000磅左右，再加上500多磅不可消化的东西，我们这匹狼每年吃掉的可远不止一吨活物。换成鹿，那得是好几十只，换成驼鹿也得好几只，具体数量就取决于猎物大小了。狼从所食的动物身体上吸收养分——肉、血液、器官、脂肪、结缔组织、整张皮毛，还将有骨髓的骨头咬成碎片甚至吞咽下去。它们从精细的部分开始吃起——器官、血液、脂肪、肉——然后吃其他的部分。故事里总是讲：狼恶毒地杀死猎物，但只吃掉舌头或肝脏，其余的部分则置之不理，任其腐烂。然而事实全然相反：如若没有干扰，一具腐尸往往能让狼吃很多顿，甚至几个月几年之后，狼再无可食之处时，都还会时不时过来看看。如果狼刚杀死一只猎物，碰都没怎么碰就将其抛弃，很有可能是为了暂时躲开靠近的人类，然后等在附近，人一旦离开它很快就会返回。千辛万苦才打到的猎物，怎能轻易丢弃。有时候猎物容易捕杀，杀得太多吃不过来，被称为"过杀"，但这种行为很少。在这种情况下，如果没被打断，或者食腐对手敌不过自己，它们很可能还会继续享用那些战利品。

从狼的排泄物中，可以迅速搜集到大量有关信息。深色稀软的粪便并非暗示它们生病，而是意味着这匹狼刚刚食用了新鲜猎物身上最肥美优质的部分。如果粪便成形，带有骨骼和毛发，则说明它们已经过了上一个阶段，但仍然能从这只猎物身上获取足够的养分。而当粪便中几乎全是毛发和骨骼，则意味着这场进食进入了尾声，这匹狼饥饿得近乎绝望，正极力压榨这只猎物剩余的价值。布鲁克斯山气候寒冷，近乎荒漠，这种粪团经漂白后半凝结成化石，或能保存很多年，甚至连细菌也放弃努力，转移目标。多年以来，我穿梭于高峻深邃的峡谷，攀登上狂风肆虐的山峰，一直将这些遗迹当路标使用，甚至觉得它们像是朋友一般，让山间少了些孤寂。而每一枚化石，都在诉说着狼的艰辛困苦。

不管是因为运气好还是技艺佳，罗密欧获得了门登霍尔山谷又一项头奖——一片相对富庶的绿洲，就在半个世纪以前它还不曾存在。如同阿拉斯加90%以上的冰川一样，过去一个世纪里，门登霍尔冰川始终在稳步后退；但20世纪70年代末，后退演变成了崩溃。大约30年前，我第一次见到门登霍尔冰川，此后它前部陡峭的边缘已然飞速后退了将近一英里，几条新瀑布凿出的花岗岩随之暴露了出来。冰川主体也萎缩了几百英尺的高度——古冰川融化流失的速度难以估量，快得更替不及。

数十年前，山谷下游的地方，冰河消退，通过池塘和沼泽将水排进了冰冷多沙的门登霍尔河，裸露出一片沙石遍布的滩地。这片土地看似无奇，实则客观地呈现了毁灭与新生之间的紧密联系。上游河谷多云多雨，遍布肥沃的冰川泥滩，冰川退却，植被率先疯长，灌木、苔藓、草丛密布，白杨、桤木和云杉混杂其间，反过来又吸引了越来越多的小型食草动物：野兔、海狸、豪猪、红松鼠、老鼠、田鼠，还有大群鸟类、成群昆虫和微生物。数条小溪灌入湖泊河流，其中一些一个世纪前还不见踪迹，如今已孕育着一两种鲑鱼——每年海洋的能量席卷内陆，令土壤变得肥沃，也刺激了整个食物网里的生命，小到精致的苔藓，大到巨硕的棕熊。

虽然如此，在门登霍尔河上游，传统上狼那般大小的猎物——与之共同进化的有蹄类哺乳动物——仍然十分稀少。根据这些年的记载，由于饲料稀少，积雪松软深厚，驼鹿只是偶尔行经此地而已。即使有十几只有蹄类动物冬季沿着湖边集聚起来，也很难想象一匹孤狼能靠猎食它们来维持稳定的生活。虽然听说孤狼可以凭借一己之力杀死驼鹿，但是就算要杀死一只生病乃至受伤的成年驼鹿也是险象环生，至少得要两匹狼，甚至通常要整个族群连续多日持续关注，才能协同完成任务。

河谷上游和周围的乡村地区有大量的山羊。夏季，秋季，乃至初冬，这些身体结实、脾气暴躁的家伙常常蹿进几近垂直的地区逃命，对于孤狼而言山羊也是棘手的狩猎目标。积雪深厚的时候，山羊会安顿在林木线下；春天里，它们以低矮的新鲜绿叶为食，加上生育幼崽，则会脆弱些。然而，这些山羊数量少，又不易捕食，它们都不足以成为一匹恋家的孤狼常年捕食的对象。大多数亚历山大群岛狼都以体型娇小的努特卡黑尾鹿为主食，但这种鹿在冰川附近很罕见，只是偶尔会有几只出没，而在几英里之外近海的地区，数量会相对多一些。难怪罗密欧有时会利用这个机会。

还有一种大型猎物可供捕食。狼有时会刻意追捕熊来作为食物——有时是幼崽，有时是年幼的棕熊或灰熊，尤以黑熊居多。阿拉斯加和加拿大记录了很多类似的猎捕行动，至少有一起记录在案的事件：一群狼将猫冬的熊挖出来杀死吃掉。虽然狼和熊并非天生的捕食和被捕食关系，但我三十多年前所见的狼熊之斗反映出了这两个物种对彼此的仇恨。更近一些时候，我亲眼见过狼令黑熊恐慌不已的一幕。几年前的春天，在冰河湾的一个偏远河湾处，我和摄影师马克·凯利坐在花岗岩巨石上，紧盯着摄像机，看着两只已挂彩的巨大公熊为了领地和交配权而大打出手。然而突然间，一个灰色的影子从树林间冲出来，直奔熊而去，两只熊立刻停战逃命，躲避这匹突如其来的狼。那匹狼很可能刚把熊从附近的巢穴或狩猎区赶了出来，但并非想发动一场捕食行动，可熊表现得极为恐惧，确凿无误。不管棕熊、灰熊还是黑熊，都会出现在门登霍尔上游地区，黑熊更为常见；年幼些的动物比起成年动物容易对付得多，罗密欧这样的狼，要对付它们易如反掌。但在这么小一片地方，幼熊的数量实在太少，难以提供稳定的食物来源。

总的来说，这就是罗密欧可能享用的全部食物了。数量充足、捕捉轻松的猎物大多被丛林狼给夺走了，黑狼所能享用的少之又少，且很难捕获。那么，它到底吃些什么呢？跟随黑狼的脚步，我碰到了猎物的尸体，拨开十几堆粪便，发现有几截骨头和毛发，说明了这匹狼赖以为生的食物来源。

通过直接观察，加上对采集样本的胃部残渣及DNA中发现的化学物痕迹的分析（给动物注射镇定剂之后，从毛发和胡须中提取，不会对动物造成伤害），可以看出很多阿拉斯加狼大部分精力都用来猎捕非有蹄类动物了，同时也通过它们获取能量。在阿拉斯加和英属哥伦比亚东南沿海地区生活着亚历山大群岛狼的亚种，它们与其他陆生食肉动物一样，大多时间都在海边捡食潮汐带来的东西，有什么吃什么——被潮水冲上岸的海豹、鲸、鱼和海鸟尸体；很多海边生存的狼也常常以蛤蜊和其他水生有壳动物为食，其实没什么可大惊小怪的。海滩也能用作道路，因为有不少平地，便于通行；便捷的路线同它尽头的食物一样诱惑十足。鲑鱼肥美，有时数量多得足以堵塞河道，近海的狼也会来到河边享用鲑鱼。对狼来说，这个选择再合理不过了：只需消耗最少的精力，也不必冒着受伤的风险，就能吃到高品质的食物。虽然很多鲑鱼都有绦虫囊肿，健康起见，狼需要避免食用，只吃营养丰富、无寄生虫的头部、皮肤和卵就好了，至于它们怎么获悉此事的，那就不得而知了，一些吃鱼的狼非常擅长此道。一份英属哥伦比亚的研究显示，成年狼每小时能抓到的细鳞鲑鱼多达27条，捕猎成功率高达49%。此前渔猎部生物学家戴夫·培生博士的DNA研究显示，夏秋季节，当地部分狼的食物中至少20%是鲑鱼，尽管该岛上鹿的数量越来越多。研究是在威尔士王子岛上进行的，该岛位于阿拉斯加东南边，广袤辽阔。

但再往北去，生活在阿拉斯加地形错综复杂的半岛海岸边（海岸线总长度超过赤道周长）的狼也是如此。一位研究者说道，DNA分析显示：它们明显也以海洋哺乳动物为生，食物中有时候还能发现海豹的DNA。在阿拉斯加西南的卡特迈火山海岸边，狼有时与棕熊并肩合作捕食鲑鱼。即使在距离海岸线几百英里的内陆地区，对DNA的研究也显示出处于弱势的狼群对鲑鱼的依赖，更往北也呈现同样的迹象，在科伯克和诺阿塔克山谷，我常常注意到，鲑鱼产卵的溪流沿线狼的活动也很密集，虽然这些狼无疑也会捕猎作为主要食物的驯鹿和驼鹿。七月初至十月，鲑鱼洄游的路线相互重叠，在罗密欧的地盘上出现了四种鲑鱼——细鳞、马苏、红鲑鱼和银鲑鱼，因此这个季节里，它的粪便就带有鲑鱼的鳞片、鳍和骨头，毫不令人惊奇。它实在理智，知道利用易得的资源。

虽然罗密欧的排泄物中很少出现鹿和羊的毛发，但常常会有小猎物的软毛、羽毛和骨渣——美洲红松鼠、水貂、水鸟，还有老鼠、田鼠（想必它是当爆米花吃来解闷的），当然，最多的要数雪兔和海狸。这些年以来，我两次见它衔着雪白的兔子跑过，通常还会发现狩猎的迹象：鲜血浸染了雪地，散落着咬断的腿和团团簇簇的皮毛。有人或许认为狼不可能抓得到这么灵活的猎物，也有人会觉得花大力气捕获这么个小家伙不够划算，但有些狼专注于捕捉野兔（无论是较小的雪兔还是栖息在极北地区的个头较大的北极兔），也确实做得很成功。它们巡视野兔群聚的灌木丛，循着兔子们通行的小路，往往能够找到丰厚的猎物。黑狼有两条策略可用：一是一路踩踏过去，将野兔赶出来，吓得它们屁滚尿流；二是猫似的小心出动，凭借敏锐的感官探查野兔，当然，这种探查须以白雪为掩护。无论采取哪种策略，迅速暴起猛扑，足可赢得一顿美餐。我和塞思·坎特纳曾前往布鲁克斯山脉，山中一处偏远的溪谷河口灌木丛生，我们看到一匹小小的灰狼在柳树林间猎捕野兔；它的足迹纵横交错，显然已经坚持好些天了。生物学家戈登·哈伯也记载过丹那利的一个狼群，由于狼只数量暴涨，迫不得已改以雪兔为主食，虽然这是有史以来绝无仅有的例外，但却证明了狼的适应性很强。

罗密欧狩猎的足迹和吃剩的猎物残渣表明，它平常还会去海狸聚居的地方和河谷上游的水坝。哈利·罗宾森和摄影师约翰·海德分别目睹过罗密欧成功狩猎的过程。虽然这些水生啮齿动物魁梧壮硕，有些重达50多磅，都是些很难搞到嘴里的家伙，但他们都记得罗密欧发起攻击时压倒性的力量。暮春时分，海德坐在湖区的西北角上，看着一只中等身材的海狸慢吞吞地在沙滩上移动。直到一道黑影自灌木丛中蹿出，猛冲上去，爪牙尽露，他才知道黑狼一直潜伏在附近。"它没有花里胡哨的动作，"海德回忆道，"用力咬在后颈上，使劲儿甩了甩，那只海狸就一命呜呼了。"黑狼随即像衔松鼠一般将那只约有30磅重的海狸捡了起来，大步跑开，躲在安静的角落，美美地饱餐了一顿。和人类一样，狼也不大喜欢进食的时候有人观看。它们也会把剩下的食物藏在隐秘的地方，留作下一顿享用，就跟家犬喜欢埋骨头、藏玩具一样。

和阿拉斯加东南部的大多数狼一样，罗密欧专门猎捕某一种猎物。虽然豪猪看似行动迟缓、头脑驽钝，但它们的棘刺对于潜在的掠杀者来说则是致命的——可以说那正是重点所在。虽然它们不能投掷棘刺，当受到威胁时，它们就拍打着尾巴打着转儿，朝进攻者激烈地拱着长满刚毛的屁股，其速度快得让人瞠目。豪猪身上的棘刺总共约有三万多根，不仅锋利尖锐，而且还布满了细小的倒刺，轻轻一戳便能刺穿皮毛，甚至穿透肌肉，戳穿脏器，有时会造成掠食者重伤，严重者会疼痛致死。如果不想冒险亡族灭种，大多掠杀者都不会考虑豪猪，而且显然它们也将这个常识传递给了后代。然而，如果搞定了那些讨厌的棘刺，就能轻松享用豪猪身上肥美鲜嫩的肉，不负早期移民的老话——肉猪。诀窍就在于要敏捷地一口咬中它的头颅或肚皮——这两处都没有棘刺，然后从下往外吃，皮毛会被完整地剥下来，棘刺朝下，底部好似一只带刺的橘皮。几乎可以肯定罗密欧是用了咬中头部这一招，因为这样能最大限度地避开棘刺；我不太确定具体是哪些技巧，但那些年里，它必定多次解决了这个棘手的问题。在它的领地上，豪猪的外皮东一块西一块地散落着；在它的粪便里，我也常常发现新换的棘刺，细小柔软，尚未长出倒钩，其实算是特殊的毛发。一个早春之夜，我看到它躺在树的底部，树顶上则懒洋洋地栖息着一只满怀期待的雕。翌日清晨，它们都不见了，但出现了豪猪蹒跚踉跄的足迹，延伸到几十码开外，血迹斑斑，已凝固了。结局显而易见。雕显然带走了那张棘刺密布的皮，打算再挑拣些食物果腹。无论黑狼是怎么克服重重困难完成这些特别的狩猎，只要一口咬错，一招失误，哪怕豪猪已死去多日，它的丧钟也会敲响。也许是运气好吧，但就跟经验老到的扑克玩家一样，黑狼似乎自有其门道——不只是对付危险的猎物，对其他所有事情都是如此。

虽然狼作为大型肉食性动物声名在外，但罗密欧与其同类一样，也都是寻找腐尸的一把好手。这样的猎物既不会逃跑，也不会还手，真是再好不过了。巡行之狼都很善于发现大大小小的免费午餐，它们甚至会大费周章地搜寻腐尸而非捕杀猎物。戈登·哈伯观察过丹那利国家公园的一个狼的族群，一场雪崩深埋了两只驼鹿，它们竟花了半个月左右的时间将驼鹿的尸体挖出来。如果一只大警犬能找到深埋在紧实积雪下二十英尺处的畜体，它就能耀武扬威了。但凡挖过雪崩现场的人或许都能证明，挖掘之事本身就称得上丰功伟绩了——而挖开积雪就为了两只冻结的驼鹿尸体，对所有狼的牙齿都算得一场考验。比起找两头活鹿来追杀，力气花来掘雪显然预期结果要诱人得多。这个例子证实了灰狼食腐的天性。而且，猎人所依赖的正是这个天性：狼常常循着诱饵的气味被诱入陷阱，因为那气味预示着轻易便能到手的食物。虽然罗密欧没有现成的驼鹿尸体可享用，但根据冬日里命丧它口的山羊、鹿和恶心的老鲑鱼尸体来看，它无疑找到了稳定的食物来源。时运不顺时，它很可能尝试过吃些别的东西，很多狼都会做出这样的选择——通过分析粪便，有时能发现，非动物的物质数量大得惊人，包括昆虫、浆果和各色植物组织。

从黑狼出现时便有一个谣传经久不息，这个谣传不仅解释了它为什么如此温驯，也说明了它为什么会出现在这里。有人十分担忧，而其他人则牢骚满腹：有人在喂养那匹该死的狼。倘若如此，那就是在酝酿着一起危险的食物调教。2004年，渔猎部生物学家尼尔·巴顿对罗密欧的粪便做了分析，确认了它曾吃过一定量的狗粮。看起来可以结案了。如果没有人刻意喂养，如果不是门登霍尔冰川游客中心停车场散落了几把干燥的狗粮，它一定是从人家后院里偷吃了。无论从野生动物管理还是野狼爱好者的角度来看，这都不是什么好消息。粗粗浏览一下记录在案的人狼友好互动的例子，包括麦尼记录的那些，便能将很多类似的友好行为——无论是玩乐邀请还是大胆亲密的接触——与人类的投食联系起来。食物刺激往往就发现在你想不到的那些地方：野营地、偏僻的高速路、伐木营地，不一而足。不论喂食行为是刻意还是偶然，越是投喂，狼就越有可能会受到刺激；换言之，它们学会了将人类和食物联系起来，于是就会愈发宽容可亲——事实上，还可能会主动与人类接触。这样的容忍有时会发展到窃取背包鞋子等物品来啃嚼，还会探查营地设备和人类本身。在许多案例里，很可能冰雪湾事件中的男孩以及安德鲁·卡内基之死就属于此列，还可能包括坎迪斯·伯纳的事情，这种无畏无惧的行为都被人类看作为挑衅。即使稍微表现得无所畏惧都会造成很大的麻烦，涉事之狼通常都会因此遇害。老话说"被喂饱的熊是死熊，"对于灰狼来说至少也是一样的。罗密欧好像也面临着相似的命运，它举止友好，嬉闹贪玩，爱偷玩具，很可能正是食物刺激的征兆，而非出于社交的本能。有人认为，事件恶化，不过是早晚的问题。

是什么导致了这些断言呢？罗密欧极有可能吃了鹿的内脏、包装不好的大比目鱼或鲑鱼，粗心大意的居民习惯性地随手扔在路边和停车场里，免得还要跑一趟臭气熏天的垃圾场，也省得将熊引了过去。也有可能，它时不时地从人家后门廊里偷了些狗粮；或许确实有人缺乏常识，有意给它投食。这样的传言里时不时会提到我的名字，哈利·罗宾森和摄影师约翰·海德也未能幸免。还有谁跟黑狼的关系有这么密切呢？鲍勃·阿姆斯特朗是一位备受尊重的博物学家，曾经是渔猎部生物学家，现已退休，他告诉过我，他曾在疏浚湖岸的柳树林里发现零零星星的狗粮，不过并没有证据表明这是特意留给黑狼的，也无法证实黑狼确实吃了这些东西。数年之后，住在疏浚湖区边的一位女士向我坦承，有一年冬天气候十分恶劣，她和朋友曾将鹿头和冻鱼丢在罗密欧找得到的地方。我询问过几十个人，只有她承认自己曾试图投喂黑狼。同时，我从没见过黑狼靠近人类是因为可以得到食物，也没人主动给过它。我在它的粪便里也只发现过野生动物的残迹。当然，我并没有一间设备精良的实验室，能帮助我从它的粪便里发现那种狗粮。

虽然它可能确实吃过这些东西，但我确信基本上都吃的是二手的。这里每天有那么多狗，必定会落下一堆堆粪便，尤其是积雪融化后，剩余的食物就会裸露出来。我好些时候都注意到黑狼的足迹从一团棕色的雪延伸到另一团去，引人注意的是，那一团团东西都不见了，也没有人为清扫的痕迹。约翰·海德也见过这样的事情。"毋庸置疑，"他说，"黑狼蹭了些粪便来吃，尤其是前一两年。"这种捡食粪便的行为有一个专业名称：嗜粪癖——无论是家养动物还是野生动物，这种行为在很多种族里都相当普遍。我的观察结果与海德的相吻合。黑狼确实吃过粪便，但似乎年增志移，它渐渐地舍弃了这种行为，当然艰难时期食物难觅，每一份能量都弥足珍贵，于是也有可能走上这条退路，故态复萌。

无论有意还是巧合，罗密欧这种广撒网、捕小兽的策略，在冰川上这场非死即活的较量中大获全胜。首先，黑狼可以便利地来往于其狩猎区域，且享有独占权。它不仅不必在人造的道路上与其同类直接竞争，而且鲜少涉险参与到生死攸关的领土战争中——人类作为一个统一的替代性族群出现在这里，有助于转移不能容忍人类的狼群。它真正面临的狩猎压力也降到了最低。不同于驼鹿，鲑鱼和海狸不会踢它的肋骨，不需要它长时间狩猎以致精疲力竭，也不必啃咬大骨头导致牙齿磨损——后者对一匹狼构成了重大威胁。年长的狼如若牙齿破损，饥荒时将首当其冲地面临死亡。大卫·麦奇记录过这样一匹狼，显然它已无力食用冻结的驼鹿尸体，而年轻的同族牙口锋利，则活了下去。

黑狼的食物大小适中，便于食用，也是一大省力的好处。研究狼的生物学家十分推崇的这个理论解释了狼为何会进化成集体狩猎的动物：它们既不能独立应付庞大的高价值猎物，也不能抢先于潜在的食腐对手。棕熊、灰熊常常夺走狼的猎物，像狐狸、獾这样的小型哺乳动物也会尽力偷上一偷。最卑劣的劫匪当属鸟类，在阿拉斯加则主要是雕、渡鸦、海鸥、松鸦和喜鹊。研究显示，狼捕获了一头鹿，在它享用完之前，光是渡鸦就能吃掉60%，这对白吃白喝的家伙来说真是再好不过，但对狼而言就不是了。因此，一个族群要想保护好来之不易的美食，最好的办法就是尽快吃完。一头成年驼鹿，其可食用部分约有600到1 000磅，十几匹狼每隔几个小时饱餐一顿，吃个两三顿就能吃光，剩下啃嚼过度的骨头、团团簇簇的毛发和一堆暗色的瘤胃，沿着踩踏出来的圈子散落满地。我也见过很多这种被吃干抹净的猎物，能吃的骨头都被咬断吸了骨髓，沾了血的雪都被吃掉了——这与其说证明了狼胃口极大，不如说证实了狼高度重视效用。罗密欧这样的孤狼，即使干掉了一头成年驼鹿，不管它吃得多快，无论它怎么守护隐藏，也会损失大半猎物，被渡鸦和喜鹊叼走。但专门猎杀一只大小适中的猎物，坐在那儿一次就能大口吃完，加上其他既得的好处，罗密欧得以保存了大量能量。如果负责削减政府开支的人能学到它的生存哲学，那我们很快就能转亏为盈了。

最终谁也不能肯定黑狼是否接受了人类投喂的食物，如果它接受了，多久接受一次，是直接还是间接。而与它长时间相处的人则并不认为它定期得到投喂。它的行为举止看起来太过微妙，始终如一，放松惬意，不过是它本身的自然的表现罢了。尽管有关这匹我们称之为罗密欧的狼所面临的局面复杂费解，但迄今为止，并没有谁报告过它挑衅人类的事情，连对我们的狗撇嘴不满的情况都鲜少出现。但无论黑狼是否接受了人类的食物，多事之秋端倪初现。

7
名字的意义

2005年2月。

杰西和罗密欧一直有见面。杰西家离我们家就隔了两栋房子,它只需要溜出院子,穿过50码长的树林小路跑去湖上,就能与黑狼碰面。要么黑狼会出现在霍尔家后院边上等着,尾巴蜷在脚边,就像等待达科塔时一样。一只30磅的牧羊犬和它的敌人——一匹巨大的野狼搅在一起,真是出人意料,至少理论上狼会跟踪羊群,伺机偷吃牧羊犬守护的对象,但它们确实时不时地结伴消失几个小时,至少有一次,还整夜未归。毋庸置疑,杰西和罗密欧乃是一对难舍难分的情侣。

黑狼显然想和狗一道闲逛。第二年冬天,对每一条乐意朝它跑来的狗,它几乎都会寒暄寒暄。通常它会摇摇尾巴,嗅上一嗅,做出邀请玩乐的姿态,有时还会狂欢起来,直到狗被分散了注意力,要么有人插进来打断,要么黑狼发现了更有趣的事情,一溜烟儿跑了,一跑能跑出湖那边一英里远去。它有时候很是繁忙，可能会和三四十条狗碰头打招呼，大多就一两分钟，但有一些能持续个把小时。只有极少数时候，黑狼会爱极了它那些被驯化的隔房兄弟姐妹——显然更甚于其他狼的陪伴，甚至享用一顿新鲜的海狸肉，也更甚于我们能分辨出的一切事物。很多情况下，那样的吸引力不再是因为喜欢玩乐，更多的是一种人际牵绊，以至于让人觉得罗密欧简直聪明绝顶又宜家宜室，正在努力填补空白——并非纯粹出于繁殖、狩猎和求偶（与之一起能更好地捕猎或护卫领地）这样的生理需求。从消耗的能量和时间来看的话，狗和狼的社交互动并不会带来明显的生存利益，反而常常起到相反的作用。但这种消耗的程度对狼来说有多重要，暗示了某种复杂的需求，其真实性不亚于食物和居所。对于黑狼与某些狗的社交行为，就其内在的价值而言，不难进行定义：友谊，就是我们所理解的那个意义。至于人际关系，这些联系种类繁多，有些属于强烈的兴趣，有些则是毫无保留的崇拜，至于其缘由，其他人可能会觉得不可理喻。

虽然这种联系因一度被视为美好想象的产物而被人嗤之以鼻，但已有无数跨物种友谊的案例记录在案，有些出现在YouTube上，有些出现在正式的新闻报道里，还有越来越多的案例出现在科学研究中。猫和鼩鼱，狮子和羚羊，狗和大象，各种不可思议的搭配，应有尽有，不一而足。一时间便能想起关于这个主题的很多为大众所知的书。《动物的友谊》（*Friendships*）的作者是《国家地理》资深编辑詹妮佛·赫兰德，《动物的感情生活》（*The Emotional Lives of Animals*）的作者是生物学家马克·贝科夫，这两本书说明动物行为主义正吸引着越来越多的关注：认识到动物不仅分为不同的物种，而且有些野生和家养的动物有能力建立起父慈子孝的关系，有时候甚至能达到异常复杂的程度。赫兰德曾举过一个例子，一条老狗失明后，一只猫生活在它周围，保护它多年。除此之外，还有几条这样的记录，来源各异，都是不同物种的动物结伴生活，一方做另一方的"眼睛"。那么，一匹狼和一条狗做朋友？冷静理智地讲，要摒弃这个观念，倒比接受难得多。对于动物的习性和本能，我们还有太多的未知。

可以肯定的是：由于缺乏选择，罗密欧并没有找到它的最爱。每周都有几十条甚至上百条体型各异、形象不一的狗来到它面前，我们好像是按它的要求把狗带了过去。朱诺城生活着很多狗，同时朱诺人也推崇户外运动，这两者乃是天然的结合。是跟朋友们一起轻盈地滑上几圈，还是带着家人乘雪橇？长长地散个步，途中偶遇好友，还是就趁着午餐时间出去溜达几分钟呢？冰川乃是完美的目的地：美丽绝伦，一望无垠，野性难驯，但近在咫尺。当然要带上狗，它们可是自家的一员呢！

我们为了自己的需要而对这片土地进行了改造，这样的影响及其规则再一次为黑狼提供了绝佳的机遇。门登霍尔冰川休闲区完全满足了黑狼狩猎的需求，不同于城区周围的大部分地区，在休闲区，狗不用系上颈圈，有些人想给自家的小家伙们自由奔跑的空间，但又担心收到罚单遭到白眼，于是休闲区就具备了巨大的吸引力。最终休闲区成了一块巨大的室外蛋糕，调味料便是狗——大多都松了绑，音量控制也很成问题。一匹孤狼要想探查这些我们视为己有的动物，这里简直再好不过；或许并不会永远如此，但至少为这些狗提供了与其远祖的同类面对面的机会。

尽管黑狼非常友好，也总是乐于结交新朋友，但它知道自己最喜欢什么——似乎常常一眼就明白，而且会永远持续下去。达科塔和杰西是它钟爱的对象，谁能说清它爱哪一个更多一点呢？那些年里，至少十几条狗对它产生了如此强烈的吸引力，虽然无论哪一条出现，它似乎都能完全沉迷其中，但它也可以毫不迟疑地从这一条转到另一条——更像是风流的唐璜，而非痴情的罗密欧。不过奇怪的是，仍旧没有那种"一起来生小崽崽"的情愫，若是有了，还能勉强从整个事情里找到一些生物本能的意味。黑狼被达科塔和杰西所吸引虽然看起来很奇怪，但也是有道理的。毕竟这两条狗都是可爱友好的母狗，而且同样喜欢黑狼。当然不管怎么说，也可以认为它们充当了伴侣的角色。

那么现在，想想看友人安妮塔的故事。她有一条已经绝育的黑色纽芬兰拉布拉多混血犬，名叫糖糖。这家伙可真是个大蠢蛋——脑袋大大，目光傻傻，馋涎滴滴，常会突然爆发出一阵阵歇斯底里的狂吠，而且屡教不改，看起来像是情景喜剧的道具。这种狗会撞倒小孩子，偷走他们的玩具，胡乱吃些怪味的熊屎和豪猪来找乐子，还会吞下凝固的油漆以至于差点将自己毒死。油漆这种东西，明明怎么尝都不会好吃嘛。但我就是知道，因为那些蠢事我全亲眼见过。但是等等，还有更糟的呢。它有个充得鼓囊囊的玩具熊，安妮塔戏称为泰迪熊，这家伙却把它当作了情侣，每天例行公事似的，与之拥吻温存，画面滑稽而可笑。糖糖还是个瘦长的青少年时，安妮塔救了它。无疑先前的主人终于受不了它了，于是将它抛弃。安妮塔爱它至深，它也会慷慨回以热吻，当然这些吻常常让人想起腐烂的鲑鱼。善良如安妮塔，也赞同这个傻大个儿必定没什么可能长心眼儿了，相反，一定是被塞了一对骰子进来。那么，一条蠢笨如斯的狗，到底能为那条顶尖的犬科动物提供些什么呢？在我们的问题久久得不到解答时，又发生了一件事，让本来就很奇怪的事情变得更加怪异。

糖糖热衷于捡玩具游戏，棍棒、玩具、球类等，把它们衔回来，一遍又一遍。如果它能有办法让那蠢脑子一半醒着一半睡着，梦里它都能去捡玩具。安妮塔与夏可、约提（那只边境科利混种犬）在一起的时间，大多都在漫步，丢球捡球，就在我们租给她的公寓的后门外。安妮塔和糖糖都需要这种锻炼，他们互相迷恋，又一次说明了那种不可言喻的吸引力。总之，这个安排真是完美极了。

前一年我们发现黑狼没多久，就带安妮塔去看过。之后一个寒冷的下午，她带着狗沿湖散步，几只狗跑来跑去，糖糖的吠声震耳欲聋，要求再丢球来玩，停歇的间隙，嘎吱嘎吱的脚步声回响在寂静的雪原上，饶是安妮塔听力日渐减退，还戴着冬帽，也听得清清楚楚。她知道自己并非孤身一人。转过身去就看到黑狼小跑着跟在他们后面，呜呜地哼着它高亢迷人的小夜曲。当然，她就跟其他人一样被吓坏了，尤其是她还是孤身在外。但黑狼咧嘴而笑，摇着尾巴，流露出的身体语言安抚了她，况且我们已经向黑狼介绍过她和她的狗。当她转身面对黑狼，黑狼便会停下来；当她扭头接着走时，黑狼就保持着约莫30英尺的距离尾随其后。同时，糖糖继续着无休止的抛接大业，没有察觉到陌生来客，只要黑狼没有抢走那只沾满唾液的网球，一切都好说。约提不太合群地撇着嘴，虽然黑狼并不介意，但以防万一，约提还是被套上了皮带。

如此形成了一场每周数次的怪异四重奏：安妮塔四十来岁，书呆子气，不太有户外范儿，带着两条狗走在前面，一条黑狼小跑着跟在几十码开外，因为要去些地方而兴奋不已，不过不管走到哪儿，糖糖都没怎么注意过它。我从没见过那条蠢狗注意到过罗密欧，更别提与它互动了，如同它是隐形的一样。安妮塔其实也鲜少去看黑狼，更从未凝神注视过。她的行为谨慎持重，也在意料之中——我敢肯定黑狼能明白这个信息所传达的精神旨意。它几乎天天都在忍受目光和议论，想必十分享受此时的放松。安妮塔无条件地接受了黑狼，就跟她接受糖糖一样；而且她不同于黑狼遇到过的任何人，根本不求回应。她从不带相机，也不邀请别人一道，途中也不闲谈攀扯，更没对黑狼做出友好的姿态。我有时会用望远镜在远处看上几分钟，有时会在湖上碰到她和黑狼，我们互相客套寒暄，拍上一两张照片，便又继续滑行。冬日斜阳中，他们绕着冰川上的大教堂漫步，朝圣似的，黑狼投下阴影，整个画面好似一副有生命有呼吸的萨利瓦多·达利的油画，满是象征和梦幻。

安妮塔和她的狗从来不追逐黑狼，黑狼发现他们便尾随而至，这无形中巩固了这段关系。一天下午，我带着古斯坐在巨石滩的另一侧，跟两个高大的渔夫闲聊。他们带着两条拉布拉多，而黑狼当时便站在50码开外，它跃跃欲试，想要加入进来。沿湖过去半英里处，有身影出现在溜冰休息室附近的冰原上，那是安妮塔和她的狗。黑狼转头瞧了瞧，朝他们跑过去；它完全清楚那些影子是谁。两名渔夫目瞪口呆地看着，安妮塔带着她的狗朝北边去了，罗密欧则小跑着落后几步一路跟随。"好吧，"一个渔夫嘟囔道，"她太紧张了，居然就那样带着狼走了。"不过我觉得，安妮塔并没时间做出这样的安排，这再明显不过了。

虽然将糖糖和黑狼做比较显得颇为怪异，但就吨位而言，两者还是相去甚远。糖糖并非无缘无故就得了傻大个儿的称号。它约莫90磅重，正值盛年，体型高大，颀长清瘦，肌肉发达，正适于奔跑。若不是生活太过安逸，它本能再轻轻松松长个15磅肉，更加健美壮硕。但在罗密欧身旁，它的块头却显得小了许多。鉴于此，其他的狗也一样，甚至少数比糖糖还重的也是如此。黑狼四肢修长，冬季皮毛丰厚，头部和胸部轮廓鲜明，使得它看起来比实际体型还要庞大。我在雪地里见过的其他犬类足迹，衬着傻大个儿的，就没有不显得孱弱可怜的。这傻大个儿的爪子大而松软，但也并不比罗密欧的脚掌更加宽厚。

还有别的狗及其主人，与黑狼也有些纯友谊的来往。有些是我的朋友，有些不过点头之交，也有的素未谋面。黑狼的大多数拥趸都精心守护着自己的秘密。每一个拥有这种幽会经历的人都认为自己的独一无二，他们确然是对的——其实大家都心照不宣的是，所有相会都是大同小异的，在秘密的时间和地点，成功获得自己的观众，无论是山谷内还是山谷外，有些带着狗，有些则没有。

于我而言，与黑狼的所有故事里，最值得纪念的乃是友人约尔·班内特和他妻子路易莎的。罗密欧来到此间几年前，路易莎确诊罹患乳腺癌，手术、化疗、放疗接踵而至，痛苦难当，其间她仍定期朝圣般走出家门去拜访黑狼，有时同约尔一起，有时则与我结伴，滑雪或步行，步履维艰，面上却带着幸福的微笑。路易莎形貌昳丽，内心善良，虽饱受病痛折磨，却从不怨天尤人。正如约尔后来所言，与黑狼的相遇让她充满活力，满怀希望。与雪莉、约尔和我一般，路易莎也认为自己挚爱的阿拉斯加，在优雅的罗密欧身上得到了体现，在山脉勾勒出的冰川上巍然屹立。

不过，哈利·罗宾森和他的黑色拉布拉多混种犬布莱顿与黑狼的交往却尤为特别。尽管一开始就很亲近，双方却是第二年冬天才亲密起来。倾慕之情和共同经历纠缠错结，跨越了时间。三者相处日久，常常在林木葱郁的山坡上漫步，爬上更高的西冰河步道和疏浚湖区，也走过奔雷山脚，无论黑狼走向何处，人犬相随，风雨无阻。就社会功能而言，他们日渐形成一个族群：巡视领地，歇息游玩——连哈利也加入其中。"它有时会擦身经过我，用鼻子碰我的腿，"他回忆道，"它很喜欢做雪天使或者雪狼，反正名字无所谓了，也喜欢用爪子堆雪堆，好像堆雪人似的，有时会龇牙咧嘴地朝我笑，好像在说，'看看我的大作。'"那些相聚的日子里，黑狼有时会切换到狩猎模式；它会刻意消失一会儿，搜寻猎物，然后重又加入哈利和布莱顿的行列。人、犬、狼日常相会——三个不同种的动物亲密无间，令人震惊而费解——渐渐固化成了一种习惯。黑狼常常等在西冰河步道的停车场边，一听到哈利汽车的引擎声便跳进他的视野。如果黑狼不出现，哈利难免会感到一阵失望，有时还会担忧。极少数情况下，他和狗没能前往，他觉得黑狼定然也失落不已——当然是因为犬科小伙伴，或许也有一点他的缘故吧，不过，谁知道呢？三者便一起开始了一段奇异的旅程，走过前方数英里路，穿越光明和阴影。

至于我自己，则继续着第一年隆冬时节与雪莉一起决定的路线。其实我每天都会看到黑狼，有时一天能见到好几次。并且，虽然它常常等在屋外100码外，我却犹豫了，通常会拒绝这样的近距离接触——我本来带着精力充沛的糖糖或者彬彬有礼的古斯做中间人，轻易就可接近它。然而罗密欧显然知道我是谁，我也了解它，这种关系放松而友善。如果它发现了我，不论带没带狗，它都会朝我跑来，友好地打个哈欠点点头，如果我想，也乐意与我亲近——如果我带的不是雪莉而是别人，它就不会如此行事了。有时我滑雪，它会轻松地在一旁与我并行奔跑，狗则跟在身后，我们隔着很近的距离在冰上歇息。我确定它永远猜不到我多么努力才抵制住拉近距离的诱惑，但每当它靠得太近，我就将狗唤来，朝它挥动滑雪杖。如果我们是在布鲁克斯山空旷的山谷，情况就可能有所不同了，但我们却是在此间。无论我作何想，都没办法忽视那些房屋和人类。

与此同时，朱诺人适应着在方方面面与黑狼熟悉起来。人们意识到，这匹狼并非我们生活中的过客，而是一部分，是一个个体，从某种意义上而言，你能辨认出来，逐渐了解：不是一匹狼，而是这匹狼——罗密欧，这个名字悄无声息地成为了常识，即使从未见过它的人们，也适应了它的存在，人人都知道它是谁，这让一些野生动物管理者和较为保守的人士大为失望，因为他们认为给一只野物取名，妄想这东西具备人性，简直愚不可及，尤其是它还个头庞大，不宜入怀，食肉为生。

起名问题击中了阿拉斯加渔猎部和林务局部分官员的痛处。当时朱诺地区的护林人（总管理员）皮特·格里芬却认为身边有这匹狼"棒极了"，因此这个问题不在于名字本身，而在于起名这个行为及其所代表的意义。他说："给动物起名，使人对一段虚幻的关系信以为真。"逻辑关系是这样的：如果给野生动物起名，人们难免会赋予它人类的特性，并且逐渐相信无论如何彼此之间存在某种互惠的联系，即友谊，或者至少相互理解。这种想法会导致过度熟悉和近距离相处，从而也就产生了冲突。迟早会有人受伤乃至丧命。如果最终以人类受害告终，这匹狼也必然得付出生命的代价。大多数生物学家和管理者对过度亲密的关系所指出的教训便是，人和野生动物的关系，早晚不会有好结果。

起名的政策虽然大家有目共睹、司空见惯，但无论在阿拉斯加还是其他任何地方，甚至林务局内部，其实管理机构都无法达成一致。比如位于朱诺以南两百英里左右的阿南溪野生动物观测站，它是由克奇坎护林区管理的，该地有十几只黑熊和灰熊，每年夏天都会在溪流中饱餐细鳞大马哈鱼。一旦当地人员确认有陌生的熊出没，就会给它命名，常常都是心血来潮想到的，只要能贴合这只动物的外表或性格——就跟初中生互相起绰号似的，能多有个性就多有个性，能多离经叛道就有多离经叛道。阿拉斯加西南部的麦克尼尔河和布鲁克斯瀑布也发生过类似的事情——前者归阿拉斯加州管辖，而后者则是美国国家公园管理局负责。两个不同的机构采取了同一个办法，原因很简单：名字容易记忆，比起数字来不易混淆，谁都能立刻明白小短或者爱丽丝是谁，那头熊的表现如何，它常常在哪里出没。虽然有人会争辩，认为那些名字仅仅是管理工具罢了，为了科学和管理服务，但显然还有更深层次的牵绊。20年前，布鲁克斯瀑布附近几乎人人都知道谁是戴维，麦克尼尔的人也知道怀特夫人，还有不少其他动物，其声名和故事都在员工、导游和成千上万着魔的游客间流传——每只动物都是有名有姓的个体，因其外貌、习性和性格而为人所知。有些最为亲近的人并非无知的游客，而是机构人员，他们对这些动物了如指掌，而且大多数动物的名字都是他们起的。至于名字会造成麻烦，那三个观察区已经做出了表率，尽管有人与动物互动频频，却并没有发生安全事故，也很难在阿拉斯加或其他地区找到因动物命名导致管理问题的特殊案例。事实上，命名与否的争议似乎更像是在转移注意力，其实命名本身并不构成问题。有些人不清不楚地嘟囔这就是不合适，别人问为什么不呢？动物得到名字，会有什么危害呢？为什么不将某些野生动物视为独特的个体呢？黑狼当然属于此列，并且很多人都这样想。

　　不可命名的呼声其实有隐含之意：保持距离——不仅仅是生理上的，还有感情上的。狼同其他野生动物一样，严格说来并无特殊之处，有些人因为各种原因，更愿意这样对待它们，比如管理一只大受欢迎的动物，可能会带来麻烦——尤其是如果"管理"意味着驱逐或杀害，或是允许合法狩猎那只动物。

  一种极端的态度——这在自诩为狩猎爱好者中很常见——隐藏着根深蒂固、不假思索的轻蔑，蔑视那些试图将野生动物看作有感知力的生命来交往的人。像哈利那样围着一匹狼转悠，对那群人而言已然濒于文化禁忌，这种行为不仅是错的，而且十分失礼，会对当代狩猎传统带来危险——在以狩猎为生的传统社会里，如果动物并不具备超自然的能力，人们也坚信自己与其追逐的动物有着深切的灵魂羁绊，会赋予它们充满敬意和意味的名字，通常平等相待，用奥地利神学家马丁·布伯的术语来讲，这是一种"我－你关系"。当代主流狩猎活动正如支持对动物进行设陷捕杀的电视和杂志所呈现的那样，坚持人格物化，而非社交约会，认为追逐杀害无名无姓的生物乃是天赋的合法权利，无论是为了娱乐还是渔利，甚至不过是心血来潮。布伯或将这样的关系命名为"我－它"关系。加州熊的保护者提摩西·崔德威越过了社会界线，给阿拉斯加沿海棕熊起了小布和小蛋糕这样忸怩的名字，与它们共处数年，直到他和一名女性同伴遇害，其生前死后都是狩猎者们嘲笑的对象。如果崔德威狩猎缴获无数，当他追踪老秃熊时攥着0.45英寸口径的杠杆枪被撕咬至死，他就反而会被奚落者悼念，同样是这些人，他们愿意给"离群的"熊、狼等起名，也愿意勉强出于敬慕与之建立个人关系，只要这只动物无可避免地遭到猎捕和杀害。但发生在黑狼身上的事情却全然是另一回事了，甚至有些危险——而一切都源于那个可恶的名字。

那么我们就倒回去吧,就称它黑狼好了,简单的形容词加名词组合,像普通的研究实践一样,打上一个中性的标签——W-14A。那会改变已然发生的任何事情吗?改变它的命运?还是改变我们对它的认知?黑狼来而无名,是它的性情和行事方式随着时间赋予了它这个名字。回顾历史,多少野狼得到过人类的命名?无疑两只手就数得过来,并且都是恶名昭彰的狼,为它们命名不是出于喜爱,至少它们生前是没有的。"名字有什么关系?"莎士比亚笔下的朱丽叶若有所思地问自己,"我们称之为玫瑰的东西,叫别的名字还是照样芬芳。"或许这也适用于几个世纪后另一个世界里与她爱人同名的那位荒野来客。

8
新常态

2005年3月。

罗密欧独自卧在河口的冰面上，伸展四肢，享受午后的阳光。我自100码外滑雪经过，它抬起头看看我，打了个哈欠，随后在强光下眯着眼，但没有起身，似乎在说："噢，是你啊。"随即便又躺下小憩了。我停下来点头致意，报以无言的感激——既是为了它一贯的平淡，也是因为它还在此间——然后撑着双竿继续朝冰川滑去。黑狼出现后的第二个冬天平静地过去了。一月的黑暗能叫灵魂麻木，但它终究占了下风，只得将世界让给了早春时节日渐变长的白昼，一切都出乎意料的顺利。当然，痼疾难去，但那些问题都已沉淀为背景噪音。包括罗密欧自己，大家似乎都对这只体型庞大、行动自由的野生肉食动物制定了新标准，它和平友好地与人类和家畜来往——日复一日，月月年年，从不间断。并非在野生动物园内，而是在阿拉斯加这样半城半乡的地区，没有规章制度和管理人员发号施令——这个交界处无拘无束，自由自在。然而，那成千上万次交往中，一些发生在后院和停车场的相遇，把人和狗吓得发颤，但双方都没有做出足以改变游戏规则的举动。有人预测会发生危险事件，会有宠物丧命，甚至还有更糟的事情，但始终风平浪静。同样令人惊讶的是，黑狼也活得好好的，没有一命呜呼。

它在我们身边愈发放松自在，我们亦是，要除掉它也变得前所未有的容易，它始终命悬一线。大多数朱诺人似乎已经随大流地遵从了这个奇怪的观念：后门外有只大个头的友善的狼是一种新的常态。有些人即使并没有这样的观点，也仍然表现出极大的宽容，着实令人钦佩。当然，形势大好，其实难以长久。

瑞克·休特森，20岁，当地人。三月中旬的一天，他与朋友携两条狗在疏浚湖区散步，其中一条狗叫坦克，是一只两岁的小猎兔犬。据休特森所说，没有给坦克拴绳子，它跑进了树林里，并很快就有所捕获——换言之，这是小猎兔犬的正常举动。休特森说他追着狗跑去，尽力喊它回来。"不过是眨眼间的事，我听到前方传来深沉的嗥叫，随即坦克就失去了踪影，"休特森告诉《朱诺日报》的一名记者，"又过了一小会儿，我看见黑狼从我面前跑过，我知道坦克已进了它嘴里。"休特森和他的朋友都没能找到那条狗，生不见狗，死不见尸。他向渔猎部报告了这起事故，翌日在渔猎部地区生物学家尼尔·巴顿的陪同下重又开始寻找。巴顿遵照专业标准，肩扛12号猎枪，装载了橡皮子弹，另携子弹壳以防万一——后者火力足以干掉一头横冲直撞的灰熊。

巴顿和休特森搜遍了灌木丛地区。春雪给搜寻造成了困难——太过松软，很难留下前一天的痕迹，融化的积雪让道路上的狼、狗、人，还有野兔、松鼠等各种小动物的足迹扭曲难辨。有些地方硬表层下还有积水，有些泥沼上的冰层开始融化。尽管休特森前一天才去过那里，巴顿也没能找到清晰的路线或者其他迹象可以佐证休特森的猜想。他们确实发现了一块血渍，浸在了冰雪之中，那块血渍并不大，也很难辨认新鲜度。但是血渍中并没有狗的毛团、骨块，或是能说明问题的颈圈。休特森的叙述也不甚确切，细节上语焉不详。巴顿注意到：休特森有一枚吸引捕食性动物的哨子，他无意间从兜里掏出来过。人们使用这类装备的唯一目的就是模仿野兔受伤的尖叫声，以此吸引肉食动物接近。"我问过他为什么会有那个东西，"巴顿说道，"他支吾不清，说是只在自家院子里吹响。事情变得完全不一样了。"巴顿猜测，休特森或许企图诱狼深入，并且成功了：罗密欧一路奔来，想要轻松饱餐一顿，看见一只体型颜色都接近兔子的动物蹿进灌木丛，猎捕的天性就被激发了出来，毕竟这个地区是罗密欧熟悉的狩猎地，纵横交错着兔子奔跑的轨迹。在这种情况下，考虑到休特森并未管好自己的狗，巴顿认为这件事很难归咎于罗密欧。此外，他们也没有确凿的证据表明罗密欧杀了那只小猎兔犬；那些血迹可能是野兔的，坦克也有可能被白头雕给叼走了。（似乎正是为了突出这个可能性，写下这段文字之后没几天，也就是事故发生几年之后，我在朱诺的一个朋友讲到一只雕将来历不明的狗的尸体的一部分丢进了她家院子里。）

休特森让巴顿猎杀黑狼，这位生物学家拒绝了。几年之后，巴顿仍觉得自己做了正确的决定。"我觉得没有正当理由杀死黑狼,"他说,"它并非前一天出现,第二天便杀了那只小猎兔犬。我们多次观察到它和狗友好来往。"哈利·罗宾森后来也去搜寻了一番,同样一无所获。他也看到带血的雪了,但并没有小猎兔犬的踪迹,而且发现了一些足迹,或许是坦克在松软的融雪上留下的。还有一个反证,就在坦克消失几个小时之后,雪莉的一个熟人带着狗,在湖的西北角上碰到了罗密欧,它看起来一如既往,从未伤过狗,也不像是可能会伤狗的样子。

如果那只小猎兔犬的失踪是一起刑事案件,那么整个案子归结起来如下:没有尸体,没有谋杀证据;没有确凿证据给嫌疑犯定罪;在先前无数相似情况下,嫌疑犯并没有犯罪历史——而且事实完全相反;整个案件只有一位目击者疑点重重的证词。简言之,理智尚在的律师都找不到提起诉讼的由头。

然而,关于哨子的细节,连同巴顿对整个情形的看法以及其他人的观察,都没有记录在案,此案也没有进入公众的视野。相反,数日之后,朱诺居民晨间喝咖啡时看到过一篇特别报道:"传闻湖区黑狼杀死小猎兔犬",副标题则是"狗主人意欲杀死或驱赶黑狼"。虽然副标题基本属实,结论也看似合理,但标题所推演的因果关系以及故事并未阐述的事实还是对黑狼造成了巨大的伤害。这篇文章以休特森未加考证的说辞为主要内容,还引用了他的话:"如果事先有标志和频繁的警告告知人们这匹狼的位置,并提醒人们它会造成威胁,我自己,还有我的狗,就不会遭遇危险了。"简言之,休特森宣称这是当局者的疏忽,虽然他承认前一年见过黑狼,并告诉过巴顿他知道黑狼在此间逗留。

巴顿的名字显然不会出现在这篇文章里,不过马特·罗伯斯,时任阿拉斯加渔猎部野生动物保护主任,维护了政府的立场。作为一名政府部门高级管理人员,他的地位仅次于部长,却参与到这条新闻里来,而整件事却只不过关系到当地一只动物,实在是非同寻常。数年后,罗伯斯告诉我,他无意中接听到报告者的电话,并非事先安排(他甚至并非巴顿的直系领导),并且,他对巴顿完全有信心,认为他能独立说出正确的话,做出正当的事情。但这件事相当敏感,罗伯斯长居朱诺,自然心知肚明。

除了当地人对罗密欧表示了强烈的支持,全国其他地区近期涌现了颇具争议的黑狼控制节目,渔猎部一时又处在了舆论的风口浪尖上。东南部并没有类似节目,渔猎部最不需要的便是责难,尤其是牵涉到一只特立独行、声望颇高的动物,而这个典型代表可能会导致更广泛的毫不相关的讨论。20世纪90年代早期,阿拉斯加在州长沃尔特·希克尔的督导下进行了一场杀狼运动,但触犯了众怒,进而导致大规模抵制阿拉斯加旅游的行动,阿拉斯加州杀狼项目被迫中止。渔猎部在更广泛的议论和当地的现实政治之间举步维艰,需要慎之又慎。同时,这个意外也使一小群直言不讳的朱诺"反罗密欧分子"展开了行动。休特森的母亲起草了一份愤怒而冗长的抗议书投给渔猎部,并且在镇上及疏浚湖地区大肆张贴单页传单。她给《朱诺日报》写了一封义愤填膺的信:"我们还在等什么?要再一次目睹宠物被带走?看着小约翰尼被一匹野狼抓走?但愿不会这样!……若是渔猎部为了吸引游客而保护黑狼,然后(原文如此,有误,应为而非)保护居住在此的人类,那就太令我失望了。"当然,渔猎部其实并没比别人多做些什么来保护黑狼,其实甚至根本也没做过什么。此外,湖区增加的客流显然都是当地人,并没有游客混入其间,也没有任何记录显示人类从这匹狼身上寻求庇护。但无论说辞多么不准确,或是言过其实,这个信息确实是广为流传了,伤害也就造成了。我悄声告诉雪莉,这会毁了黑狼的。她点头认可,完全明白情况有多危急。

黑狼被成功打上了威胁人类的烙印,渔猎部作为国家机关负责安抚这些担忧(如非授权,那么默认如此),被迫对此作出回应——呼声太高,渔猎部很难视若无睹。罗伯斯不仅没有驳斥或确认那只小猎兔犬之死的可疑证据,还赞同其似乎确实命丧黑狼之口。如果渔猎部不采取行动,一旦有人受了伤,渔猎部将会面临史无前例的难缠官司,而其业务伙伴林务局也难辞其咎。渔猎部生物学家有四个选择:坚持一贯做法,即维持稍作监察、袖手旁观的立场;转移黑狼;训练黑狼避开人类和狗;或者杀之了事。由于可能吃官司,无为路线只得排除在外。而杀掉黑狼必须得秘密行事,因为这无异于投放原子弹,必定会激起严重的余波。

另一方面,转移黑狼并不致命,切实可行。一队生物学家用安定镖射击黑狼,拴牢稳定住它,将它转移到合适的地点释放,远到它不可能回到此间——比如说到林恩运河峡湾的另一边,塔库湾的南部,或者奇尔卡特山谷上游朝北90英里。飞镖是得到认可的捕获手段,几年前阿拉斯加州进行了一个试验项目,从四十里河转移过很多狼。四十里河位于育空河上游，基奈半岛以南几百英里。谁会对这个方案不满呢？狼安全了，人安全了，故事也结束了。

然而安定镖又是一桩麻烦事儿。药品效果很强，很难通过肩扛式武器控制好剂量，北极熊、驯鹿等不少野生动物因为被飞镖射中而染病，甚至因被飞镖击中受伤而丧命。这个死亡率在1%左右，但有时候却高得多。并且动物偶尔会在转移途中因为各种原因丧命；事实上，许多狼在四十里河-基奈半岛转移中确实一命呜呼了。

即使黑狼被成功转移释放，将它丢在一个陌生的地方，其实也跟宣判死亡差不多了——即使没被饿死，也可能会遭遇当地狼群。黑狼初来乍到，虚弱无力，孤身一狼，全无方向，显然不敌其他狼群为捍卫领地倾巢而出的力量。黑狼被捕后会被装上卫星跟踪颈圈，颈圈是为了更好地追踪一只已知的动物的行踪，它的行踪和命运极有可能被颈圈记录下来，这既是为了研究之便，也是为了易于管理。颈圈重两到三磅，一些生物学家认为这会令生存更加不易。一只动物如若靠速度和踏雪无痕的本领为生，被加上这个重量，等同于让一个马拉松运动员在搏命奔跑（很可能确实如此）中还拽着几磅石头。令事情更为复杂的是，追踪数据，尤其是这样一个令人感兴趣的案例的数据，通常是会公之于众的，意外杀死黑狼，甚至间接达成这个结果，整件事都可能会升级成公关灾难。罗伯斯简明扼要地总结了这个困境："许多人想将狼留在此地。他们认为这是与野生动物相处的大好时机。如果我们企图转移或杀死它,我们受到的责难会比现在更多。于我们而言,这是个必败之局。"

最后的选择便是尽力驯化黑狼,让它对人类更为警觉。利用操作性条件反射的原理可达成这个目的。这个选择风险低,易管理,再好不过。就门外汉来看,再简单不过了:派出生物学家带着狗,当狼接近时,朝它开上几枪,无须致命——这或将激怒它吓到它,但并不会造成持久的生理伤害。经过几次,理论上它会把人和狗与这种不愉快的经历联系起来,然后与之保持距离。渔猎部可使用的有三种装置:橡胶子弹(并不全是橡胶,但炮弹最初并不是为了杀戮而设计),豆子袋,还有饼干炮弹。这些都得到了广泛使用,用以驱逐或训练令人头疼的野生动物。橡胶子弹经由手枪、猎枪或特制枪支射出,射程广,冲击大,但威力可不小;全球范围内,防暴警察射击这类子弹,已造成多人死亡,成千上万人受伤致残。这些东西能伤及人类甚至致死,那就可能轻易对一匹狼造成同样的后果。由于它们神出鬼没,不轻易与人冲突,对狼射击橡胶子弹的案例非常罕见,但渔猎部生物学家麦尼还是记载了一起发生在加拿大北极地区的橡胶子弹致死的案件。豆子袋子弹是一袋极小的团粒,由12号枪射击,造成伤害的几率小得多,但它们也不精确,有效射程不足30码。最后的选择是饼干炮弹,又称烟火弹,乃是猎枪发射的一款爆炸装置,依赖其恐吓效力,而非冲击效果。

《朱诺日报》文章指出,橡胶子弹将会是具有威慑力的选择,不过多年后马特·罗伯斯告诉我这个细节实属误报。他并没有权力下达这种命令，巴顿或需咨询直系领导，或可直接做出决定。巴顿接受采访时确认，第一次企图迷惑黑狼，使用了豆子袋，碰巧为记者约翰·海德亲眼所见。"而我失手了，"巴顿苦笑道，"但似乎达到了想要的效果……（黑狼）明显被枪响吓到了。它停在豆子袋前，甚至已经注意到了那玩意儿，而我一无所知。然而，它一跑开，就钻进了森林，哀嗥了一阵……接下来几周都不太出现了。"虽然巴顿随后多次巡视湖区，他说自己却未再朝黑狼开枪，不过是因为再也没有这样的机会了。无论罗密欧是否成功受训，学会避开狗和人，或者仅仅避开巴顿，都尚待商榷，尤其是考虑到黑狼很快便重新开始频繁地与许多朋友来往，其中便包括布莱顿和哈利。

当然，罗密欧的许多追随者为此感到难过，他们认为此举毫无必要。他们也很担心黑狼会被赶到别处去，赶去缺乏保护的地区，将会令它身陷危机。哈利认为罗密欧确实曾为橡胶子弹所伤，因此步履蹒跚。那年春天后来的日子里，黑狼确实时不时跛着左前腿，虽然这也可能是摔跤或被豪猪的棘刺扎伤所致，甚至是它逃脱捕兽夹时受的伤。我和很多认识黑狼的人一样，心情十分复杂。让黑狼对人类更为警觉慎重或许能助它存活下来，如果我们不自私，它的命就是底线。无论是豆子袋还是橡胶子弹，官方采取恐吓的方式进行回应，已经颇为克制了，事情本可能以更为糟糕的后果收场。

又经过了至少一个月，期间黑狼与人类在湖区和疏浚湖区来往频仍，事态进一步恶化。有些暴怒的反狼者等着寻到借口，坚持采取极端行动,更甚者要亲自动手。如果罗密欧刚好决定了一些狗如今可作为一道特色菜呢?比如说某些小型犬,具有特定行为或外形特征,离人类有一定距离。如果狗一条接一条地消失无踪呢?第一起事故后,第二起接踵而来,那黑狼就在劫难逃了。而且,繁殖季转眼就要过去了。

那只名叫坦克的小猎兔犬消失数天后,一个名叫比尔的年轻兽医技术员带着他12周大的秋田犬幼崽沿着湖区的东北边散步。他来阿拉斯加不久,十分喜爱罗密欧,当然,当黑狼从灌木丛中跳出来,温柔地与那只12磅半的狗崽子玩乐时,他也受惊不小。但黑狼突然咬住秋田犬的脖子,跳进了柳树林里。比尔不顾一切地呼唤他的小狗崽,但依然无声,他失望至极,敌不过阵阵悲痛懊悔:他竟然就站在那儿,让他心爱的小狗被叼走了。怎么一开始他就如此没头脑,竟然没有顾忌小狗的生命安全?现在该怎么办?他能做些什么?他意识到如果报告了这起事件,那么黑狼将背负的就不是一起,而是两起死亡案件,黑狼无疑会因此丧命。不过一想到要手无寸铁孤身尾随狼的足迹追进灌木丛,他就恐惧不已,但他还是一头扎进了眼前远离道路的迷宫。还没走到30码,就看到小狗崽蹦蹦跳跳地朝他跑来,嗷嗷直叫。它竟狼口逃生!他抱起这只幼小的秋田犬,顾不得停下来检查伤口,逃也似的跑进了湖区。他手忙脚乱地给小狗做了全面检查,虽然经验丰富,也未能发现任何咬伤或瘀伤。连划痕都没有。他扫视林木线,湖岸静静地横亘在暮色之中。黑狼消失不见了,比尔感激不已,却也万分好奇这究竟是怎么回事。一年之后,他已经离开了阿拉斯加，但终其一生，也难以忘怀这次经历。

到底发生了什么呢？那只秋田犬是如何成功逃脱死神之口的呢？显然，是黑狼放它走的。但是为什么呢？为什么这只捕食者毫不遮掩地表达它的情感？就像电视上演的自然纪录片那样，一只猎豹大费周章捉了只羚羊，结果就为放了它？还是一头杀人鲸温柔地把海豹幼崽推到岸上，未施毒手？当然，即使最有经验的研究员也猜不出狼在想些什么。我和其他人都认为，合理的解释就是罗密欧是在与小狗玩乐——扮演的角色并非捕食者，而是监护人。要记住，族群中的所有狼都对自家幼崽关怀备至，并且积极分担抚养职责。有些成员对于照顾下一代，似乎比其父母还要兴致勃勃，展现出不可思议的奉献精神和耐心。罗密欧性情无疑友好而温和，简直是狼叔叔的完美典范，朱诺的狗都是它族群里的小家伙。它生性喜爱照料幼崽，用它那足以断筋碎骨的利齿小心衔起那只秋田犬（这个品种的外形和行为酷肖狼），带着它跑掉了。当小狗听到比尔的呼唤想要返回，它明白小狗的悲伤，便又放它走了。我也想不出更合理的理由来解释黑狼为何如此温柔地带着那只小狗跑开，却又将它完璧归赵。

但那个故事，就跟黑狼的其他故事一样，只在一个相对较小的圈子里流传；如果广为传播，或许就在一个电视节目里，丢失或扭曲了一些细节，以至于面目全非，变成黑狼又杀一犬。对于那只小猎兔犬坦克，我相信，如果巴顿也有此怀疑，黑狼很有可能确实杀死了它，虽然哈利·罗宾森和其他人据理力争，间接证据以及黑狼的一贯性情，都有力地证明了黑狼不太可能下此毒手。罗密欧也有可能试图捡起那只小猎兔犬，但小猎兔犬或许惊慌失措，要么龇牙咧嘴，引起了黑狼的反应。或者那条狗其实掉进了冰湖里。这两起遭遇里究竟发生了什么，我们永远不得而知了。即使最了解黑狼的人，窥看它，也就跟宇航员注视银河系边缘的遥远星辰一样，不甚清晰。

  2005年的春天并未因此停下脚步。雨季如期而至，冰雪渐融，很多人和他们的狗好几周都没能前往湖区。雪泥和流水下仍有两尺厚的坚冰，黑狼仍跑来跳去。一些顽固分子穿着及膝靴奋力前行。疏浚湖区也融化过半，变得泥泞不堪。罗密欧越来越少出现在老地方，直到有一天，它终于离开了。它或许终于在山林里寻到了伴侣，组建起了自己的族群。三月落下帷幕，早春四月温暖如许，融化的深色冰面上再也没有足迹。黄昏时分，我仍常常静坐室外，想要倾听回响在山林里的熟悉的嗥叫声，也会在湖岸边徘徊，搜寻蛛丝马迹。不过我早该清楚，自己爱莫能助，唯有诚心祝福。

9
狼之奇迹

2006年3月。

暮色四合,黑狼伫立在湖的西岸,目光扫视着半英里开外的疏浚湖区的沿岸,身形倒映在水面上。微光穿透薄雾的面纱,泼洒而出,投射出相机难以记录的微妙色调,黑狼与周遭的一切静静沐浴其间。我孑然而立,听见乌鸦的叫声在群山间回响,等候世界吐故纳新。最终黑狼迈步上前——并非走进水里,而是水上——正如我所见的那样,它轻松地在湖面上跳跃起来,每一步都激起一缕银白的烟雾,V字形的痕迹记录了它的足迹。黑狼至远处停下脚步,阴影重重,它的身影融合其间,没入夜色之中。

虽然黑狼的夜间漫步看似一次特大事件,却也简明地解释了水下几英尺的情形。冬日解冻持续了一周,时有大雨如注,湖水泛滥,积雪融化,但两英尺下的坚冰却不为所动。即使知道黑狼神来之力的缘起,这场景也令人惊叹,同时也提醒着我们,它能在人类之间存活不止三冬之久,堪称奇迹。

同其他野狼一样，黑狼自出生以来，经历过自然威胁的围追堵截：饥饿，天敌，疾病，受伤。若运气稍差，有一次失手，它早就一命呜呼了。但它选择居住在人类聚居地附近，显然这对它颇有裨益，它也凭借一系列优势，击败了种种威胁，矛盾的是，这些威胁也正是给予它安全的同一物种所制造。无论是否大多数朱诺人都愿它安好，它的生死其实不过仰赖于某一个人的行为罢了。无论有意无意，恶意无辜，合法违法，结果都可能一样。没有人知道黑狼到底躲过了多少字面上或比喻上的子弹，我们所知的冰山一角也暗示了火力之充足。

虽然设陷猎捕作为主要谋生手段逐步淡出了阿拉斯加人的生活，但朱诺和阿拉斯加的大多数城镇一样，仍有为娱乐休闲而捕杀动物者活跃在这片土地上。其间好手技艺熟练，不屈不挠，更有甚者宣称自己的狩猎行为并非仅仅坚守边疆的一项活命传统，通过控制害兽和捕食者的数量，他们也为社区做出了贡献。他们悄无声息地进行着这些勾当，彼此保守秘密。在恰当的位置设好陷阱，无论是用尿液的气味引诱，还是用芳香的食物做诱饵，确实都能有效捕捉、杀害狼，尤其是在崎岖不平、林木茂盛的地区。道格拉斯岛上的狼和其他动物，包括那些或许跟罗密欧来自同一族群的狼在内，不少都命丧当地陷阱和其他各种猎捕手段之下。与传说相反，狼大多都很容易掉入陷阱。试想，钢铁为齿的夹腿捕兽夹一个多世纪以来设计上都维持原样，却在美国本土48州的灭狼行动中扮演了主要角色。这种陷阱（有些直径较小的是为捕捉野兔）在整个疏浚湖区都是禁用的，不过在门登霍尔冰川休闲区和与其接壤的朱诺自治区里，已有道路的四分之一英里范围内，执法却并不严格。多年以来，哈利·罗宾森和其他远足者好几次发现有人在冰川和其他道路区内非法安装陷阱——并非都是为了黑狼，尽管如此，其中一些至少能对它造成重伤。然而，他们向当局报告了此事却并未得到回应。执法官员很有可能认为，即使展开全面调查，至多也就是给当地一些捕猎爱好者一张警告传票罢了。为了弥补这个空白，一些民众开始独立解除或移除陷阱。

虽然始终没有确凿的证据证明罗密欧曾踩上这样一个装置，但密切注意着它的人至少曾两次发现它明显有跛足现象，下肢也曾受伤，这很有可能正是捕兽夹造成的。狼常常能够逃脱捕兽夹，因为本身力量充沛。2005至2006年之交的冬季，黑狼曾消失过将近两周，甚至哈利也不知道它的去向。当罗密欧终于再次现身时，它瘦骨嶙峋，狼狈不堪，这副模样人们见所未见，但知道它的人却都松了口气——并非第一次，也不是最后一次。它或许意外为陷阱所困，数日后才得以脱身，我们无从得知确切答案。即使黑狼从未感受过被捕兽夹折断腿脚的咔嚓声，也没经历过被索套绞紧的窒息，但无疑这些年来它反复遭遇过这类威胁，只是幸运地从旁绕过了。运气加上愈发丰富的经验，它总归成功地避开了自己千百万同类未曾逃脱掉的命运。

如同陷阱一样，大型狩猎活动在休闲区的大部分地区都是被禁止的。然而，在休闲区携带武器却是合法的。虽然大多冰川游客都想不到要携带枪支，但也有一些人以自保为名带上武器。当然，可能造成威胁的乃是非常主观的因素。我知道有些阿拉斯加人终其一生都把视线范围内的所有灰熊和狼视为威胁，其他人一旦在门廊上看到熊，就会嘘嘘地赶走它们，似乎它们不过是超大号的松鼠，狼带来的威胁，哪怕一丝一毫都从来感受不到。我好几次碰到一个七十来岁的老人在观察罗密欧。他显然不属于后一个阵营。老人穿着卡哈特的裤子，带着0.44口径的不锈钢左轮手枪，手枪装在皮套里，别在大腿上；他在年轻孙辈的陪同下观察黑狼，拍摄照片。我曾与他短暂交谈，指出随身武器其实并无必要，而且一旦他开枪，会对湖上的其他人构成威胁，他却明确表示，这是天赋人权，在他认为适当的时候用以保护家人。我滑雪离开了，知道无法说服他，其实他只要系块猪排在脑袋上，躺下来，就万无一失了。无论如何，如果他觉得这会对自己和孩子们构成巨大的威胁，他本可以远离此地，而非刻意靠近这匹令他忧心不已的狼。我完全能够想象得出，当黑狼要去远处的湖岸拜访犬族伙伴，朝那家伙蹦去，结果却只落得血溅当场。

在疏浚湖区，一些偏远的小地方可以猎捕野兔和水鸟。这些猎物丰盛的地方，正好黑狼也常常光顾，并不算巧合。许多猎人都是当地的小孩子，从家里步行或骑车出来。经验不足的年轻小伙子们外出狩猎，轻易便会朝着大部分移动的动物猛扣扳机，水貂、海狸不在话下，而狼简直是人造出来的狩猎目标。

一个秋日，哈利和布莱顿旁观了这些崭露头角的猎人们可能对罗密欧（更别提我们其他人了）构成的威胁。秋天的黄昏，他们在疏浚湖区远离大路的地方散步，希望偶遇罗密欧，结果他们却发现自己被12号猎枪瞄准了，枪砰的一声将子弹射入了布莱顿上方的树里。哈利出声大喊，一个少年慌忙从灌木丛现出身来，连连致歉，而他的朋友们则一哄而散。抱歉，他们以为那个黑影是黑狼呢。毋庸置疑，这类事故并非仅此一例。我经常在怪异的时间点在房屋中、在院子里听到一发发枪响，从疏浚湖区或附近的山坡传来，我为此惊疑不定，说不定这就是罗密欧听到的最后的声音了。附近的蒙大拿河谷上游，斯波尔丁牧场林木茂盛，苔沼深厚。斯波尔丁牧场和更远处的赫伯特河，这些几乎是黑狼的必经之所，而应季狩猎完全合法，谁知道在这些地方会发生些什么事呢？

如果是在后院相逢，又会是怎样一番际遇？有些人打开后门，狼轻易便能嗅到家养宠物的气息，或许他的孩子们也在附近。我的一位邻居是土生土长的朱诺人，脾气十分暴躁，他轻蔑地笑着告诉我，这匹狼若胆敢踏上他的地盘，那就别想活着走出去。他的房子离罗密欧常去的道路不过百来码远。附近还有一位当地的女士，带着小孩在溜冰休息室附近散步滑冰，她告诉过我，她不希望孩子们附近有一匹狼徘徊不去，虽然她仍然会去湖上，但她也只敢靠得这么近，不能更近了。意思很明显了：有些事得有所改变，而要改变的当然不是她。这些态度反映的不仅仅是罗密欧早期的状况；人们在态度上的界线似乎在不断扩大。小猎兔犬的事情绝没有为人所遗忘，起初不喜欢黑狼的人如今便借题发挥，认为罗密欧对社区构成了威胁，大家不该隐忍不发；而支持黑狼的人坚持认为我们毕竟是生活在阿拉斯加，无论发生了什么,或者可能发生什么,该承担责任的是人类,而非黑狼。

我不需靠近冰川或黑狼便能察觉到酝酿中的敌意。每年感恩节手工艺品交易会上,我都会搭照片放映棚,一个男人自鸣得意地对他儿子说:"嘿,儿子们,这匹狼像不像我们今年春天剥皮的那匹?"他语气十分夸张,显然是故意说给我听的。一个冬日的下午,我在弗雷德的店排队结账,无意中听到一个粗犷瘦长的家伙跟另一个人透露,他一个朋友已经"'好好照顾过'那匹该死的黑狼了,很快就没人能看到它了"。然而,罗密欧显然没有意识到自己面临的险境,仍然每天从湖上跑过。它确实幸运,但却远不止幸运而已。黑狼并不是一个消极的存在,受我们心血来潮的想法支配。它在人类身边活动,兼具智慧、力量、灵敏的反应和感官的投入,总是能对事物进行理解和反应,并做出关系到生死的判断,实在可敬可畏。它显然已经学会了读懂人类姿势和气味里细微的差别,一旦危险逼近,便立刻消失在阴影里。

但即使它一次次躲开了人类的恶意,狗却成了它存活下来的最大威胁。讽刺的是,这些狗正是它深深喜爱的对象。即便有些狗失控了,表现失当,咄咄逼人,惊慌失措,与黑狼起了小冲突,也可能引发致命的反应——当然,并不是狗会危及黑狼的性命,而是狗的主人。这样糟糕的接触虽然罕见,但却不可避免,从始至终都是如此,没什么好大惊小怪的,光是想想看黑狼每天会接触到多少狗就明白了,而其中一些狗主对动物的行为和情感一窍不通、粗心大意,更别说有些人甚至意图不轨。不时有狗龇牙炸毛地靠近黑狼,不知道自己不过是拿小刀(还是把钝的)对着枪炮。黑狼还是风度翩翩地避开了来势汹汹的狗，而且看起来耐心无限。不过有时候它也会表示自己受够了，它会用肩甩开一条挑衅不休的大北极犬，君临天下一般踏在其上面，动也不动，虽然它轻易便能咬穿手下败将的喉咙。有一次我看到它用口鼻钩住一头超重的金毛寻回犬，一甩头将那只惊呆了的狗狠狠地摔了个跟头。这条寻回犬与另两条狗有时会追赶黑狼，那热情劲儿可不是为了玩乐而已。还有一次冲突则是和一只粗毛向导犬发生的。那是一条毛发粗硬的公狗，常去湖上的人知道这家伙有时会挑衅别的狗。哈利和其他人见过那条向导犬对黑狼喋喋不休，然后就被黑狼吓回来了，这一次也一样，这条狗毫发无损。然而，当狗主人向渔猎部报告的时候，黑狼却成了进攻者，而向导犬则是无辜的受害者，这无疑又给黑狼的记录打上了一记污点。

这种单方面的挑衅最严重的一次却是跟两只成年的德国牧羊犬有关。第三年冬天，约翰·海德亲眼看到，牧羊犬出人意料地无端发起攻击，在黑狼的背上撕开了一道深长的口子。罗密欧认识它们，而且至少过去两年，我好几次看到罗密欧与牧羊犬友好往来相安无事。但这次有所不同，谁也不知道为什么。海德说："它们毫无征兆地朝它冲去，从它身上生生撕下大块皮毛。"他还捡了些掉落的毛和一块厚厚的皮。黑狼受伤后岿然不动，龇牙咧嘴，而牧羊犬听到主人的仓促呼唤便撤回了。罗密欧背上伤口附近的毛发染上了淡淡的红色，被太阳晒得发白。渔猎部生物学家和兽医并不知道这起攻击，看过伤口后，他们认为黑狼可能从家犬那里染上了虱子，如今有可能会传给其他的狼，从而引发致命的流行病——又多了一个处理黑狼的理由。十年前,安克雷奇以南的基奈半岛上曾爆发过这样一场流行病,导致当地狼群大批死亡。但过了几个星期,罗密欧的伤口渐渐愈合了,染上虱子后本该散布到全身,但其实并未如此,那个糟糕的脓包变小了,然后消失不见,于是渔猎部再一次推迟了行动。

笼罩在罗密欧头上的,还有一片随机但持续的阴云。狼和熊一样,如果栖息地被道路分开,便会死在车轮之下,虽然不太频繁,但总有这样的事发生。这两种动物都喜欢在低光环境下活动,虽然活动范围很广,视力却不佳,很容易受惊匆忙逃跑,躲避突如其来的威胁可能会使它们跑到车道上去。这种威胁在局部地区是真实存在的,前车之鉴就站在门登霍尔冰川游客中心的玻璃箱里。大约就在罗密欧第一次现身的时候,这匹黑狼在冰川直道上被计程车撞死。冰川直道和其他几条高速路将黑狼游荡的树林一分为二,而司机通常会在这些路上超速驾驶。还有伊根大道(又称冰川高速、那条公路),那是朱诺的主要高速公路,经过人口熙攘的沿海地区,交通十分繁忙,过往司机驾车时速都超过了60英里。当然,还有附近的道路网,在门登霍尔山谷呈十字形展开。我们亲眼见到罗密欧较为频繁地穿过那些主干道和很多其他道路;它(或者一头像狼的动物)冷不防地穿过门登霍尔山谷,有时会朝北或者朝南走个二十多英里。黑狼无疑已经适应了都市生活。我知道有个人曾经碰巧看到罗密欧站在后环路边;那条道路位于蒙大拿溪桥以北。他靠近些观察,看到黑狼就跟训练有素的小学生一样,两个方向都看了个清楚,才敏捷地跑过柏油碎石路，消失在树林里。这样的警觉性对它有益无害。哈利在西冰河步道和溜冰休息室之间的狭窄雪道上目睹过一个司机瞄准黑狼然后加速，明显是为了要撞倒它。罗密欧跳过雪道，逃过一劫——又一次死里逃生，好像它在生活里总能逢凶化吉。

然而，2006年夏的这一天阳光灿烂，对黑狼而言，一切好运却都到头了。我知道这只是时间的问题。一位女士出门摘浆果，在镇子南端发现了一匹黑色公狼的尸体，浑身布满子弹，喉咙也断了，被扔在岔道上，好似被黑社会处决的无足轻重的小喽啰。接到这个消息，我坐在那儿，静静抓着电话，盯着冰川那边波纹荡漾的湖面，但一无所获。

它身上致命的伤口有好几处。喉咙破开一条深长的口子，尸体被丢在道路旁，种种迹象传达的信息再明显不过。阿拉斯加州野生动物学家尼尔·巴顿进行了尸检。照片显示，这匹死去的公狼体型庞大，年纪尚轻。仅仅通过这些事实，他就断定了它是罗密欧，不过我却难以将这张脸与我熟知的那张重合起来。它的头更窄，肌肉也不如罗密欧的发达。胸脯上的白斑看起来也有所不同——它的更大，位置更高。好吧，狼的毛发在夏天会短而糟糕，可能会完全不同于冬天的状况，别说记号，就连狼的颜色都能随着时间改变。而且，死亡也会改变外形特征。我不愿相信它是罗密欧，但我找不到更好的解释。我和雪莉还有其他成百上千的人茫然地做自己的事，痛苦难当，知道一切都结束了。

这个案子归阿拉斯加州野生动物警察管辖调查。这起杀戮有两处涉及违法：在非狩猎季节射杀野生动物；没有回收皮毛，浪费了尸体。当然，放在这个时节，不论是作为战利品还是出售品，这副皮毛都没什么价值。然而，没有目击者，没有线索，找到杀手的概率微乎其微。即使他们想找，警力也不足以花费太多时间在这个案子上。他们能做到的，也不过是请人们打电话提供线索罢了。

老友约尔·班内特是电影制作人，一直持有狼应当受到保护的理念，对罗密欧尤为关注，也带动我一起行动。"我们去探根溯源，"他说。虽然希望渺茫，我还是同他一道去见了最初发现狼尸体的女士。她带我们去了现场。陡峭的小山坡灌木丛生，被压平的草地形成一道弧线，此外并无多少痕迹可寻——不同于电影，此地没有子弹壳，无法找到与之匹配的某种枪支；也没有异国品牌的香烟头，蛛丝马迹皆无。脚印和血迹已被雨水冲刷殆尽。约尔和我沿路寻访了一些人家，一位名叫宝拉·特雷尔的当地渔夫，最先提醒了我们这起杀戮：有些人黄昏时见到过一匹黑狼，黑狼两天前跑过这个小区。嫌疑犯？好吧，有间接嫌疑的人可不算少，有人生性讨厌狼，有人担心家养小鸡的安危，动机各不相同。我觉得自己好似个二流侦探，在冰冷的道路上跌跌撞撞，约尔则意志坚定。他和林恩·斯库勒还有其他一些人凑了一笔赏金，用来寻找导致这起迫害的信息。"好的。"我说着话，也添了些钱，主动提出制作一张海报。我们起初给出 3 000 美元。数日后，雪莉和约尔在全镇各处布告板上张贴起了悬赏启事。有些旋即便被撕下，其他的则成了留言板。有人在其中一张启事上潦草地写下了"杀尽天下狼"，下方则有人回应：毙了你如何？

我的手机响个不停——不断有人打来电话，他们并不知情，但惊怒交加。有些是猎人，其他则明显是环保主义者，但所有人都聚焦在一匹死去的狼身上。这匹狼死在我们镇上，起初我们并未打算寻求捐赠，但朱诺人都来凑份子，少则10美元多则100美元，后来当地一个组织狗拉车旅行观光的人捐出了5 000美元——这其中也许另有隐情，因为他曾被指认为嫌疑人，但其实他是罗密欧的支持者。赏金暴涨，后来多达9 000美元。随后赏金超过了11 000美元，总数仍在持续增加。

与此同时，我反复研究尸检照片。这些年我给罗密欧拍摄了成百上千张照片。两相对比之下，我变得犹疑不定。一些近距离接触过罗密欧的人发表了截然相反的两种见解：这确然是它；确然不是。哈利·罗宾森则确信这并非同一匹狼，然而，自从死狼被发现之后，再没人见过罗密欧。我为此也疑惑了：两匹黑色公狼，在朱诺城境内被杀的几率有多高？

一个多月过去了。树叶变色，陡坡溪里鲑鱼开始迁徙，我们怀抱的希望消磨殆尽时，喜讯却突然传来：有人在游客中心附近看到一匹黑狼穿过公路。很快，哈利报告自己和布莱顿遇见了黑狼，一切如故。罗密欧再一次死而复生。八月末，剩下的谜团也奇迹般地解开了。根据一封匿名信，阿拉斯加野生动物警察控告两人射杀了另一匹狼。有人无意间听到他们在道格拉斯岛上一个酒吧吹牛……那匹狼根本不是在朱诺遇害的，而是在塔库河河口附近，乘船南下几十英里的地方。黑狼经过河岸，两人将其射杀，装在小帆船上，他们以为黑狼已经死了，当发现黑狼动弹时，他们割断了它的喉咙。两人对此罪行向警察供认不讳。因当时意识到（他们是这样说的）自己是在非狩猎季射杀了狼，但不想因为这种违法的举动而被捕。最终其中一人被判轻罪，缴纳一小笔罚金；另一人则受到审判，基于他的声明——他并未意识到猎狼季已然结束，尽管忽视法律严格意义上来讲并不是具有说服力的辩词，但仍认定他无罪。整件事不过让我们明白了在阿拉斯加，狼的生命是多么微不足道，罗密欧虽仍活着，也不过是一匹狼而已。

至于那11 000美元赏金，没人前来认领。而罗密欧呢？2006年11月，一个严霜密布的清晨，我安坐写字，看向湖泊时，一道暗影在冰面上飘过，一切一如既往，它脊背挺直，脚步轻松，我不禁对此地此间的人抱有深切的感激。虽然冰川之狼并不属于任何人，但它确然已成为我们的一部分。

10
狼语者

2007年1月。

无论中国旧历如何安排生肖，任何但凡与罗密欧息息相关的人，都会记得2007年，那是狼年——山雨欲来，剑拔弩张，暗流汹涌。事件千头万绪，一度偃旗息鼓，忽而风云突变，再无转圜之地。罗密欧的处境愈发艰难，我们与它连续相处了四个冬天，不断为它抗争；人们纷纷表态，分道扬镳，各据阵营，不只是它的敌人，同盟亦是如此。同时，在这些吵嚷和我们温暖的小屋之外，罗密欧应付着只有狼才知道的生存难题。其余的，不关它的事。

一月末的一个正午，阳光灿烂，我站在楼上的窗边，望着湖面上白茫茫的一片，咬紧了牙齿。巨石滩附近，离我家后门不足半英里的地方，有一小群人在来回转悠——可能有二十个人，十条狗。我当然知道其中缘由，再明显不过了，比雪地映衬的阴影都来得黑暗，人们在用狗吸引着狼。但不同于过去几年，与其说这是一场自发的狗的聚会，倒不如说是一起有组织的事件，而且已经持续了一个多小时——不止是今天，过去几天也是如此，过去两周里都时有发生。我转动望远镜，十分确定，其中一人昂首挺胸，阔步行走，带着一条体型庞大的拉布拉多混种犬进入了视线中心：哈利·罗宾森，还有他的狗布莱顿。无论黑狼何时跳出圈子，或朝湖面投去视线，似乎是准备离开，哈利都会靠近，几乎触手可及，当布莱顿和罗密欧呼吸相触、磨蹭扭打时，他便站在一旁，端着相机。当黑狼放松下来，跑近人群，哈利，这个狼狗秀的指挥就会退后，将舞台中心留给黑狼和它的玩伴。

三年以来，哈利·罗宾森黄昏与狼漫步，即便不是完全隐秘，却也通常悄然无声，如今却突然180度大转弯，将他自己和罗密欧置于聚光灯下，让人难以相信。舞台选在距离西冰河步道停车场不过几百码的位置，工作时间短暂，但相当频繁，他开启了一个新的时代：任何人走近一百码内，都可以深入接触黑狼——有时甚至连鞋都没换就出来了。当然，花费精力和时间参与其中的人此前已远远观望黑狼多次，或许因为有此近距离接触的一两次机会而兴奋不已，但罗密欧在与人类来往时所体现出来的自在，仍然是相对而言的。尽管它一贯和蔼可亲，但在大多陌生人身边，它始终保持冷漠疏离，行为变幻莫测，尤其有些人直直盯着它，朝它逼近，有人没有带上适合的狗，有些人则甚至没有带狗。对普通观众而言，它的存在仍然令人费解，叫人胆怯，大多只远观罢了。如今哈利和布莱顿——吸引黑狼的终极双人组和令人宽慰放心的向导——将它紧紧拽住，控制着三四十码的距离，有时甚至更近。他到底想干什么？为什么这样做？

　　这只是怪诞场面的第一幕。哈利下午早早离开，几分钟之内，另一波人和狗就在黑狼周边聚了起来，就在湖的另一边，靠近河口的地方。有些人不过跨过湖泊进入下一个现场，狼好像老虎·伍兹在参加大师赛。就在那儿，摄影师约翰·海德恰好接替了哈利的位置——直到2007年1月初，事实上每天都如此上演一番。海德坚持不懈，向一位邻居借了两条性情温顺的深棕色拉布拉多犬（显然是长期借用），过去两周多时间里一直在训练罗密欧接受他的近距离接触，有时简直称得上亲密无间。他不必追逐黑狼，黑狼自会来寻狗，进而寻到他。海德乃是顶尖的野生动物专业摄影师，他明白自己面临着什么样的机会，并且抓住机会拍摄照片；这机会稍纵即逝，好像明日就不可重现。他跟随黑狼的脚步行动，有意常去光线明亮、背景深邃的地方。一个阳光明媚的下午，疏浚湖区沙滩附近的河口积雪皑皑，从哪个角度看都能形成完美的画面。更棒的是，这个地区是罗密欧习惯活动的老地方之一。但此地视线开阔，风光秀美，海德无法避开攀谈之人。因为在公共场所拍摄，必然有人会追随而来，他们的目的是为了尽可能抓住机会接近黑狼，海德无法将他们赶走。令他十分生气的是，好些天都被一群摄影者和旁观者挡住视线，在他的构图中来来去去，转移狼和狗的注意力。"我不想和任何人共享黑狼，"多年后他告诉我，"我想将它据为己有。"

　　哈利和海德两人与罗密欧接触的时间，抵得过朱诺其他人加起来的时间。除了那些常去的公众，哈利仍然每天至少去一次，或早或晚，独自去见黑狼，其时间可不止海德所有接触时间的两倍。我曾深深陶醉于与黑狼的近距离接触，知道那两人的感受。我并无责备之意，不过往窗外瞥一眼就知道事情确实不对劲。他们的动机不一样——一人显然意欲将狼展示给其他人，另一人则相反——但结果却是完全一致的：罗密欧比以往更频繁、更近距离地接触到人类，而有些人根本不怎么知道如何与狼相处。同时，它也无意间在被训练近距离接受大批陌生人。忧心忡忡的人能想到无数种剧情恶化的可能性。罗密欧的生活岌岌可危，如同檐上春雪，乌鸦扇动翅膀的气流或许就足够将其摧毁。

这个预兆由于一个有政治背景的故事而渐渐明显。2006年12月，莎拉·佩林就任阿拉斯加州长，直接将矛头转向野生动物管理：驼鹿都是保守党，狼皆为自由派，而后者太多了。虽然在阿拉斯加之外，莎拉因控狼而饱受责难或备受赞扬，但这个问题其实早在她出生之前就搅浑了整个美国。她不过是最新催化剂，这场持续不断的国民争议（如果从措辞和情绪来看，堪称一场"战争"）早已将阿拉斯加人分成势均力敌的两个阵营。先前两次新方案投票暂停了对肉食性动物的控制，但每次立法都会恢复之前的方案，而且2002年以来，在前州长法兰克·穆考斯基带领之下，问题持续严重。莎拉上任后，好几个面积大到中西部一个州的地区已经允许驾驶私人飞机以及持有特别许可的枪手从空中对狼进行扫射。莎拉委任官员前往阿拉斯加渔猎部和狩猎理事会，推动增加控制区域，采取措施减少食肉动物数量。他们认为对大面积的复杂生态系统进行这些小修小补，猎人们自然就会有更多驼鹿、驯鹿和鹿可以狩猎。这种想法的科学性有待商榷。即便没有，那又如何呢？渔猎部和狩猎理事会与野生动物爱好者组织、国际狩猎俱乐部等右翼运动式狩猎的州外组织以及阿拉斯加户外理事会等州内组织有所关联。狼的数量减少只会是一件好事。立法机构的集约经营条文明确规定：管理野生动物是为了人类的利益。他们将此解读为，在给定的区域，最大可能保持猎物和提供肉食的动物的数量，即最大可持续收获量。大多主流野生动物学家都赞同，这样的管理会过度使用栖息地，导致繁荣－衰落循环以及无休止的捕食性动物控制，因为狩猎动物的数量无可避免地会有所减少，但狼和熊背了黑锅。而且，难道狼和熊就不宝贵、无价值？我曾听过一位备受尊敬的渔猎部生物学家抱怨，最大可持续收获量等同于"障眼法"，是一个不可能实现的目标，由非科学人士强制推动，而他们对生态平衡一无所知。但是质疑这个计划的生物学家很快就学会闭嘴了。与科学论述的原则相反，这个议题背后秘密的却真实存在的限制言论的指令压制了部门内的异议。阿拉斯加州内州外，这个总在制造分歧的话题愈演愈烈，项目波及更广也更加激烈，自阿拉斯加领土扩张时代之后堪称空前。扩张时代，联邦全职猎人领受纳税人的钱，将狼赶尽杀绝，每杀一匹狼，还有一笔赏金。

莎拉引来全国瞩目，不过是火上浇油。我和约尔·班内特也深陷其中，我们共同赞助了全国范围内的倡议，投票禁止使用私人飞机和枪手猎杀狼，并且提出要求，如需在特定地区执行捕食性动物控制计划，必须有当地研究证明狼确实造成了狩猎对象总数走低（往往并非捕食，而是糟糕的栖息环境、条件艰苦的冬天造成驯鹿、驼鹿和鹿减少）。作为保护机制，渔猎部委员仍有权宣布进入生态紧急状况，可能由此引发区域性的捕食动物控制，由渔猎部的生物学家来进行操作。这个议案看起来十分温和，虽然我们是这项倡议有名无实的领导者，但仍被极端分子称作狼崇拜者和设局的骗子——尽管我在伊努皮克地区猎狼多年。我和雪莉还有其他来自阿拉斯加州广袤大地的十几个人站在克奇坎、科策布等各地的街角，收集了成千上万的签名，推动这一措施进入投票环节。我们所求的，正是很多备受尊敬的野生动物学家所呼吁的：狼的管理方案应基于地区科学数据，而非政治驱动的焦虑和泛泛而论的伪知识。和站在第一线的其他人一样，我在全州各地树敌无数，失去了朋友，习惯了被素昧平生的人诅咒；虽然我从未想过要作为这个问题的公众代表孑然独立，但我确实走到了这一步。约尔先前参与过两次公投，长期为阿拉斯加狩猎理事会服务，我想过让他来做尖兵，但他还有更重要的问题要处理。他的妻子路易莎，长期与乳腺癌作斗争，已挣扎在死亡边缘。他得照顾她，因此他为了去西雅图的医院和在家看护妻子而长期缺席活动。当然，我能理解这都是无可避免的。

阿拉斯加关于狼的战争旷日持久，最近这场运动2005年以来愈演愈烈，而距离2008年投票尚有将近一年的时间——这一次投票不同于前两次倡议，将会缩小几个百分点，因为许多因素有所重叠，比如投票语言（由阿拉斯加州选择的）就太过费事，导致很多选举者标错了投票箱。毋庸置疑，关于捕食性动物控制的政治倾向正在右转——至于暂时性的，就不得而知了。回顾历史，我不由地想起一些事情，它们或将有所影响，我本该说到做到，但却没有。

几周之后，暮春的一天，风和日丽，朋友路易莎于家中病逝。两天前，我和雪莉曾前往她与约尔位于海边的恬静家园，与她道别。我们聊着天，窗户大开，锈色的蜂鸟轻快地飞过食槽，我们轮流与她握手。她时睡时醒，无痛无觉，闭着双眼，听着我们的声音，微微地笑。我还记得，就在几个月前，她在营地道路的路口停下来，倚着滑雪杆，视线穿过湖泊，落在冰川上，想再看罗密欧一眼。后来约尔在那儿安置了一条手工雪松长椅，路人可停下歇息观望，如她曾经所做的那样。椅背上镶嵌着罗密欧的青铜铸像，那只"罗密欧"半躺着，长啸不止——我们希望路易莎能听到它的声音。

虽然东南地区当时并没出现有计划地屠狼行为，但朱诺作为首府，是州长府邸和渔猎部总部所在地，自上而下的变动必然会激荡罗密欧的世界。本地的反狼人士只会因支持"杀而炙之"的人群的路线口号而信心倍增：控制狼的行动不仅仅是合理的资源管理手段，也是拯救野生动物、保卫家园的举措。总之，此时成为阿拉斯加家喻户晓而又近在咫尺的狼，真不是个好时机——它和蔼的性子会惹恼甚至激怒那些于它一族毫无裨益的人类，尤其是它的存在驳斥了他们的狼群威胁论。罗密欧因为与人类的友好关系稀里糊涂地成了明星，但却因为太过友好，而面临着越来越多的指责。

我坐在那儿，犹豫不决，不知道该对哈利和约翰说些什么。我明白他们的动机：哈利将黑狼当作朋友，一道消磨时间；而海德则作为职业摄影师，在追逐此生的一次（也可能是唯一一次）拍摄机会。虽然海德在场时，已经尽自己所能保护黑狼了，哈利也将保护黑狼的安全视为自己的使命。我与他们的不同之处在于个人信奉的哲学和程度深浅罢了。对我们三人而言，我确定黑狼更像是家人而非野物。

考虑到共同的联系，你可能会觉得不过是滑过去友好地谈一谈，把问题搞清楚罢了。但是我们三人之间的事情复杂得多。非常奇怪的是，我和哈利虽然是2003年第一批见到黑狼的人，但其实并没有偶遇过，我们通过4次电话，都是在2006年，交换罗密欧"替身"案的想法和其他与狼相关的信息。而且虽然我认识哈利好些年了，但其实很少交谈，即使说话，也只是友好地闲聊，从没谈论过黑狼。哈利和海德彼此间也没多少联系。我们三人长年累月地在湖上打照面，但很少发现彼此的存在，似乎我们都在追求着同一位异国美人儿，因此产生了关联和排斥。考虑到我们的关系和关注点，这个比喻再贴切不过。我们都忽视彼此，各自站定了恰当的位置，拒不承认互为对手。我们三个是最为了解罗密欧的人，但如果我们都不能联手捍卫它的权益，那么还有谁能做到？还有谁会去做？

我当然生气——有时气恼，有时愤怒。哈利和海德肯定是为了各自的利益而花了太长时间在罗密欧身边。然而，那只是我的一个看法，我还有一个观点，与此完全相反。正因为我和雪莉还有安妮塔选择管好自己和狗,还有一些旁观者也总是和黑狼保持距离,但这并不意味着其他人不照做就一定是错的。我不得不一遍遍提醒自己,这并不是我的狼,也不是其他任何人的。且不说我们了——黑狼想要什么呢?罗密欧天天等着这些人和他们的狗,跟他们一次晃荡几个小时,虽然它本来可以选择去其他地方,暂时或永远离开这片土地。声称哈利或约翰在欺骗它,其实是看低罗密欧的智商,更不用说它有着神奇的本领,总能反客为主逆转局势。你大可以下结论说,它并不是被利用,而是骗了这些家伙,让他们为自己提供渴望已久的东西:亲密频繁友好地与狗来往,频繁到它足以建立起持久的族群式的羁绊。罗密欧自己做出了选择,我们理当尊重这些本能和判断,因为它们到目前为止,都是对它有利的。

但随着这种亲密接触日趋频繁,几乎成了例行公事,如今进入了公众视线,哈利和海德是在以实际行动联手写作《与野生动物交往的禁忌》手册吗?比如:干扰狼的本性行为;让它习惯与人类亲密而持久地接触,使它更容易遭到心怀恶意之人的毒手;通过过近的距离令它不安;垄断公共资源;树立反面例子;占据它原本用于狩猎或休息的时间,降低它的生存机会。那些分析都是常识,大多专业的野生动物管理者和执法者都会(也确实)赞同,大多数情况下,这个评价简直正确极了。

然而,关于这匹狼的事实,如同关于它的其他任何事情,都复杂得多。罗密欧当时至少有六岁了,体型十分庞大,皮毛丰厚,眼神清亮,牙齿健康,胸脯饱满,步伐矫健——总之实在健康壮硕，俊美无比。我敢肯定它有120多磅，可能生活富足的时候得有130磅——无论按照哪个标准，都是狼中的佼佼者。或许与这两人和他们的狗长时间玩乐乃是强身健体的手段。大多数了解黑狼的人都认为坏人（比如使用枪支、布设陷阱、利用车辆、带着失控的狗或者具有糟糕的判断力）会对它的生存构成极大的威胁，但也意识到好的同伴会将风险降到近乎于零。简言之，没人会在有人在场的情况下非法射击或诱捕它。还有很多朱诺人，有意无意地在关注着它，我可能是最尽职的观察者了，因为我的房子视野上佳，距离罗密欧的领地很近，哈利和海德比其他人出现的频率高得多。从实用的角度来说，很难找到比他们更合适的守卫者：他们都是能力出众的户外爱好者，在罗密欧身边自在放松，对它的行为习惯了如指掌，不羞于给观者提供建议纠正他们的做法。最重要的是，风雨无阻，他们每天都会出现好几个小时。林务局、野生动物警察局和渔猎部都没有人手，更不要说有意愿来做这些人自发在做的事情。不管你认为他们的举动是出于纯粹的好意还是为了一己私利，或者两者兼而有之，结果——如果你真在意罗密欧，那么这才是真正重要的事情——都是一样的。至于我自己的嫉妒（毕竟，我太清楚自己本来也可以在那儿的，与我挚爱的野生动物每天亲密无间地相处），我只得放任自流了。虽然我都明白，但我仍然对人山人海的场景恼怒不堪。太多人既没经验又没常识，为了各自的愿望靠得太近，但没人保证能控制一切变量。

果不其然，哈利将黑狼引至公众面前全然不为一己之私，有些酷爱罗密欧的人还向他提出请求，希望能在他的引导下见见黑狼。哈利自然希望更多人看到黑狼友好的性情，以增强人们对它的保护意识。当地一名飞行员看到哈利带着布莱顿与黑狼在麦金尼斯山的林木线上漫步，称哈利为狼语者，哈利欣然接受。一旦有人问起罗密欧是否接受他做朋友，哈利都一一解释——并非吹嘘，而是冷静地陈述事实。

拿"友谊"这个词来描述人与野兽之间的关系，很多人听来就会觉得奇怪，甚至觉得天真，尤其是这头野兽可能会吃小孩。命名这个问题本身，在野生动物管理者、自我标榜的狩猎爱好者和各色反对者看来，已经够糟了。黑狼确实与一些狗建立起了亲密的私人关系，这是亲眼可见的事实。然而，要与人类建立友谊，似乎是要将这样的跨物种关系坚持到另一种颇具争议（对有些人来说简直叫人炸毛）的程度。当然，友谊有时是积极的思想和行为从一方到另一方的单向的、非互惠的流动；我们充任了黑狼的朋友，但并不意味着它也视我们为友。但那种根本性的情感羁绊呢？一个人与一匹野狼成为真正的好友，享受彼此的陪伴？多年后，当我问起约翰·海德，他耸耸肩摇摇头。"哈，其实还是因为狗。黑狼认出我，习惯我的存在，并不介意我，但也就是这样了。"他顿了顿，补充道，"它是一只极好的动物……我甚至没办法描述那种关系。"看着他的双眼，我瞥见了更多的东西，沉默之中更见真意。

哈利·罗宾森的故事有所不同——听上去跟皮克斯奇幻片似的。如哈利当时所述，如今他也如是说，他和黑狼确然成了朋友,就像一条狗与人可能做到的那样,甚至不止于此。据他所述,"布莱顿是黑狼的伪伴侣／挚爱,我则更像它信赖的朋友／头狼榜样。它开始依靠我寻求引导和安全感。"无论声音多么自信,可信度有多高,我仍不太确定自己做了什么或没做什么。但任何人只要真正观察过哈利和黑狼在冰上的相处,都会注意到,在熙熙攘攘的人群中,他们的联系不只是彼此忍耐、相互接受,还有类似于信任的存在。还有理解——表面上看,这同人与狗之间的眼神、姿态和语言交流相似:身体语言和姿势,眼神接触,简短的发声。我不会说狼被驯化了,哈利也赞同;驯化这个词暗示了恭顺,但其实恭顺并不存在。相反,信息在双向流动,足以说明一切。如果狗有99.98%的基因与狼相同,那么反过来也是一样——人与一个物种的沟通方式若能有效,那么也适用于与另一个物种的感官交流。确实,哈巴狗与灰狼之间的差异,虽然从双螺旋结构上看只有几微米,但实际上差距很大。几个世纪以来,狼经历的选择和繁育不同于狗,不能因为接受了与狗同样的对待而与后者混为一谈,即便是一匹狼在笼子里出生长大,经历过不间断的调教和互动,它也不会变成狗。

  狼不同寻常,但哈利也非常人,他们之间的故事也并不普通。2003年以来,他和布莱顿几乎天天与黑狼碰面,有时一天还不止一次,一次通常几个小时。他们一起漫步、休息、玩耍……长年累月,风雨无阻,加起来便是成千上万个小时的相处。如同我们任何人与黑狼的相遇一样,关系始于狼与狗,但甚至让哈利也感到吃惊的是,这段关系最终还将他也包含了进去。"随着时间流逝,"哈利说,"罗密欧和我建立起了个人关系,同它与布莱顿的关系基本独立开。通常是在早上,它会跑来先跟布莱顿打招呼,然后跑来和我单独打个招呼。"龇牙咧嘴地跑过来,温柔地甩甩高高翘起的尾巴,友好地打个哈欠伸个懒腰。罗密欧可不只是接受了哈利而已。一人一狼产生了羁绊:保持眼神接触,经过道路时蹭他的腿,与他玩乐,有时还在他大腿后蹭蹭鼻子。哈利说自己从未试图触碰或爱抚黑狼,虽然想了很多次;也从没有喂过食,正如一些与哈利素未谋面的人所说的那样——显然,这样说就是认为,一个人如果要引诱并掌控一头捕食性野兽,与它保持亲密的关系,喂食是唯一法门。人和狼的社交关系不可能仅仅为了陪伴而已,有史以来,这样的关系不止出现过一次,而是有很多次。否则最终躺在我们脚边的怎么会有狼族经过塑造改变的后代?

"我的很多命令它都会遵从,虽然行事前通常会仔细考虑考虑,"哈利说,"它观察形势,进行推断,通过……(但)它肯定知道'不!'的含义。"虽然使一头从未驯化过的捕食性野兽听从人的指令让人难以置信,但我好几次通过望远镜观察人群,看到哈利对黑狼发出动作指令,而黑狼都做出了反应。渔猎部地区生物学家瑞恩·斯科特曾给哈利发过一封邮件,感谢他参与其中,消弭了与一条庞大的爱斯基摩混血犬的冲突,因为黑狼显然听从哈利的指令退后了。

无论哈利在别人的关注下做了什么,他与黑狼最亲密的来往却发生在他们独处的时候——在野外,远在其他人的视线之外。最常见的,是在下雪的日子里,白昼短而寒冷,一人一狗一狼常常沿着狩猎道路,向下寻访接头点。他们所去往的西冰河步道边起伏的森林和疏浚湖区隐藏的灌木丛,都是黑狼的核心领地。夏季,黑狼鲜少露面,很多人都以为它离开了,他们却会悄悄在凌晨3点时,就着灰蒙蒙的光线散步,游踪远至麦金尼斯山的山肩上,在那里可以俯瞰冰川上沟壑纵横的地貌。狼和狗会山上山下地跑,听从鼻子嗅到的气味记号,停下来玩上一会儿;黑狼时而自己停下来,跑回去。哈利说,黑狼不止一次带领他们去一条裂隙遍布的分岔路,岔路通往布拉德山,离冰川表面不足半英里——黑狼继续独自前行之前,会回头来看,如果哈利和布莱顿有跟着它穿过险象环生的冰上迷宫前往更远处的上佳狩猎地,就会十分失望。有时候罗密欧也会拿出它藏起来的那枚破旧的网球(可能就是第一年冬天从我们那拿走的其中一只)或者泡沫浮标,发起抛接游戏。

无论故事至此有多离奇,但它的发展远不止于此。如哈利所说,罗密欧曾在前方感觉到了什么,于是竖起鬃毛,猛扑上前,嗥叫不休,因为有一头当地知名的棕熊和成年熊崽出现在路的拐弯处,就在几十英尺开外。黑狼猛冲出来保护自己的族群,那头熊则转身逃跑了,罗密欧大获全胜。又有一次,罗密欧做出了同样的反应,哈利猜测它是为了赶走一头他没看见的黑熊。

同样的,什么是可信呢?哈利的大部分故事都没有目击者作证。然而,多年来,他同我的谈话细节上始终连贯如一,而且讲述时目光冷静,自信十足,令人确信无疑。他向我指出过有些事情发生的确切地点——一块露出地表的岩石,一片长满苔藓的林中空地，一串难以辨认的游戏足迹——也带我去见过一些物证，比如他曾见过罗密欧吃山羊，留下的骨头还散落在案发现场；有一棵云杉树枝柔韧地垂落下来，罗密欧很喜欢跳起来用嘴去够树枝，用力拉拽（树枝上确实有明显的齿痕），这些都进一步证实了他的说辞。极少数在场的人——尤其是前阿拉斯加州参议员金·埃尔顿，间或尾随哈利，拍到了罗密欧的照片，它半躺着在啃先前提到过的那只山羊的肋骨——提供的都是支持哈利的证据，而非质疑。约尔·班内特和律师简·凡·多特也跟随过哈利数次，确认了哈利、布莱顿和这匹野狼之间亲密的跨物种关系。

这种关系有先例吗——顶级猎食者与人成为朋友？人和被困的或获救的野生食肉动物建立起终生友谊，这样的故事记录在案的有几十起，不仅有漫步在十九世纪圣弗朗西斯科街头的灰熊亚当斯和与之同名的同伴本杰明·富兰克林，也有当代哥斯达黎加渔夫奇托·谢登与他命名的千磅重的咸水鳄鱼波乔在池塘中戏耍。这两个故事还有其他故事都证明了某些"吃人的"捕食性动物具有情感能力，能与人类建立起深厚的终生关系。但无论多么夺目，金条也难免投下阴影。即使曾经受困的生物完全转变成野生动物——正如20世纪70年代著名的狮子克里斯提和英国人约翰·伦德尔、艾斯·伯格一样，克里斯提被释放多年以后，他们在非洲团聚，欣喜异常，被拍摄成电影记录下来——囚禁和完全依赖的关系里，喂食无可避免，这种背景就不同于哈利与罗密欧的联系了，黑狼是纯粹的野生动物，自由自在，独自狩猎，没有将哈利与食物联系起来。而且，哈利明确否认喂过黑狼，虽然他会给布莱顿带一包肉干。"我曾无意间从口袋里落下一块肉干，"他说，"（罗密欧）嗅了嗅就丢开了。它显然有更美味的食物。"另一方面，黑狼喜欢捡起别人掉下的羊皮，抛来抛去地玩，然后撕成碎片。

食物刺激已经讨论过了，野生动物管理者对此大皱眉头的理由明了而可靠，因为食物刺激可能至少会在人与野生捕食性动物之间创造出友谊的表象，而且这种例子相当普遍。当代阿拉斯加有一个极端的例子，一位名叫查理·范德高的男士多年来在他偏远的家宅里喂养了十几头熊，既有黑熊也有灰熊，而且他与许多熊都建立起了不可思议的和谐关系，因为此事，他后来被州法院起诉。从他那六集真人秀的镜头来看，最终至少有一些熊并不仅仅为了食物而待在那里。人熊来往似乎并不止于对卡路里的热情，本身就带有明显的社交意味，甚至还有钟爱之情。驯兽师训练被捕的野生动物时会使用优质食物来加强正向的行为，这是标准程序，训练杀人鲸和灰熊这种捕食性动物也是这样。驯兽师与动物会产生亲密的社交关系，很多饲主坚持认为这是友谊，而且理由充分；目光相遇时，能看到的显然不仅仅是食物刺激的反应。但管理者指出这些看似友谊的关系其实只是把人与动物的关系错误地进行了拟人化的解读，并且有充分的理由可以断言这样的喂食直接导致关系太过密切，从而很可能会引发动物与人的冲突。

即便没有投喂行为，人与自由的捕食性动物之间，也并不是不可能进行社交来往，而且这种交往并不如人们想象的那么罕见。多年以来，我能想起来的经历至少也有十几次，动物莫名其妙地做出某种友好的姿态——在布鲁克斯山，一匹狼捡起一根树枝朝我摇晃，邀请我加入游戏；一头年轻的棕熊漫步过一片宽阔平坦的草地，在二十英尺外停下脚步，摆出放松而友好的姿态；一只短尾黄鼠狼喧宾夺主，跳过来将刚杀死的田鼠作为贡品放在我脚边，倒像是要对我进行食物刺激；一次外出砍柴，一只狐狸陪伴左右；罗密欧跑过来打招呼，而且发生过很多次。谷歌或YouTube搜索一下就会发现几十条有关人与野生肉食动物友好来往的信息，其中不乏狮子和鲨鱼。我个人最喜欢一个反向投喂的视频——《国家地理》摄影师保罗·尼克伦被庞大的母海豹一只接一只地投喂企鹅。但这些时刻通常都很短暂，能持续个几天几个月的几乎没有，更别提持续上好几年了。

三十多年以来，在阿拉斯加卡特迈国家公园里，提摩西·崔德威确然成功地与许多熊建立起了友好的个人关系；但约尔·班内特实地拍摄过他好几次，他自己也与崔德威成了密友，却并不认为崔德威与某些熊之间那不可思议的亲密可称作友谊。"谁知道呢？"他说着，摊了摊手。

在英属西印度群岛上，一只名叫乔乔的野生海豚与博物学家迪恩·伯纳尔的友谊维持了二十五年多。视频和照片捕捉了他们对彼此的钟爱之情。虽然喂食是他们关系的一部分，但显然并非主要因素。伯纳尔做了乔乔的官方监护人几十年，多次帮助乔乔躲过了性命攸关的伤害；乔乔跟在他的皮划艇后，他们一起漫游，一道捉龙虾，共舞温柔的水下芭蕾。这一案例已经成为榜样，表明跨物种关系确实是可以建立起来的。野生海豚和人类当然可以成为朋友。除了《海豚飞宝》和海洋世界，还有可追溯到古代的几个人与海豚之间的传闻，让我们准备好接受乔乔的故事。但是如果对方是一匹野狼呢？

从未遭到囚禁的狼与人类之间频繁来往，看似不可思议，但确实存在。除了罗密欧之外，我自己还经历过几次，在更偏北的地方。森林里的朋友也告诉过我他们自己的故事，但都是短暂的经历，并不构成关系。至于真实而持久的接触，像大卫·麦奇和戈登·哈伯这样备受尊敬的研究狼的生物学家，在研究野生狼的自由族群时，其成员多次对他们展现出高度的习惯和容忍，有时还会主动对他们做出友好的行为；但是他们为了做好研究，不能与狼群进行互动——这与哈利·罗宾森的情况正好相反。哈利当然不是科学家，也没这样自诩。他不需验证什么猜想，也不用积累数据，甚至简单的日志、日记都没写过，也几乎从未带过相机。他的想法很简单：他想成为罗密欧的朋友，他觉得罗密欧极为孤独。"我是为了黑狼，"他说，"它依赖我们。"

进一步说服我接受哈利的故事的则是我自己的经历。虽然自去年秋天到今年春天，我几乎每天都远远地观察黑狼，有些日子甚至会看上十几次，但我自己主动近距离接触它，一年也不过七八次，每次通常不到一个小时。我想黑狼跟太多人类打过照面了，我最好能树立一个榜样，保持好距离。意志薄弱的时候，我也会打破这个原则。如果我带了狗，无论如何都不允许它们再靠近黑狼。尽管我们表现出的社交意愿十分微弱,但它仍会跃过湖面来跟我们打招呼,好像我们是它的最爱,还跟我们溜达一会儿。它确然知道我们是谁,从它的反应来看,它十分怀念过往,距今好几年的过往——达科塔、网球,诸如此类。

克罗彻尔野生动物园位于阿拉斯加海恩斯,伊希斯在那儿出生成长,通过与它的来往,我得以确定狼的记忆力十分强大并且强烈地想要维持跨物种的羁绊。我第一次抱起它时,它才四周大,我与它互动密集,但也就几次而已。如今它已经四岁大了,从它激动温顺的问候(去年夏天在公园里从一堆游客中将我认了出来)来看,它显然还记得我,尽管我每隔几个月才去看望它一次。顺便提一句,我们第一次见面,我扔了一个玩具,它竟跑去捡了回来。这显然是本能,而非后天习得的行为,因为史蒂夫·克罗彻尔告诉过我,那之前其他人都没与它那样玩过。

如果我孤身缓行,罗密欧就会自在地跟在几码之后。它不仅对认识的狗表现出宽容和友好;如果我停步坐下,哪怕我并没带上狗,通常也会靠近些,展露它常用的社交身体语言:点点头,放松地打个哈欠,自然地和我交换个眼神,有时还龇牙咧嘴乐一乐。它对大多陌生人的反应则截然不同。我曾主动提出帮助摄影师马克·凯利,他是我一个好友,至今未能成功给黑狼拍一张像样的照片。我们发现罗密欧躺在河口附近,我告诉马克待在后面别动,等我的信号。我滑雪到一百码距离内,坐在岸边的巨石上,罗密欧伸展身躯,打着哈欠,跑过来打招呼,在二十码开外的位置躺了下来。一等它安静下来,我就挥手,马克从三分之一英里外漫步过来，按照我的建议，他没有与黑狼交换眼神。但他还没走过一半路程，就被罗密欧发现了，它突然起身跑进了柳树林里。马克最终拍到了照片，但他首先得花时间——尾随约翰·海德和他的狗。

有时候罗密欧也会结交不太熟的人，但其中原因就只有它自己知道了。我的邻居金·特利承认跟黑狼有过来往，并且不只是偶尔看看罢了。然而，四月的一天，他们之间发生了不同寻常的事。特利和他的妻子芭芭拉都热衷于户外活动，乃是朱诺登山俱乐部的联合创始人。他们在湖上的环形滑雪道上连着跑了九个早晨，每天都看到罗密欧躺在老地方等着。但第十天，罗密欧起身了，跟着他们跑起来，用金的话说："它好像是我们的狗，就跟在几英尺后。看起来它就是孤单了，想有个伴儿。"这对夫妇和黑狼一起跑过四英里的环道，直到他们离开湖区，罗密欧才停下来。"这辈子都没有过那样的经历，"特利嘟囔道。当我想到金，还有我与黑狼这些年的点点滴滴，哈利平静的说法听起来不仅可信，而且可信度极高。

我和黑狼的相处，也有许多颇为戏剧性的场景，唯独总是让我想起的是这件事：四月的一个下午，天气温暖，罗密欧、古斯和我在河口附近的冰上打盹儿，我靠着背包，滑雪板丢在一旁；古斯枕着我的大腿；罗密欧则伸着前爪，口鼻枕在上面。那天安静极了，静得能听到雪堆坍塌时簌簌的声响，太阳照耀着硬邦邦的雪白冰面，我们好似悬浮在云端，沐浴在下方漫射的柔和光芒之中。黑狼时不时地睁开眼四下查看，随即躺回去再打个小盹儿，我也是。虽然我们之间隔了二十码的距离，但它信任我，闭着眼躺在离我如此之近的地方，甚至不妨跟古斯一道枕着我的腿。三个不同物种的动物被一段复杂而常有不快的历史维系起来，我们躺在一块儿，享受彼此的陪伴、太阳的温暖，以及时间的流逝。那个下午让我经年难忘，它如此清晰而静谧，装饰了梦的边缘。当我和古斯最终起身，罗密欧也起来了，打哈欠伸懒腰，复又躺回去，看着我们滑走，滑向来的地方，滑向那个它陌生的世界。我记得自己回头看去时，它的身影急剧变小，最后只剩下雪中的一个黑点，好似永别。我努力分辨，希望将这一刻铭刻于心。

11
风云突变

2007年2月至4月。

有了政治色彩的背景和街头巷尾的热议,击溃黑狼不过只需要一连串与狗有关的负面事件。称之为运气不佳也好,预料之中的结果也罢,那确实是2006至2007年冬天整个事态的走向。冬季来临,我们担心的事情一件件发生:从夏末到秋天,罗密欧越来越频繁地出现,几乎每天都来到湖上的冰面舞台,不断与狗来往互动,有时它的核心领地之外还会出现令人惊讶的配角。那年夏天,它死而复生,无疑震惊了它的粉丝,也赢得了更多的支持者。它的消失,提醒着我们拥有什么,欢迎它的那些人因这种集体的回应更紧密地联系在一起。有关它的故事在报纸、广播和日常对话中频频出现,从未见过它的人们也开始兴致勃勃地谈论。难怪前往湖区的人愈发多了起来,想要一睹这场风波的主角,或是再次与曾经的感受建立起联系。此外,哈利和海德秀仍在附近的湖边上演。所有人都面临着棘手的管理问题,这些问题归根结底是观看者翻了三倍，狼还是就那一只——无可避免地，它越来越放松，越来越包容，也就越来越容易接近。无论如何，大多数人的出发点都还是善意的。缺乏经验，人类对黑狼自以为是的熟悉感，近乎从众的心理（即无论做什么都能被接受，因为每个人都在做）——各种因素综合作用，导致了判断失误，甚至还有对潜在危险全然的漠视。而那些顽固不化之人暗中仍想干掉罗密欧。

几乎还没入冬，发生的两件怪事就说明了我们如今多么接近那个边缘。我直接目睹了一起，几秒之差错过了另一起。无论何时，只要有机会，我就会观察一下围观的人群，而不只是看看黑狼。那时关注罗密欧和粉丝团几乎成为了我琐碎日常的一部分。写作中，休息间，或是做晚饭的时候，湖面上的风吹草动都会转移我的注意力，我会像按了键一样，自发地用望远镜观察，有时候看一分钟，但常常看上很久。有时候只有狼，有时候还有它的日常狗伴儿和围观群众——没什么大事。我对任何新来者都会悉心审视，无论是狗还是人。如有异常（可能一个浮躁的新手逼狼太甚，或者围观者太多），我可能就会抓起滑雪设备，走近去看着。我知道自己不是警察，我的首要选择总是让大家都管好自己的事。但是如果有人让罗密欧陷入困境，无论无心还是有意，我就觉得自己应该尽我所能将事态推向好的方向。只要我滑雪带着一两条狗跟在我身后，就能引导黑狼离开不安全的环境，跟着我跑一段儿。如果有人明显没安好心——比如怂恿一条易受刺激的狗去接触黑狼，或者试图用一家无线电控制的飞机俯冲向它——我就会上前制止。我通常穿着卡其布夹克，看起来像是执法机构的制服,只要我拿出"长镜头",朝着现场拍上几张,通常这就足够驱散人群了,或者我靠得更近些,漫不经心地搭个讪,告诉大家狼或许需要更多空间。无论人们微笑点头还是勃然大怒(确实有人生气),还是有相当多的人会退后。另一件事发生在暮色时分:我滑着雪,护送访客离开冰川。我身边有一个惊慌失措的遛狗人,狼也在身侧,突然它靠得很近,热切地呜呜着。我不能责怪带着孩子和拉布拉多幼犬的女士的失态,即使黑狼只是在表示善意。尤其是二月末三月初,正是交配的时节,它通常明显要兴奋得多,总是试图将狗赶离停车场,让它们回到冰川上去——即使它的挑逗从未比这个举动更为热切。无论罗密欧是对我的语言作出反应,还是只对语气和身体语言有所回应(我好几次将滑雪杆放在它和一条狗之间,还有一次几乎拍到它鼻子),它无疑明白了我的意思,退后了几码。同时,我每天运动时,至少会经过黑狼周围的人群,向它致意。信号?我只冲它低语。我们不需要该死的信号。

至于实际执法,那是林务局的事。任何离黑狼太近或不制止自己的狗靠近黑狼的人,林务局都能以骚扰野生动物为由对每个人处以150美元的罚款;而且考虑到很多潜在的违法行为都发生在空旷地上,路上、路旁、停车场都可以看到,可想而知这条法律的执行率颇高。但从一开始,涉及罗密欧的时候,林务局就很低调,自从罗密欧2003年第一次出现,巡查冰川地区的官员在报告中就没提到罗密欧一个字。作为地区护林人,皮特·格里芬后来向我解释,这事儿不算问题的时候,他们没有人手也没有意愿进行预防性执法。无论如何，大多行人或他们的狗招惹黑狼的行为都发生在旅游淡季，在湖区的西边，远离游客中心，显然也不在林务局的关注范围之内。

与此同时，无论是哈利还是海德，他们哗众取宠的行为都很难处理。即使我对这种行为并不赞同，但每个人在黑狼附近时，都有能力管好自己，也能管好同行之人，我尊重他们的能力。通常情况下，我会时不时地在远处观望，或是绕行湖区的时候瞥上一眼。但有一次，哈利的观众众多，为了达到效果，我把安妮塔的笨狗糖糖赶到了我家屋后的沙滩上去，抛了几个网球，意图让这傻大个儿进入癫狂的状态，流着哈喇子一遍遍跑去捡球。当然，罗密欧离开了，从半英里外跑过来，抛下那群粉丝加入这个有趣的游戏里来，冲它多年的狗伴儿露齿一笑。见此情形，冰上的人群很快便散去了。

一月中旬的一个周六，天气晴朗，阳光和煦，巨石滩附近游人的一连串怪异行为让我不得不过去一趟。还是那群人：哈利和布莱顿是中心，好几人带着庞大的摄影设备，一对老人带着一双阿富汗猎犬——一种瘦削高挑的猎犬，源自中亚大草原，用来追赶灵敏的野生猎物，有时也追捕狼。罗密欧和布莱顿正摔打推搡，黑狼间或来回跑跳，嗅嗅狗，和它们摆摆样子，要么躺在附近，研究这个场面。然后年长些的女士就松开了两条阿富汗猎犬的颈圈，她们自己已经老得不中用了，青天白日下，猎犬冲下了冰川，罗密欧轻松退开几步，狼和狗喜欢一起玩乐，互相追逐，不过是好玩儿罢了——有人或许会猜测，塑造了这个品种的人很难想象到这个情形吧。随后便是休息时间，罗密欧又和布莱顿扭打了一番，四下嗅嗅闻闻，或许再跟那两条阿富汗猎犬疯跑几圈。

这场欢聚的形式勉强也算十分正常。一如既往地，第一拨人听说了这场"表演"，其他人碰巧也来到这里，因此一些陌生的狗和人就搅了进来。但这个温和明媚的周末，不断有车停下来，更多成人和孩子带着狗来到积雪皑皑的岸边，其中一些明显是生面孔，人太多了，范围太大，哈利根本控制不住。不管怎么说，那二十几个人三十来条狗大多不认得哈利。我带着古斯在一百码外停下来，卸下相机，开始调整镜头——我并不想赶走谁（有这么多人，谁都注意不到别人的相机），而是想拍下这个围绕黑狼的疯狂聚会，这是我所见过的最离奇的人与野生动物的互动了。罗密欧来回跑动，呜呜嗥叫，耷拉着舌头，和其他人一样，陷入了迷茫。毋庸置疑，气氛过热，也太过刺激，它终于跑开了，躺在距离我和古斯70码的冰原上。好几分钟动也不动，人群开始骚动起来，有些人慢慢逼近，哈利带着布莱顿走来，显然他想要安抚罗密欧，带它离开人群。而哈利身后是一个三岁左右的小孩儿，戴着鲜红的弄臣帽，穿着风雪服，抓住这一刻笨拙地朝他父母靠拢，而后大发脾气，爆发出尖锐的哭声，好似受伤的小兽。黑狼竖起头颅，紧盯着那个血红色的小不点儿，看着他扭动尖叫，很难看出那是个人。"妈的，"我生气地自言自语道。似乎没有旁人注意到罗密欧的狩猎本能已然被唤醒，根本不知道我们对它有什么期望。哈利听着积雪嘎吱的回声，猜想黑狼的注意力在他身上，定然没有听到也没有看到小孩儿哭闹。他也没看到一只圆胖的棕色哈巴狗从人群中跑出来，追着他和布莱顿，直直冲向黑狼。当它经过哈利和狗，看到黑狼，打了个滑，急速停了下来。罗密欧感到紧张，颈上毛发竖了起来，双目紧锁着靠近自己的小生物，哈利就在几步开外，而罗密欧就冲了过去，抓住倒霉的哈巴狗，衔起便跑向疏浚湖区的岸边。哈利自己也摔了一跤，几乎同时大喊"不要"，而罗密欧也突然将小狗丢在冰上，自己跑了。

我通过相机取景器看完全程，甚至没意识到自己按着快门。哈巴狗的主人是当地的内科医生，也是罗密欧的拥护者，他慌忙跑过去捡回晕晕乎乎的宠物。可想而知，它正瑟瑟发抖，身上还有些淤青，但除此之外，似乎并没有更糟，尽管它被狼衔在嘴里，每平方英寸所承受的压力可不止1 000磅。黑狼离开了，人群也就散去了，这不过是湖上一个平凡的冬日罢了。

糟糕的是，没过几天，罗密欧又抓了只哈巴狗，前后何其相似，如同场景再现——这一次则发生在约翰·海德和他的追随者几英尺范围内，就在疏浚湖岸边。同样地，罗密欧听到一声喊叫（这次是海德发出的）便迅速地放了那只狗，然后消失在柳树林里。没过多久我就到了现场，那只哈巴狗离我六英尺远，虽然浑身瑟缩发抖，但同样没有受伤。"那是你的错！"海德冲狗主人吼道。狗的主人是当地一位摄影爱好者，鼓励小狗靠近黑狼，以便于他拍摄相片。那家伙看起来全然不知道刚刚惊险万分。"没什么大不了的，况且那只狗是我妻子的，"围观的摄影师个个目瞪口呆地站在那儿，我听见他冲他们这样说着俏皮话。他当然拍到了照片——罗密欧衔起他的狗——而且登上了阿拉斯加最大的报纸《安克雷奇日报》的头版,但是,照片的说明文字多少有些误导读者的意味,还加了下画线:"朱诺掠食者"。至于印着结局的那张照片就别管了,显然大多数人从来都读不到那儿去。

那两件事口口相传,加上那张照片,一时流言四起,谣传黑狼脾气暴躁,会吃狗。投诉信气势汹汹地发往《朱诺日报》,更是助长了流言的气焰:得做点什么,不然它早晚要吃人的……杀了那匹狼……把它转移走……让它自生自灭……而那些故事的细节就在这样的喧嚣中消失无踪了。其实两条小狗从它嘴下逃生,一滴血也没流。黑狼显然不止一次地听从了人类的指令,两次意外事件的根本原因都是人类欠妥当的行为,归其原因,不在于它,而在于我们。更别提这两件事都发生在全国最大的国家森林公园边,目前为止,这片森林乃是50个州里面积最大的。在这个星球上,如果黑狼不待在这里,那应该待在何处呢?

如果在这些问题上,人类的行为和动机很叫人费解,那么黑狼的也同样如此。你可以将这些奇怪的事件视为被中断的捕食企图;但如若真是这样,是什么引发了这些企图呢?自从差不多两年前坦克失踪,罗密欧也与成百上千条狗亲密友好地接触过(虽然鲜少与不足二十磅的有所互动)。或许这两只哈巴狗和坦克都是被罗密欧认错了,而如果罗密欧没有认出它们是狗,那就很难归罪于它了。或许哈巴狗的行动、外形或花纹有独特之处,所以引发了这个反应。也有可能这个物种两次被卷进来,事件就跟照镜子似的一模一样，纯粹是巧合罢了。考虑到两条狗都毫发无损地重获自由，并且黑狼素来友好和善，那就让我不得不好奇它是不是在玩游戏——两年前可是有先例的，就发生在那只小秋田犬身上。然而，当我想起罗密欧第一次抓住哈巴狗，想起它紧张的身体语言还有它跳起来的力道和速度（定格在一张相片上），我发现很难完全排除捕食的动机，可能被那个小孩的尖叫声激发出来，但转移到狗身上了。至于为什么没杀死甚至伤害那条哈巴狗，也许它也没必要这样做——至少那时候没必要。那条狗无助地悬在它的利齿之间。大量讲述证实了狼在食用猎物之前常常仅仅满足于征服而非杀戮。黑狼当时或许没有费力给其致命一击，不过是因为没必要罢了。但谁能肯定如果没人干预，它会像对待那条秋田犬一样放了两条哈巴狗？事实上，呼喊声或许与狼的行为无关，它只是玩个捉放游戏而已。在这个奇怪的事件里，我们所能做的不过是耸耸肩，抛个硬币碰碰运气。就狼的角度而言，间接证据是证明了友好动机还是捕食动机，达到该死的平衡，没办法做出确切的判断。

　　面对公众的喧嚣，渔猎部被迫做出一些回应，并且再一次选择了控制。渔猎部只要愿意，完全有权迁移黑狼。整件事愈发演变得像个麻烦，或许渔猎部是时候介入了，为了狼和人类双方的共赢。当然，渔猎部十分警惕公众反应，虽然确实还没发生过什么大事。渔猎部生物学家似乎和我们一样，既困惑又着迷。地区生物学家瑞恩·斯科特在一条狗的陪同下靠近过黑狼，然后采取了一些恐吓行动，并且取得了显著的效果。他选择用多响手枪来惊吓黑狼（近似烟花在空中爆炸的一连串声响），并且注意到："直接后果……就是黑狼迅速离开了那个地区，我觉得接下来两三周里，它跟人和狗的来往会变少。"

一封义愤填膺的信寄往《朱诺日报》，友人安妮塔提供了一种稍微不同的恐吓方法："负面刺激定然能够解决门登霍尔冰川之狼的问题。来几发橡胶子弹，足可警告那些怂恿宠物狗靠近的白痴，还有为了一己之私无休止地骚扰狼的摄影师。是这些人——而非罗密欧——应该改改自己的行为，因为从一开始就是他们引起了问题。这样才公平。"

瑞恩可怖的枪声和安妮塔同样激烈的措辞似乎打破了奇怪的魔咒，虽然公众态度转变的原因是那些有良心的人集体感到羞愧，而对此不在乎的人缺乏骚扰黑狼的机会。黑狼确实退避了一阵子，那些表演停下了，就跟它们的开始一样突然。虽然哈利和海德仍然每天都出来，但他们的姿态一反常态的低调。哈利做起了表率，拴着狗绳遛布莱顿（在别人看不见的时候他就会解开），同时也积极地鼓励别人这样做。林务局突然也加大了执法力度，发出一连串警告，还开出了一两张昂贵的罚单。震惊而愤怒的狗主人搞不清为何受罚的是他们，为何是这个时候，而其他人则赞同林务局的执法正当其时。这对湖区宁静的春天而言是个吉兆，然而冲突的旋涡却不过是转移到别处去了。

早在2004年，已有人从冰川远远看到过一匹黑狼，那是在从阿马格港到老鹰滩的沿海地区，一个只有几十户人家的村庄。房屋大多坐落在离"那条公路"不足半英里的地方，紧邻着两个通往内陆的巨大的河谷——赫伯特河和老鹰滩,河谷里生活着许多野生动物,西边则是无拘无束的海景。每年夏秋季节,两条河里满是鲑鱼,海狸、水貂、水獭还有水鸟徜徉在水流平缓的池塘间。当然,也有棕熊和灰熊,还有狼,其中至少有一匹是黑色的——可能是罗密欧,也可能不是。无论如何,一匹黑色公狼出现在那个地区,似乎是受当地的狗吸引——非常有说服力的巧合,毫不夸张。它频繁前往有某些狗居住的房屋,常常嗥叫引狗出来。阿马格地区的一些居民坚持认为那一定是罗密欧,常识足够佐证这个结论。其他人则发现这匹顽皮的狼不是冰川上那匹,它体型上要小得多,当地一些人称之为小罗密欧。他们指出两地间的距离,事实确凿,黑狼不可能同时出现在两个地方。有时候湖区和阿马格同一天出现黑狼,有时甚至几乎同时出现。虽然阿马格和门登霍尔冰川间的驾车路线不止25英里,却有一条更直接的路线,更适于狼行走:一个人造的道路网,从罗密欧领地附近的蒙大拿溪上游延伸开去,穿过一个低矮的分水岭,进入落风湖附近的赫伯特河山谷,最终进入半英里的沿海低地。这条路大约就十几英里,对于狼来说,情况良好的时候两个小时轻轻松松就能跑完——途经的地区有许多小动物,有时还会出现鹿和山羊,还有鲑鱼(无论是结冰期、融冰期还是发情期),这些都是黑狼赖以为生的食物。更奇怪的是,那条路线和附近的狩猎区通向北方,罗密欧同其他狼一样,并没有利用起来。"我知道它实际上常常走那条路,"约翰·海德多年后告诉我,"有些时候,尤其是春天积雪结实的时候,它有一条常走的路。"约翰还补充道,他通过当地一位居民拍的照片，认出过罗密欧在阿马格附近出现过。但同一时期同一地区，海德还至少两次遇到过其他黑色孤狼：一匹小些的公狼，一匹母狼，通过它们各自撒尿的姿势就可以辨认出来——前者抬起左腿，后者会蹲下。宁宁·伍尔夫是一位流动兽医，巧合的是，名字放在这个语境下真是再贴切不过[1]。她也确信，某个冬日她在赫伯特河河口附近的沙滩上漫步时，就近见过那匹母狼，母狼体型较小，性情羞涩，皮毛呈黑灰色，宁宁相信那并不是罗密欧。

林恩·斯库勒是一个作家，户外经验丰富，居住在阿马格，是2003年末在湖区最早见到罗密欧的人之一。他告诉我，"百分百确定"，他和邻居2006和2007年间在阿马格见到的黑色公狼是另一匹小些的。"我想那个冬天有好些狼在阿马格附近活动，"他说，"那一年朱诺遭遇了有史以来最大的雪灾，一切生物都被迫迁徙到了沿海地区。我想狼也跟随鹿进入了沿海低地。"

确切地认出某个动物相当困难。过去这些年来，我好几次在门登霍尔湖远远看见过一匹黑狼，看上去并非罗密欧（明显小得多，或者身形不同，或者行动不同），结果一旦靠近，发现自己的眼睛其实被光线和角度欺骗了。也就是说，海德、宁宁·伍尔夫和斯库勒根据细致的观察和专业知识做出的判断，加之其他人的佐证，支持不止一匹狼频繁光顾阿马格地区，其中一匹几乎可以肯定就是罗密欧。我自己也能证实当地至少有两匹黑狼。暮冬的一个下午，我看到罗密欧懒洋洋地躺在湖边的西北角上，就在

---

[1] 兽医姓Wolf，与狼的英文名称wolf相同。——译者注

同时——刚过下午四点——摄影师马克·凯利在斯波尔丁牧场碰到朋友,后者声称刚见到过一匹黑狼。斯波尔丁牧场是几英里之外的高山地区,就在阿马格的方向。显然,罗密欧不可能同时出现在两个地方。

要不是几个当地人兴致勃勃,阿马格狼的身份也不过是一场热烈的讨论罢了。阿马格地区有一小撮居民直言不讳,声称并不喜欢狼在附近出没。他们说阿马格并非指定的荒野地区或休闲区,而是人们生活的地方。在非禁猎期任由熊在房屋附近游荡甚至制造点小麻烦,他们不会太介意。可狼有所不同。一匹狼潜伏着:与狗玩耍,将垃圾扔得到处都是,嗥叫不休,试图靠近狗,还……还……好吧,他们气急败坏地说,目前为止就这样,但很快,事情就会变糟。生物学家边听边点头,管理野生动物问题是他们的职责之一。但是除非真有事发生,否则,他们也没有理由采取行动。确然如此。

丹妮丝·蔡斯是渔猎部雇员,她的男友鲍勃·弗兰普顿有两条与众不同的狗。可可和芭伯都是隆德杭犬——十分稀有的品种,2008年才为美国养狗爱好者俱乐部确认,全美登记在册的隆德杭犬不超过400条。这些小小的独立的狗充满野性,精致小巧,狐狸似的,有六只脚趾,尤其喜爱攀爬(起初是在挪威海岸的悬崖上寻找筑巢的海鹦)——得到鲍勃和丹妮丝的允许,在他们的滨水小屋周围的森林里漫步,距离阿马格港南边最近的道路四分之一英里。这对姐妹犬难舍难分,可可对芭伯有着极强的保护欲。所以,三月一个雪天,当芭伯有气无力地独自回家,丹妮丝·蔡斯警醒了——她甚至在狗的肩上发现了深深的伤口，好似自上而下被抓住了。沿着狗的足迹穿过深厚的新雪，她发现了攻击的证据。"我通过雪弄明白发生了什么，"她回忆道。可可和芭伯的足迹中还有一串孤狼的脚印，那匹狼当时爬上了山坡，出现在两条狗面前。在那儿出现了狗挣扎的痕迹，还有一两缕狗的毛发。那之后就只有一组狗的脚印了，而狼的足迹蜿蜒着进入了林子里。"有一条狗就这样消失了，"蔡斯抱怨道，即使五年过去了，谈及此事她还是激动得连话也说不清楚。

等到渔猎部地区生物学家瑞恩·斯科特调查现场的时候，已有许多新雪落下，模糊了足迹，阻碍了案情调查的进展。他没能发现那场杀戮留下的任何确切痕迹，甚至找不到有狼参与其中的明确印记。同时，芭伯的伤口需要缝十八针，而兽医确认那是"一条大狗"咬伤的。蔡斯相信是狼先攻击了芭伯，可可为了保护同伴，才会被制服带走。斯科特坚持自己的观察，对白纸黑字的结论十分谨慎，他只做了作为科学家该做的事情。然而，大多知道这个事故的阿马格居民都确信是一匹狼杀了那条狗。但问题是：哪匹狼呢？袭击事件发生当天的早晨，有人看见一匹黑狼在事发地几英里外的一所房子与两条黑色拉布拉多玩耍。那是罗密欧，小罗密欧，或者两者都不是呢？"我们不确定是不是（罗密欧）杀了可可，"蔡斯说，"我们从未见过它和其他狼靠近我们家，只时不时地出现过脚印，一共三次，大约一年一次的样子，还出现过狼的粪便……我们没有怪罪过罗密欧。我让自家的狗满地撒欢儿。我知道它们会碰到野生动物。但我从未想过这种事真的会发生。"

蔡斯和弗兰普顿十分宽容；还有大多邻居（包括斯库勒和渔猎部），都让这事儿非常低调，甚至没有出现在《朱诺日报》上，即使那些长着顺风耳的家伙也没听到多少消息。这对情侣直接感受到了来自当地少部分人的压力，要求他们施压赶走黑狼。至少有一个长期支持赶走黑狼的居民发誓，如有必要，他会争取掌控一切。蔡斯和弗兰普顿沉默地坚持着，而渔猎部也再一次采取了十分谨慎的做法。瑞恩·斯科特在蔡斯和弗兰普顿的小屋附近装了动景拍摄的路边相机，并要求他们报告一切新鲜足迹和最新发现。但在接下来的几周里，并没有狼靠近他们家，随着积雪越来越深，当地有关狼的报道急剧减少。无论是什么动物杀了可可，那只隆德杭犬都已经杳无踪迹了。阿马格关于狼的争议也暂时告一段落，虽然一小撮居民的反狼情绪仍然酝酿着。他们嘀咕着，要不择手段达成目的。

回到湖区，哈巴狗事件之后，黑狼的生活十分平静——似乎有些沉闷，就天气而言。大雪下个不停，从空中打着旋儿急速落下，堆起一人高的雪堆。有人或许会想，罗密欧可能正待在它的中心领地上，节约能量。自它第一个冬天现身，今年是我见过的它最瘦的时候；野兔的足迹十分罕见，海狸的窝埋得很深，好在春天已近在咫尺了。三月过去，四月来临，白昼渐长。阳光灿烂的午后，开始有雨水落下，积蓄，汇聚。这样的一个日子里，我刚扣上滑雪皮靴，就在冰川外碰到了邻居黛比和她的一个朋友。她们十分惊讶。"你不会相信我刚刚看到什么了。"她边喊着边把傻瓜相机推向我。显示屏上,罗密欧衔着一只棕色的长毛小狗跑开。"在哪儿?"我问道。她指向了河口。

我尽快滑雪过去,但黑狼已经消失了。踩碎的雪地上足迹太多了,很难分辨清楚或是跟随而去,并且那边空无一人。我后来从黛比那儿听完整个故事。一位女士在疏浚湖区通向河口的一条路上遛狗。她停下来等一条波美拉尼亚狗,那只狗落在她身后一百码处。罗密欧从灌木丛中跑出来,拦腰衔起狗就不见了。据我所见,在电脑上将图片放大,那条狗看起来彻底失去生机了。不同于那两条哈巴狗,附近并没有人喊"不";也不同于那条秋田犬,那条小狗没能跳出柳树林跑回来;也不同于那条小猎兔犬坦克,这次既有目击者也有照片。那条波美拉尼亚狗消失无踪了,虽然哈利·罗宾森说他和其他人在疏浚湖区发现了一只小狗的脚印,而且据小道消息,确实有人发现那条狗在冰川附近游荡,被另一个家庭收养了。不少人都这样想。知道这个最新消息的人,真心关注罗密欧的人,都凝神屏息了。

然而,雷声始终没来。多亏了当时新闻多,而这个故事并没有配图,沦落到了《朱诺日报》第二版,只有几行字而已。没有引用心急如焚的主人或是义愤填膺的市民的话,也没有深切关心的生物学家的行动计划,没有愤怒的公众来信。好像全朱诺都集体耸耸肩,嘀咕道:哎呀,这是阿拉斯加,我们知道这里有狼。你想怎样呢?至于罗密欧,要找出一个动机并不难。冬季漫长而艰难,恰好跑来一只步履蹒跚的小东西,穿过它寻常狩猎的一个地方,简直太划算了。可能事情就是那样,也可能不是。在接下来几周里，狗和罗密欧的来往数不胜数，一切如常。那个春天的一个早晨，我看向窗外，那只像兔子一样的边境科利狗也从邻家出来了，这家伙骨瘦如柴，不过比大些的哈巴狗重一点点，正与罗密欧欢快地在湖面上蹦来跳去。雪融化了，春天来了，而罗密欧尚在人间。

12
罗密欧之友

2008年4月。

春潮渐涨，湖面波澜起伏，停滞的水和融化的冰纵横交错，布满了被太阳晒得融化的痕迹。冰川的边缘皱起，与湖面相接，水流在此回旋，形成愈来愈大的黑洞；去年秋天裂开的冰山滞留此间，也开始嘎吱嘎吱地挣脱束缚，重获自由。我远远观望，罗密欧伫立在疏浚湖滨最西端，凝视着对岸。它蓄起力量，跳过岸边的小河，踏上坚实的冰面，小心选路，用尾巴、鼻子和眼睛试探观察，有时几乎匍匐起来分散体重的压力，有一次甚至绕着一个地方原路返回，它一定是断定此处冰面并不稳固了。罗密欧转向了特恩岛，就在巨石滩的北边。它通过一条尚能通行的大道摸索着穿过湖面，利用上其对冰面的一切了解以及前爪感知到的回声。作为一项生存技能，阿拉斯加东南部的狼都必定会凫水，不论是流动的还是结冰的，抑或两者兼而有之的。山区的河流不乏峡谷、瀑布和水闸，水流湍急，足以溺毙一头熊；有时它们还得游过被水流撕裂开来的峡湾。一匹狼如若不能穿越这些障碍，活动范围就会被限定在一片极为狭窄的土地上，几乎必然会挨饿。但一匹狼太过大胆，同样注定会因失足或判断失误丧命。

最终罗密欧找到了可以下脚的地点，迈开步子，轻松地跑过了湖面。随即几个纵跃，踏碎了光芒，消失在树林里。树木生长蔓延，直往西冰河步道而去。冬天的结束不过是时间问题，沉睡中的冰冷青灰的湖面终将再一次苏醒，在风中呢喃。罗密欧没有几次机会可以在湖面上跑来跑去了。

那或许是2008年的春天吧，具体哪一年如今已不重要了，当然，其实一直都不重要。正如神秘主义者和物理学家所证实的那样，时光会扭曲、延展、收缩，即使我们的钟表和日历证明了时间是另外一个模样。因此，罗密欧生命的下一段似乎已经融合为一——有人或许会想，这是一个好现象，因为那就意味着戏剧性的事件变少，围绕着它而总是紧张兮兮的情绪可以全面放松下来了。大多朱诺人确实都让步了，似乎终于明白，我们无论作为集体还是个人，应该想一想怎样与罗密欧更好地共处下去，接受它成为我们的邻居。双方那些套路式的说辞虽然时而高亢，但总会再一次平息下去；隔着这段筛选过的距离，一切似乎都相安无事。但事实上，罗密欧当时并不比以往更安全，不管是生活在我们当中还是远离我们，它的生命都如同浮冰。我们扪心自问，有时也互相询问，有朝一日它是简简单单消失在这片土地上，还是我们会发现它是如何结束，在哪儿结束的。如果我们可以选择，我们会选哪一个？

到2007至2008年冬天，罗密欧不再长出新的肌腱和突触，一度乌黑发亮的毛发如今已出现了浅浅的红灰相杂的条纹，口鼻上也爬上了白霜。小憩醒来，伸懒腰的动作更加迟缓，时间也更长了，有时起初几步还会显得僵硬，但当它张开大嘴，友好地打着哈欠，牙齿——评判一匹狼的整体状况的关键标尺之一，对它的生存也至关重要——并未出现磨损，就如同三岁大的狼一般。玩乐和移动的动作虽有些不畅，但仍保持着狼的优雅。残疾常常会缩短许多狼的寿命，迄今为止，罗密欧都没有遭受过致其伤残的伤害。它至少快六岁了（可能得七岁了），正当盛年，比起阿拉斯加普通公狼要高出半个头，体重少说也超出十磅，乃是有史以来最为俊美的一匹狼。如果它确系亚历山大群岛狼较小的品种，它臻于完美。

比起它超乎寻常的体型，更可怕的则是它心智的成熟：细瘦蓬勃的少年经过时间的打磨淬炼，培养出了卓绝的智力——饱含智慧，且深受本能的影响。琥珀色的眼眸总是冷静地凝视着它选择的领地及其间来来往往的行人，同其他所有狼一样，它明白自己一生都徜徉在这一片土地上了。记忆如同一张地图，上面分布着道路网、气味点和接头地，经过这些地方就能捕获到的猎物，还有每条路上的特征和危险，以及狗和人的名录，全都以我们难以理解的方式经过罗密欧感官的过滤沉淀下来。罗密欧能存活下来绝非仅凭运气。应对达尔文式的挑战，需要不断地适应环境，做出复杂的应变，几乎没有犯错的余地，以往几乎没有哪只大型捕食性动物做到了它这地步，以后也鲜少会出现。它一生大多时间生活在成千上万人身边乃至中间——并非仅仅做个影子或跟随者，而是作为一个独立的社会性的生物，建立起了与人类的地盘相交的领地——且不曾得益于大型保护区。与我们共同生活时，它守卫自己的领地，来来往往间定义了两个世界间不断变动的边界线，让我们的调查和标记无济于事。虽然门登霍尔冰川休闲区通过规章和实际执法确实提供了保护，甚至在开始实施之后，也着力于避免狗在白天高峰期与它来往。但罗密欧的安全，即使是在它的核心领地上那一小片地区，也始终不算万无一失，在其他地区则更是危机重重。

罗密欧北上蒙大拿溪的其中一条路经过一片监管不力、射猎频繁的乡村地区，随后又穿过弓箭狩猎的区域，抵达一处回车道。二十来岁的年轻人常常在此寻欢作乐，围着草垫子烧起的篝火大喊大叫；人们把床垫和轮胎扔在这里，朱诺警察也鲜少到此地巡逻。此外，蒙大拿溪路两边乃是松软潮湿的沼泽地和林木茂盛的山坡，总有荷枪实弹的当地人在其间漫步，他们很多人都欢迎狼（尤其是这匹狼）落进自己的陷阱里。在湖区它亲近信任人类，而就在几分钟之后，不足两英里之外的地方，就要躲避潜在杀手，罗密欧是如何在两者之间切换自如的呢？它明白其中差异，老早就能分别应对，分辨力近乎预知。它生存下来了，这就是明证。蒙大拿溪走廊虽然极有可能是最危险的地带，但也只是众多险区之一罢了。

关键在于阿马格附近的事情并未得到解决。将罗密欧与可可的死联系起来的证据至多算是不清不楚，而当地关于狼的报道在逐渐减少。然而，到2007年秋天，还是那一小撮言辞犀利的人，他们重又抱怨起来了。其中最激烈的是朱诺一位老人，几个月前便开始实施他的威胁。这位老人等渔猎部等得不耐烦，瞒着他们自己采取了行动，设了下过毒的诱饵。作为讨厌狼的老派阿拉斯加人，他认为自己在为社区服务，保护整个社区免受某种威胁。在阿拉斯加，无论理由如何充分，试图毒害野生动物都是受到严厉禁止的。但那并不能阻止老人，他丢下的一些诱饵确实消失了，无疑不少动物因此丧命，痉挛抽搐、痛苦不堪——可能是一两只水貂，可能是一些渡鸦，至少也有一头秃鹰中了招，因为人们在附近发现了它的尸体。谁知道呢，也有可能熊或狼吃了，跌跌撞撞地逃走了。讽刺的是，这位邻居成功撂倒的动物其中一只竟是幸存的那只隆德杭犬芭伯，而它同伴的命运，多多少少刺激了这位老人做出了下毒的举动。丹妮丝·蔡斯怀疑有动物吃了马钱子碱，但没跑多远就丧命了，自家小狗也跑到老人的院子，吃了一点诱饵。虽然兽医救了它的命，但从此以后芭伯却瘸了，神经受到了永久性的伤害。老人懊悔不迭，保证不再下毒。

而没死的一只动物便是罗密欧——这可是新鲜出炉的证据，证明黑狼要么拥有神奇的能力可以避开死亡的威胁，要么它根本就不是在阿马格地区闹事的那匹狼。虽然下毒风波过去了，但一直到11月，朱诺人持续不断地向渔猎部投诉。一匹狼在附近晃悠，翻垃圾，吃剩饭，引发了食物刺激的红色示警。因为可能引起狼的攻击行为，渔猎部有义务为了公众安全插手此类事件。他们悄然无声地探索着解决办法。斯科特及渔猎部其他生物学家，包括前地区生物学家尼尔·巴顿及时任野生动物保护区主任的道格·拉森在内，都意识到他们命定的那匹狼很可能就是罗密欧。没有确凿证据表明有其他的狼与狗来往，他们不能接受此地出现了很多匹狼的说法。作为朱诺居民（拉森生长于此），他们完全明白如果捕捉转移了罗密欧，无论它是否存活下来，自己和渔猎部都得承担严重的后果。他们决定给它装上卫星颈圈，以此获取它的最新动态——以便于洗脱它的嫌疑，追踪其行动，额外的好处便是能提供研究数据。生物学家对于这件小小的事情已经怨声载道，而他们觉得自己有理由提出这个请求，而且很有把握可以成功。他们齐心协力，准备采取行动了。

但凡有警觉性的狼都不会走进大箱子或是陷阱里，而在那种林木葱郁、地势不平的地区，能见度有限，不能指望成功射出安定镖。电缆陷阱也用不了，因为它极有可能造成死亡。生擒的唯一希望便是利用直径四英尺的捕兽陷阱，以气味或诱饵来吸引黑狼，就像为皮毛而杀害野生动物的猎人那样，虽然会在钢钎口垫上软垫降低动物受伤的可能性。冬雪之中，狼和大多野生动物一样，往往会固守已然遭到破坏的道路。为了抓住一切捕捉的机会，斯科特首先不得不确定罗密欧常去的几个地方，在那儿设置陷阱；雪（频繁有新雪落下，破坏的道路两旁雪越深越好）会留下一切来往的证据，将黑狼引进陷阱，也有助于隐藏陷阱。如果有狼被成功捕获，渔猎部就能安全注射安定剂，将其转移。

虽然是小型的专业陷阱，但在利用陷阱之前，生物学家也得确认捕捉后的行动路线。由于罗密欧可能接触到家犬身上带有的病菌和寄生虫，他们得将它隔离几个星期，避免感染其他野生动物，包括狼。根据结果，它可能得接受安乐死，也有可能会被转移到合适地区获释。那么问题就来了，上哪儿找这个合适的地方——远离朱诺及其他社区，适宜狼居，地域广阔，将它重拾旧习前往其他地区的可能性降到最低。即使是在阿拉斯加东南部这样地广人稀的地方，可选择的地点也比想象的要少。考虑到狼穿越危险地段的能力，而且根据记录，很多狼被转移后都有返回原地的倾向，一百英里的距离可能是不够的。但即使是生活在东南部的狼，也鲜有能游过两英里开阔水域的。因此他们就想到了林恩运河的对岸或大陆的南部——距离越远，跨越的峡湾越多，那就越好。

短短的候选名单上还有一处偏远的山村，位于海恩斯北部和西部，毗邻加拿大。我的朋友史蒂夫·克罗彻尔有一个与世隔绝的野生动物观赏园，在同地区的奇尔卡特河谷上游。顺便一说，史蒂夫饲养的动物出现在了许多电视节目和电影中，包括《国家地理》的特别报道还有广受好评的迪士尼经典《狼踪》。渔猎部联系克罗彻尔，问他是否愿意暂时接收罗密欧。兽医宁宁·伍尔夫在阿马格附近遇到过那匹黑色小母狼，这位女士后来也证实自己被渔猎部问及是否同意监管一匹注射过安定剂的狼。两个问题都是假定性的，因为并没有后续追问落实。所有交流和会议都是在渔猎部内部进行的，没有通知，也没有宣传。虽然渔猎部没有刻意隐瞒，但也并未试图将公众纳入此计划，这种举措完全可以理解。对可能设陷的地点进行保密，原因之一便是确保公众和野生动物的安全，也是为了保护投诉人的隐私，并且降低治安会介入的几率。

但在生物学家讨论行动路线的时候，阿马格的那匹狼，无论是不是罗密欧，在朱诺地区出现的频率愈发少了，而且行踪不可预测，让这个计划变得毫无意义，以至于渔猎部放弃了生擒的念头，同时也没有确定最终捕捉地点。

然而，哈利·罗宾森对于渔猎部的商议却有不同的看法。他宣称获得了内部消息，并据此强调："（渔猎部）绝对已经下定决心转移罗密欧。这是板上钉钉的事，并且已经在执行计划。"他联系了朱诺登山俱乐部的创始人、受人尊敬的户外爱好者金·特利——那个冬天，黑狼跟着他和他妻子晨跑，他便迷上了黑狼——组成了罗密欧后援团，一个没有会议、会费、选举、署名和正式名单的团体。消息口口相传，用布告板宣传，通过邮件传递。任何喜爱黑狼的人只要声明立场就能成为其中一员。组织的主要目标是促成公众对黑狼的支持，活动对象则是渔猎部，因为他们有权决定罗密欧的命运。虽然这个主意大体上不错，我跟他们的观点也基本一致，但是我并没参与其中，以避免将自己的名字与别人的言论扯在一起。相反，我私下给尼尔·巴顿打了电话，他向我保证，并没计划在冰川附近捕捉罗密欧。至于由于黑狼引发了一些朱诺人的投诉，渔猎部拟定了捕捉计划，最终为什么却弃置了，他则没有向我提及原因——并非出于欺骗，而是因为我没有直接问出这个问题。

2008年冬天，罗密欧后援团通过邮件、公众讨论组和几次上门发布的形式公布了三则消息。第一则是在1月7日，称"据可靠消息，阿拉斯加渔猎部已决定射击罗密欧，将它远远送出朱诺，"并且"目前计划……于春天转移，这时冰雪（及围观群众）已离开门登霍尔地区。"第二则发布于2月1日，标题称"罗密欧性命堪忧"，还有黑体印刷的短语，比如"给罗密欧被判死刑"，至此呼吁宣告已升级进入备战状态。主要部分写道："转移阿拉斯加狼的研究显示，转移后，狼的存活率不足10%。阿拉斯加渔猎部当然知道这一点，因此，他们的实际目的是杀死罗密欧。"这确然是个骇人听闻的说法。但当我考证这个问题时，我没能找到狼转移后的存活率的研究数据。美国本土的一些研究显示出了与阿拉斯加不同的存活率，死亡率低则近似于居民区对照组，高则要高得多。20世纪90年代中叶，狼成功被射击转移出阿拉斯加中东部的四十里河流域，放归基奈半岛，虽然其间确有几匹狼在转移过程中死亡。然而，在研究过相关的出版物，并且与经验丰富的生物学家交流后，我发现，整体的存活率远高于10%。简单看一例成功的转移：二十年前，狼在蒙大拿黄石国家公园的繁殖率高得出人意料，显然，被转移过的狼并未因注射和转移而受到伤害，反而蓬勃地活了下来，并且开枝散叶，生生不息。尽管如此，如果环境不够理想，转移定然会构成额外的风险，有时甚至难以避免。

　　罗密欧后援团的两则消息让事件进入白热化阶段：明确反驳罗密欧曾在阿马格和其他任何地方犯事（事实上，他们断然宣称肯定没人见过罗密欧去过阿马格地区），认为渔猎部得到了错误的消息,暗示近期从加利福尼亚州来的不明成员是投诉的主要源头,呼吁支持者加大力度声援保护罗密欧,并附上了联系人的信息,其中包括巴顿、拉森和当时的州参议员金·埃尔顿。由于这场运动,渔猎部收到了几十封邮件,都是罗密欧的支持者发来的,有的是朱诺人,有的来自世界各地。

第二则消息发出之前,尼尔·巴顿和哈利打过几次电话,也通过邮件,甚至还见过面,希望能缓和气氛。几年后他说出了自己的看法:"那时我对(罗密欧后援团)不太抱有幻想了……我不得不说,他们有些担忧毫无道理可言,很多消息也并不可靠……我觉得尽管我们竭力对他们诚实公开,但这个组织总在尽力污蔑渔猎部。"数年之后,和拉森、斯科特一样,他向我证实道,渔猎部确实有计划转移在阿马格附近捕捉到的狼——罗密欧后援团坚持认为那匹狼并非黑狼,即使他们的消息字里行间里都在担心那确实是它。

而在门登霍尔湖区,黑狼的身份就几乎是确定无疑的,也很可能有人会目睹捕捉过程。至于将狼送出湖区,道格·拉森于2012年接受采访时回忆道:"我们从未去过那儿。考虑到环境,我们没有想到有什么合适的地方,……不利因素太多,并不是合适的选择。然而,如果我们决定了要做什么,那就会承认。"他接着说,"作为一个部门,我们意识到了这个情况的特殊性……对于整个社区来说,这段时间不同寻常。"最后,他补充道,"没有任何迹象显示黑狼对人有攻击性。否则那就完全是另外一回事了。"拉森不必明说"那回事"会牵涉到的迅即而或将致命的行动。

数年之后，哈利的指控仍没有改变。他坚持认为那个决定旨在捕捉转移的并非任意一匹黑狼，而就是罗密欧——无论是阿马格附近还是门登霍尔湖——而且已经实施了，而正是后援团发布的消息以及他们引发的公众反应阻止了渔猎部的下一步行动。地区生物学家瑞恩·斯科特措辞谨慎地回应道："对于任何有关野生动物的管理决定，我都需要对公众负责……对黑狼的管理也不例外。有关黑狼做出的一切决定都必须接受评判，需得基于合理的野生动物管理原则，基于部门处理公众和野生动物安全问题的相关政策。公众的参与并不会从本质上影响到我的管理决定，但确实保证了一切行动都经过了深思熟虑，并且合情合理。"

无论哈利对于渔猎部计划的解读是否足够准确，或者只是应急计划反应；无论计划导致的压力是否左右了渔猎部，后援团接二连三的指责整体而言都是为了支持黑狼，它也确实做到了。二月，巴顿和斯科特第二次与后援团代表——性情温和的联合创始人金·特利——面谈，缓和了这个尴尬的处境。后援团第三则消息，也是最后一则，发布于2月28日，措辞正面而配合，甚至带着和解的口吻。除了感谢关注此事的所有人，还指出了渔猎部已经暂停了转移黑狼的一切计划，渔猎部公开接受并热切盼望公众反馈，并且同意将来任何行动都会提前告知后援团。值得注意的是，这则消息一半是在鼓励公众围观罗密欧时采取安全的行动：保持适当的距离，管好狗和小孩，禁止投喂食物，诸如此类。虽然渔猎部称是否转移黑狼取决于其本身的行为和公众投诉率，但这个问题不会再成为热点。无论如何，这都是一个双赢的局面。又一场风暴过去了，黑狼仍在。

哈利仍以黑狼的同伴和保护者自居，以黑狼为友——不过不如去年高调，但一如既往地陪伴左右，每天几个小时，通常是黎明前或入夜后，风雨无阻。他们的羁绊持续不断，愈发地紧密；有时会不假思索地互相触碰。公众场合下，他仍会带头拴好布莱顿散步，不厌其烦地代罗密欧请别人不要做出蠢笨危险的举动——有时甚至不惜惹恼别人。最糟的一次，有人黄昏后会定期开着小货车到溜冰休息室路的尽头，用黑色拉布拉多犬引诱罗密欧前来停车场，然后开车缓缓地上路，任由狗在车厢里歇斯底里地吠叫，而罗密欧会一路跟随，有时离后车轮就一臂之遥。我曾两次目睹这个怪诞的做法，不过第一次不太确信自己所见，第二次甚至看不清车牌号。哈利最终遇到了此人，后者立刻摩拳擦掌，咄咄逼人，火冒三丈。哈利没有后退，那个男人虽然仍旧盛气凌人，但三思之后，还是没有动手，气冲冲地走了。还有一些人仍然常常带着跃跃欲试的狗来碰碰运气。我和哈利还有其他一些人则尽力引开他们，都成功了；有些人似乎不明白有什么危险，或者说根本就不在乎。湖区交通繁忙的时候，林务局执法官戴夫·苏尼加仍会时不时出面开张罚单，效果显著积极。哈利好几次以戏谑的口吻讲到，戴夫·苏尼加也跟踪过他、布莱顿和罗密欧，希望看到违法行为，但徒劳而返；但这位发福的官员跟得气喘如牛也没能跟上哈利长途大步爬山的行动。

似乎所有人都找到了平衡点，罗密欧也是。或许它最终能够寿终正寝。虽然人类总会不断找麻烦，黑狼所面临的最大的威胁却不是来自我们，也不是来自这片土地，而是来自它自己的同类。

2009年春天，四月中旬的一个早晨，天气温暖舒适，我靠着滑雪杆，好像这样可以支撑住我不断下沉的心。我和其他六七个人站立着，听着麦金尼斯山侧回响的阵阵哀嗥——不是我们熟悉的罗密欧那雄浑昂扬的声音，而是一个族群齐声发出的怪异刺耳的吼声，就在不足半英里之外。朝那儿望去，大约有四到六匹狼，它们的声音交错在一起，此起彼伏地回荡在空中，并且各自调整音调，避免与同族的重合。那是一块圆丘，位于麦金尼斯山的西南山肩上，四周陡峭，没有林木遮蔽，形成了天然的露天剧场，而那里正是罗密欧喜欢表演嗥叫的平台。它们不太可能正好也选了这里来宣示自己的存在。它们定然遇到了罗密欧精心维护的气味点、足迹和道路，也听到了它的叫声——狼会利用这些信号确定边界，减少冲突。这些闯入者并非仅仅经过重叠的地盘而已，它们突然厚颜无耻地到来，从偏远的地区进入罗密欧占领已久的中心地带，等同于军事入侵。如果它们打算一决生死，黑狼以少敌多，几无胜算；考虑到族群冲突多有伤亡——有些地方三分之一的狼会命丧于此——这群狼的目的性就更强了。罗密欧可能已经一命呜呼了，这个族群可能正在享用它被撕碎的身躯。

西冰河步道离我们所站的位置就几百码的距离，随即从那儿，就从树林里，响起了悠长而独特的嗥叫声。哈利碰巧近距离目睹了罗密欧应对这些入侵者的过程，他回忆道："我从未听它那样叫过。它伸展四肢，竖起毛发和尾巴，冲每一匹狼怒吼，好似在鼓励自己,反击回去。"但是如果陌生来客确实是带着恶意冲着它来的,注意力集中在了这场嗥叫上,那这就意味着罗密欧在劫难逃了。在本能和经验的指引下,它必定感觉到了威胁。但至少它也有优势,它本身是一匹体型极为庞大的公狼,声音摄人心魄,而且这是在它自己领地的腹地上。

在罗密欧到来之前和占据此地期间,始终有别的狼来来去去——它定然通过气味和声音辨认出来了,对方亦是。也曾有一匹黑色的母狼,大家猜测是它的伴侣,在它第一次出现的那段时间被计程车撞死了。罗密欧出现的第二年夏末,有人在巨大的采石场看到三匹灰狼经过我家。至于它们是悄悄经过还是与罗密欧有约,友好与否,我们都只能猜测了。尽管我从未在湖面上见过罗密欧之外的其他狼的足迹,但静谧的夜里,我时不时听到罗密欧的嗥叫得到远方的回应——有时明显是人为模仿的(可能是哈利晚间试图与它碰头),但其他的则是狼的叫声,似乎是从附近山坡发出。

2006年,湖区西北岸起了幽灵似的冰雾,我瞥见罗密欧在不足一百码外沿着林木线跑动,身边跟着一只几乎全白的大型爱斯基摩混血犬,我看不分明,于是想滑得更近些,那只浅色的动物却好似蒸发了,也没有人相伴。我仍以为自己看到了一条狗,直到接下来的11月,在朱诺大众市场上,我碰到一位年长的因纽特女士。她在阿拉斯加一个偏远乡村里长大。她仔细看了我放映棚里的野生动物照片,其中当然有许多罗密欧的。"我见过那家伙,"她抬下巴示意了下,说道,"跟一匹白狼。"在她后院里,靠近奔雷山。我暗示她那或许是某只重获自由的混血犬,她极其轻蔑地瞥了我一眼,"我认得狼。"她说道。这个问题没什么值得争论的。我们很有可能看到的是同一只动物——确实是一匹狼。多年以后,偶然看到一张照片,拍摄于门登霍尔河谷上游,上面是一匹狼,几乎全白,十分醒目,这也印证了之前的那个可能性。

罗密欧常去的乡村地区还有斯波尔丁牧场以及已经提到过的阿马格附近地区,那些地方都出现过其他的狼。一切都暗示着并不像大多数人所猜测的那样,罗密欧并非远离同类逗留此间,它与其他的狼也有来往,只是它们如何来往我们就难以想象了。就拿哈利来说,每天四个小时跟它在一起,天天如此;海德每天两个小时;其他所有人加起来算六个小时:罗密欧每天十二个小时都在跟人打交道。这个平均数已经算上了它因为某种原因不常出现的许多时候,但也算得非常慷慨了。但即使是十二个小时,那也意味着罗密欧每天有一半的时间不为人知——它还会间歇性地消失,还有季节性的活动,那就远不止这半天时间了。我们能声称自己知道的就是看着它的时候,它做了什么,去了哪里;至于它的其他时间,我们就不得而知了。但那就是我最爱它的地方,不是我了解它什么,而是我不了解它什么。

罗密欧很可能与一个族群有阶段性的联系,但大部分时间它选择独来独往。就我们所知,它有时甚至会照顾狼崽,充当家长的角色,虽然罕见,但并不难理解。狼群中的领导者甚至也会离开族群,有些是暂时性的,有些是阶段性的,有些甚至是永久性的;狗对罗密欧有如此大的吸引力,可能正好足以解释这种反常的行为。事实上，我们的宠物或许更接近于它为自己选的社交候补者，而非替代者。或许罗密欧确实被族群遗弃了，来到陌生的海岸流浪，偶尔有同族行经此地，但从不停留；其他的狼带着敌意反复前来探查——最近的一次就在不久前。

几个早晨之后，友人维克·沃克尔和我站在西冰河步道停车场外，透过雾气和细细冷雨窥探着。"那儿，"维克低语，举起了相机。罗密欧缓缓走到空地上躺下，面对着我们。过了一会儿，又一匹狼跟上了。它体型较小，但也胸膛开阔，毛色浅灰，独独脸是黑色的，后背则缀着斑点。它看向我们，脑袋低垂，局促不安。罗密欧四下观望，竖起耳朵，像往常一般放松惬意。好像它作为东道主，在同另一个物种的友人握手，向彼此保证一切顺利。每天早上它几乎都在同一时间带着那匹陌生的狼来到湖上。至少有那么一次，陌生的狼是独自出现的，躺在冰面上，整个儿看上去心惊胆战的，但也很是好奇，显然它被罗密欧吸引了。我的手指跟脑袋一样笨拙，在两匹狼退回树林里之前，胡乱拍下了几张照片。到底发生了什么事？过了这么多年，它终于找到了伴侣？那族群的其他狼呢？

结果较小的那匹是公狼，最初我看到它敦实的脑袋和躯干就这样猜测了。后来有人见它抬起一条腿撒尿，成功地浇灭了众人对于"罗密欧朱丽叶从此幸福地生活在了一起"的美好幻想（很难想象，一对养育着幼崽的狼能在空间如此有限的地盘上活得好好的）。相反，它似乎是一匹即将离群的年轻孤狼，在努力思索未来的路，被这位一贯亲切和蔼的长辈所接纳。有人看到这两匹狼和它们的足迹时而一起时而分离，有时候它们会漫步到疏浚湖区，这样持续了一周左右。如果这匹年轻的灰狼不能适应罗密欧怪异的世界，其实并不令人惊讶；十分肯定的是，有朝一日它会离开的，要么独自上路，要么重回族群。而且我们发现了它们维生的方式：它们在林木茂盛的麦金尼斯山半英里高的坡地上干掉了两只山羊，在那逗留了几天，享用大餐，来往嬉戏，直到猎物只剩下毛发和骨头。然后就是时候继续寻找下一个猎物了。罗密欧和其他狼之间到底发生了什么，永远都不得而知了。哈利看见过也听见过它们靠近，但除了那匹灰狼，并未见过黑狼与别的狼有过直接的来往。好消息则是，罗密欧并未展现出搏斗过的迹象——没有跛行，没有受伤。与年轻灰狼宁静短暂地相处之后，它仍留了下来，意味着它们最终至少达成了某种休战协议，可能不止于此。2009年春天，罗密欧带着哈利和布莱顿几次前往猎杀现场，得意洋洋地啃着骨头，一脸"看看我抓到了什么"的满足感，不少狗主人都能认出这表情，不过这不能说明它参与了猎捕，可能它仅仅发现了一样好东西进而据为己有。罗密欧再一次向我们展示了它绝处逢生的本领。

同时，我们在冰川前的最后一个住所的日子，有一匹黑狼待在院子里的日子，也告一段落了。我们考虑到未来，卖掉了自建的房屋，搬到了门登霍尔河谷的另一端，带着不舍换到了更远离市区的环境。尽管时不时有黑熊从我家院子漫步经过，到湖面仍旧只有十分钟车程，但我们的生活，无论在朱诺还是在别的地方，都同往常不一样了。我们当然知道自己放弃了什么，为此也很悲痛,即使我们期望着新的开始,在奇尔卡特河谷上群山隐隐的原野迎接未来的几年——很是凑巧,这正是渔猎部当初考虑着转移罗密欧的地点之一。好像是我们先感觉到了即将来袭的黑暗,于是抢先一步离开了。

我们常常开车回到那个再不属于我们的家附近。我和雪莉带着狗一起,更多的时候则只是我自己。我们仍见到罗密欧跑过湖面,龇牙咧嘴地笑,高昂着头,不需任何翻译,就能看懂它的友好之意。它知道不能一起玩耍了,甚至不能跟拴得紧紧的狗互相蹭蹭,但它还是想打个招呼,它跳起来,竖起尾巴,柔柔地高声长啸,打着圈儿嗅着我们的足迹。我们已经坐回车里,它躺在几十码之外,大家——狗、人、狼——都自在放松,满足于待在一起的这几分钟的时光,像老朋友在公园长椅上坐着一样。罗密欧最终起身来伸展四肢打打哈欠,探察四周,跑开去做它晚间的差事了。它时而停下,回头观望,好似在问我们为何不跟上它。

2009年四月中旬,一天夜晚,即使我和雪莉没有带上狗,情形也还是如此。黑狼从湖那边的巨石滩跑过来,停在近处;落日的余晖掠过山峰,将它的影子拉得老长,我们驻足凝望。六年前我们初次见面,就在几码开外的地方,那一刻似乎同此刻没什么分别:好似一片树叶掉落冰川,每一个锯齿边,每一条脉络,都是完美的对称,冻结在时光里。如果终有一别,那应当在此地,但命运却选择了不同的方向。

13
离别

2009年9月。

哈利·罗宾森躺在床上，完全从梦中醒了过来。"我感觉到罗密欧在嘶叫，"他说，"我听到了。它很痛苦。我看到它猛地咬住了身侧，那一刻我知道它被击中了。"

那是2009年9月的第三周。哈利和布莱顿早晨之前还像往常一样与罗密欧碰了头，一起散步，一道嬉戏，一同休息，待了好几个小时。但第二天黎明前，当哈利驶进西冰河步道停车场，罗密欧并没在那儿等着。它既不回应哈利的啸声，也没有出现在散步的途中，出现在哈利和布莱顿等着见它或者它等着他们的地方。以前罗密欧也曾消失过几天，甚至几周，但这一次，哈利做了那个梦，确信事情不太对劲。或许罗密欧受伤倒下了，或者落进了年前被人遗忘的陷阱，正等着他们救援。他和布莱顿搜遍了疏浚湖区，找遍了西冰河步道上布满苔藓的树林——过去那些年他们随它去过的所有狩猎地和碰头点。但他们一无所获，没有任何足迹或新鲜的痕迹显示它来过。哈利扩大了搜寻范围，花去很长时间，废寝忘食，竭尽所能，一遍遍来回找寻。秋天的色彩浓厚起来，又黯淡下去；初雪新下，覆满了高地。他挚爱的罗密欧，却就这样销声匿迹了。

就在那些日子里，朋友维克·沃尔克也做了与哈利相似的梦。维克是当地一名兽医，之前三年一直与罗密欧悄悄来往，他描述那个场景道："罗密欧受伤了，就在游客中心附近。它被枪击中下颌。骨头碎裂了。哈利在那儿。他说，'它完了。'我告诉他，'不，我能治好它。'"维克的声音越发低沉。三年过去了，每次讲起那个梦，他的眼神仍不大对劲儿——与其说是一个梦，不如说是无法释怀的心结，因为太过生动鲜明，似乎与往事融为了一体。数年之后他才知道哈利的梦境——事实上，他也只远远在湖上见过哈利一眼。那时他们的唯一联系是通过罗密欧建立起来的。当然，梦境可能正是如此——不过是我们的恐惧的回声。罗密欧可能会死而复生，就像从前那样。

同时，我正蹚过河流，跨越千里，一路北上，前往布鲁克斯山以西的老家。横跨的山脉是科伯克-诺阿塔克分水岭，那里远离罗密欧和冰川，但却怀抱着黑狼同类们最后的根据地。山脉绵延起伏，冰原广袤无垠，鲜有道路，无路外出。至少当时还没有路。同样的九月，一个黎明，我从噩梦中醒来，跳出营帐，站在河边的一块阔地上——驯鹿或驼鹿，可能是一头熊，我这样想着。我光脚走出睡袋，出了帐篷，没带相机，也没带枪，溜下山，朝河边走去，倚在一丛被秋天烧得火红的柳树后，只想看看清楚。不足五十码开外的地方，一匹灰狼站在河岸边，衬着金属般的松绿石和粉红色的卷云，整个场景清晰地倒映在水中，映像好似从河底流出来似的。我屏住呼吸，因为那匹面容瘦削精致的年轻母狼在搜寻气息，然后它抬起头，发现我正盯着她看。"你好，狼，"我低语道。它看过来，浅黄色的眸子似乎能将我看穿。我可能是它所见的第一个人类，不过不大可能是最后一个，就在邻山那边就有三个村子，都在五十英里以内——那是伊努皮克猎人的家园，我曾和其中一些人做过邻居和旅伴。它很快就会知道他们，他们的机动雪橇时速上百英里，来复枪充满攻击力。它转过身跑了，没有回头瞧上一瞧。我看着它走远，对未来一无所知，但彼此在这一刻都得到圆满。

十月初，我回到朱诺，几乎没来得及喘口气就再次离家前往本土，做一些有关狼及其管理政治的展示报告。这是前所未有的事情。我和雪莉当时离开了阿拉斯加，去她的故乡佛罗里达过冬，我们计划此行很长一段时间了。但我们为罗密欧忧心不已，还有约尔、维克、哈利和其他互通消息的人。我们的恐惧因为距离而愈演愈烈，但似乎鞭长莫及。或许罗密欧终究一着不慎，踏入陷阱，或者被手枪瞄准了，抑或是它已经败给了自然灾害——一匹狼总归要面对的。没有狼能够永生，而那时罗密欧已经至少八岁了，按照阿拉斯加野狼的寿命标准，它已经是匹老狼。或许它是时候寿终正寝了。

但为什么不是另一种结局呢？那年春天它本来可以加入碰到的那个族群，回归乡野；或者找到自己的伴侣，筑个美美的巢穴，养一窝胖胖的狼崽子——就在某个神秘山谷的林木线下，一个花岗岩山洞里，有活水潺潺流过，道路网通往草甸，旱獭呼哨，跑进满是海狸和鲑鱼的山谷。哈利噩梦之后，也梦到过这样的场景，同我的白日梦相去无几。罗密欧出现了，哈利伸出手抚摸罗密欧黑黑的背脊，梳理它长长厚厚的毛发，就像他想了许多次但从未做过的那样；随即这个场景消失了，他看到一匹灰色母狼，生下了一只小黑崽。我们不约而同地在一个本该出现的世界里寻求慰藉。

秋意渐浓，而哈利仍在搜寻。他悄然无声地坚持下去，从未动摇，哪怕随着草木凋零，希望愈发渺茫。他努力寻找朋友，无论生死，走遍并肩踏过的土地去寻找。除了身体力行地搜寻罗密欧的领地，他还单枪匹马不知疲倦地进行调查。朱诺太小，藏不住这样一个秘密，迟早有人会忍不住吐露真相。就在罗密欧失踪几周之内，一位朋友谈起在瑞科（当地一家户外运动和枪支销售店）偶然听到的一则消息：黑狼确实被射杀了。当然，我们都知道，涉及黑狼的时候，道听途说和事实真相往往并不吻合。哈利在全城张贴传单，悬赏 1 500 美金；又转战互联网——由于从事相关职业，他相当熟悉互联网领域——他遍览有关狩猎的博客和网站，像潜水艇声呐操作员那样发出信号，听取回音。最终，他得到了令人毛骨悚然的回复，那个回复隐藏在一个怀念罗密欧的视频的评论区："它已经死了，剥皮塞馅儿了……醒醒吧，可怜的家伙。"评论者用的是化名，在这种论坛上再寻常不过。利用迷踪挖掘（总的来说就是追溯丁点儿电子信息的源头）的互联网搜索技巧，哈利通过一封替代邮件的地址找到了那个人，然后发送了一封含蓄的询问信。在交流中，哈利发现对方热衷于狩猎，那人以为网络匿名的盾牌十分安全，回复道："我知道是谁猎捕了那匹狼。他不是阿拉斯加人。我看到过他来这儿的照片。罗密欧现在在一位阿拉斯加动物标本剥制师那儿。这不是网络……真相再明白不过。如果你想，我可以发张照片给你。他就是在那座山收到罗密欧的。"

这人的语气暗示了他认识杀手，他并不是某个无名无姓的网络联系人。哈利知道自己很接近真相了，但他不愿逼得太紧，以至于这位不知情的告密者警觉地闭上嘴巴。虽然心急火燎地想知道真相，但他还是耐心地等待时机。就在几天之后，他接到利比·斯特林的电话。利比是《首府都市周报》的记者。周报是朱诺本地一份免费发放的报纸，《朱诺日报》的姊妹品牌。利比说有个名叫迈克尔·洛曼的宾夕法尼亚州人联系过她，声称自己知道罗密欧的事。这必然是一件重大的当地独家新闻，但她没有跟进那个故事，反而决定把号码给哈利；作为交换，哈利保证如果线索有效，时机到了，她会首家报道整个故事。哈利当晚便拨了那个电话，准备与迈克尔·洛曼碰面。

洛曼并不知道网上那位评论者与哈利的交流。洛曼碰巧知道那人，是因为两人都在宾夕法尼亚州的当纳利集团工作。而他们又都认识另一位员工杰夫·匹考克[1]——据说此人总是吹嘘自己狩猎的英勇行为，他的姓氏恰如其分地展现了他这种难以自制的

---

1 匹考克的英文为Peacock，有孔雀、爱慕虚荣的人之意。——编者注

冲动。2004年以来，匹考克多次前往阿拉斯加拜访一位朋友，后者曾在工厂工作，后来搬到了朱诺。匹考克将杀死的动物的照片存在手机和工作电脑上，但凡认识他的人都曾受邀通过手机或电脑参观过那座死亡的动物园。后来南希·迈耶赫费尔补充道："杰夫狩猎的动物都是最大、最好的。正如他自己所言，他想将每种庞大的物种都捕杀一只，硝制后挂在起居室里，如此一来，他能时时观赏，人们也会认可他是一位杰出的猎人。"南希也是工厂的员工，自命为"敬业的猎人、捕猎手和动物标本剥制师"。

洛曼远在美洲大陆另一端，与哈利素不相识，但向哈利证实了匹考克的梦想。匹考克逢人便吹嘘自己去年九月前往阿拉斯加干掉了"一匹声名显赫的狼"，而且到不了年底，他就会拿到那匹狼的整张皮毛，作为主要装饰品挂在起居室里。工厂同事也有一些狩猎爱好者，他们起初还津津有味地听匹考克的故事，洛曼和迈耶赫费尔都是其中之一。"部门里人人都听过他的故事，"洛曼回忆道。匹考克或许是个吹牛大王，但他确实在他们梦寐以求的地方打猎了。一小群工人聚集在休息室里愉快地听他的故事，并看到一匹巨大的黑狼的照片——先是活的，后是死的，大家都兴奋地大叫。然而，当匹考克讲述细节的时候，工人们所见所闻，即使是最硬派的猎手，也震惊不已。考虑到匹考克很想被看作是无与伦比的猎人，有人或许以为他会夸张地描述自己如何在山间上上下下追踪黑狼，在黑狼扑来咬他咽喉时，他及时开枪自救。相反，他却拿出了黑狼被剥完皮后血肉模糊的照片，真相如此赤裸血腥令人不安，他却哈哈大笑、得意非凡。

当匹考克向听众讲述的时候，他和他在朱诺的朋友帕克·麦尔斯确然知道罗密欧是谁，对朱诺有什么意义。洛曼写道："事实上，匹考克告诉过我，杀死这匹狼的主要原因之一便是能给社会带来巨大的悲痛。通过这种蓄意伤害人们情感的行为，（他）似乎能体会到极大的满足。"毫不令人惊讶的是，匹考克和麦尔斯的计划并不像是一次狩猎，反倒像是一起黑社会凶杀。他们想的便是在无人目击的情况下迅速杀死对方，将尸体处理得不留痕迹。匹考克明确地告诉听众，快感不在于追逐，而在于杀戮，在于它所造成的痛苦。这些都会铭刻在战利品上，他会把战利品作为至高无上的成就展示出来。"他就是搞不明白，"洛曼说道，"他以为我们并不在乎。"

2008年秋天，匹考克和麦尔斯曾试图找到黑狼并将其杀死，但失败了。虽然2009年5月匹考克就返回了阿拉斯加，但他们决定等到这年9月，因为此时罗密欧的皮毛虽然达不到最佳状态，但会更加丰厚成熟。麦尔斯和匹考克那年春天确实按照预期成功地干掉了一头黑熊。他们在公路上发现了那只熊，在狩猎区附近的沙滩沿岸放了几枪，那个地点在一处人家和一座名为圣特里萨神庙的天主教静修园之间。这场所谓的跟踪几乎算不上跟踪，熊在保护区通常都学会了忽略人类，因为迅速了解到人类对自己并不构成威胁。匹考克用贵重的史密斯威森左轮手枪射了一发，让那头熊翻了两翻。这是一款0.46口径的大手枪，足够打翻一头驼鹿。根据他对洛曼的讲述，麦尔斯随后踢打嘲笑那头死熊，取出内脏，然后用绳子绑着麦尔斯的卡车保险杠将尸体拖到山上。回到宾夕法尼亚州，匹考克炫耀了自己的照片。照片拍下了裂开的伤口，用来说明伤口大小的网球几乎覆盖住那个伤口。尽管他们的行为违反法律而且卑鄙阴险，匹考克却认为这头熊象征着自己高超的狩猎技艺。

无论同事如何看待杰夫·匹考克，他的同伴帕克·麦尔斯似乎决意要降低标准。他还没搬去阿拉斯加的时候，当纳利的员工还记得两件事，说明了这个人的卑劣品性。一次是在工厂的停车场里，麦尔斯的卡车后载着一摞刚刚射中的鹅。有一些还活着，喘息不止，挣扎不休。当麦尔斯归整那堆猎物，将它们的脖子拧断时，旁观者不快地问他为什么射杀了这么多，多到他根本用不着，而且超出了法律限制。"因为我能啊，"他耸耸肩，满不在乎。还有一次，工人们看到麦尔斯追着一只负鼠穿过停车场，他穿着带钢尖的工靴，踢球一样将它踢来踢去，当人们喊他停下时，他一脚将负鼠踩死了。

帕克·麦尔斯的态度毫无意外地反映在了他的社会行为上。根据宾夕法尼亚联邦警方1999年提起的刑事诉讼，麦尔斯及其妻子被控为两个少女（13岁，其中一人是家庭临时保姆）提供"酒精和大麻"，随后玩"剥猪猡"扑克游戏[1]，最终她们每人只剩下内衣在身，其中一个女孩儿（根据警方报告）还被麦尔斯抚摸过"胸脯和骨盆"。为了保护女孩儿免受辩护律师的痛苦盘问而起草并达成认罪辩诉协议，麦尔斯认下了两项罪行：猥亵未成年人和为未成年人提供酒精和大麻。坊间传说麦尔斯的祖母财大气粗且

---

1 输一局脱一件衣服的游戏。——译者注

社会关系广泛，不仅为他提供了辩诉资金，而且在幕后施加了影响。无论如何，麦尔斯逃过了四年缓刑，而且哪怕他在缓刑期两次被控违法，也没有入狱。余波不断，显然足以促使麦尔斯带着妻子帕米拉和两个儿子将家远迁，重新开始，而最终他们选择了阿拉斯加的首府朱诺。

帕克·麦尔斯在阿拉斯加啤酒酿造厂找到一份工作，帮忙生产大家都喝的啤酒。帕米拉找到一份理发的工作（我至少也让她理过一次头发），后曾在东南医院做过售货员。东南医院是朱诺最大的兽医院，它的经营者乃是罗密欧的拥戴者。男孩儿们则在当地学校入学，而这家人损毁遗弃了一辆租来的活动房屋后，在伯知巷下定金买了一栋简陋的房子。伯知巷位于门登霍尔河谷中心位置。帕克在保龄球电台与一些常客成了朋友，还结识了当地户外运动爱好者。在这些人当中，他渐渐留下了滥杀、乱侃、蔑视法律的名声。而奇怪又矛盾的是，麦尔斯常常会前往渔猎部总部，查看规章制度并请人讲解。"他再三坚持，常常显得怪异可疑。他会就细节点反复盘问我，问题也相当咄咄逼人，"前渔猎部密封员克里斯·弗拉里回忆道。麦尔斯也着迷于当地的毒品文化，建立了商业规模的室内大麻种植基地，主办狂欢派对，有传言称这些派对常常会用到许多违禁品，还有未成年男女参与其中。有些人家庭处境困难，在他家一待便是好几天甚至好几周。帕克·麦尔斯虽然伪装成普通人，暗地里却仍旧自行其是。

2009年9月第三周，罗密欧究竟是如何死去的，我们永远都不得而知了。匹考克给洛曼和其他人展示过一张手机拍摄的照片，照片模糊不清，只见一匹黑狼沿着一块砾石场地的边缘缓缓走着，场地周围有一些高速公路维修设备，后来哈利认了出来，阿拉斯加州野生动物警察局也证实了，那是赫伯特河停车场，距离"那条公路"28英里左右，那里的公路正在拓宽修整。洛曼复述匹考克的话，说道："那天我们看到它，但我们只带了大口径的猎熊枪，很担心声音太大……当你在猎杀狼这种偶像式的动物时，你得万分小心。第二天我们带着0.22英寸口径（一种轻型武器，口径太小，用它来射击大型猎物是合法的）的来复枪回到那里，发现它出现在老地方，于是我们就射杀了它。就一枪——直穿心脏！"匹考克还告诉洛曼，他们开着卡车跟踪黑狼，进一步证实了这是一起在路边进行的违法猎杀。匹考克告诉南希·迈耶赫费尔："那头蠢货就直愣愣地看着我，停下来看着我，从没有哪一次射得这么干脆利落，那些傻蛋根本不知道来得多么容易。"黑狼遭受了致命的一击，跌跌撞撞地逃跑。杀手们在二十码外找到了它，它蜷缩着，永远沉睡了过去。唯一的仁慈便是它的死来得还算迅速。

麦尔斯后来发誓，射杀黑狼的不是匹考克，而是他；也不是在停车场，而是在停车场附近的道路网上一英里多的位置；黑狼身边还有两匹灰狼，所以他们根本没想过那可能是罗密欧；而他那精准的一枪乃是出于"本能"而非蓄意瞄准，更别说早有计划；而他们带着0.22英寸口径的枪是为了猎杀雷鸟。

然而，哈利·罗宾森认为黑狼是在几英里外的西冰河步道停车场遭到射杀的，而且他始终不肯相信匹考克手机相册上那个模糊的狼影是罗密欧。根据洛曼与匹考克的对话透露出的信息，他认为那显示了罗密欧是在凌晨遇害的，而那年秋天，麦尔斯和匹考克常常会最先到达西冰河步道地区——这个细节完全成立，因为这个地区离麦尔斯的家只有几英里远——两人下午会朝着公路进发，一直待到晚上。如果是这样，麦尔斯和匹考克声称赫伯特河停车场是案发现场，乃是为了避免被追诉在门登霍尔冰川附近的禁猎区狩猎。哈利认为杀手们担心噪音这一点进一步支持了他的推论，而且他最近一直在那里碰到黑狼，这个说法完全说得通。但匹考克手机里那张独特的活狼的照片显然是在赫伯特河停车场拍摄的，而且在我看来，那似乎就是罗密欧。它能轻松在两地间穿行，而且当此时节，赫伯特河鲑鱼众多，正是一个大好去处。至于控制音量的顾虑，在两个地方都说得通。匹考克和麦尔斯把狼的尸体挂在麦尔斯的卡车后面，用柏油帆布盖住，一路开到麦尔斯家里，随即他们给动物标本剥制师罗伊·克莱森打了电话，罗伊就住在附近。他们把尸体拽到几个街区之外的罗伊家里，在那儿掂量了尸体，摆好了姿势拍照。根据野生动物警察局的证据，手机照片附带的拍摄时间记录显示，黑狼在克莱森家被剥皮的时间是在晚上8点之前，可以推测，他们返回之后立刻就把尸体拽过去了。他们也有可能等了一整天，就着夜色的掩护进行活动。真相到底如何，谁知道呢？这只是整个复杂的案件之中的一个问题罢了，人们对此会有种种不同的看法、矛盾的说辞、相异的理解。死亡后也如生前一般，黑狼生活在我们之间，也游离于我们之外，终归都吸引着人们争论不休。

克莱森剥了狼的皮，将卷成一团的皮毛和割下来并剥好皮的脑袋放在冰箱里，这都是动物标本剥制术的标准操作。脑袋割下来后要剥皮漂白，制成颅骨纪念品；皮毛则会被送去皮革厂。而血肉裸露的无头尸体则会被抛弃——或许丢在树林里某个地方，要么扔在当地的废物填埋处，也有可能沉尸海里被螃蟹瓜分肢解。皮毛硝制后就会用金属丝加固过的舒泰龙泡沫塑料形状撑开，制成黑狼的全身像；一致赞同的造型乃是黑狼横衔着袜眼鲑的样子。匹考克用大型猎物标签（或用于黑熊或用于狼）密封好原始皮毛；有人猜测，如果这起谋杀被人发现了，人们可能会对麦尔斯炮轰不已，而麦尔斯是当地居民，用匹考克的标签可以转移人们的怒火。根据克莱森的说法，麦尔斯在考虑保存原始颅骨，不将其安置在狼的全身像上，并将颅骨刷成了青铜色。

这事儿本应三缄其口，但这两人却是忍不住要夸夸其谈。根据麦尔斯的邻居道格拉斯·博萨格和玛丽·威廉姆斯的说法，匹考克和麦尔斯同天或翌日来到他们家。用博萨格的话来说：“麦尔斯告诉我，他刚杀了那匹名叫罗密欧的狼。他好像为此兴奋不已，手舞足蹈。一举一动好似他一直在试图干掉罗密欧……我异常困扰，甚至不再跟麦尔斯来往了。”威廉姆斯补充道，"我问他为什么要这样做，但他并未真正回答我。"克莱森也透露过他在制作朱诺那匹黑狼的像——还给美国鱼类和野生生物管理局特工克里斯·汉森说过，克里斯·汉森因为别的事情去过他的工作室。就克莱森而言，谁也没做错什么，他忍不住就想把这事儿说出来。

这样大嘴巴的行为着实考虑不周，而且根本管不住似的，并未就此打住。那年秋天，一位特林吉特女士在赫伯特河附近的那条公路上给道路拓宽工程做安全挥旗手，一年多以后，她联系上我，告诉了我一个不得不说的故事。匹考克和麦尔斯那年9月在她的检查站停下来，展示过手机上的照片，正是当纳利工人后来看到的那些。她描述了博萨格特别提到的他们那种怪异而愉快的兴奋感，对此同样深恶痛绝。那时有好几辆车在等候，匹考克一路走过去向那些素昧平生的司机展示那些照片。

匹考克离开朱诺后不久，麦尔斯就在保龄球同盟那里吹嘘起了杀死罗密欧的事情；匹考克也是一样，回到东部之后，开始大肆谈论回忆。随着冬天降临，湖面冻结成冰，朱诺人对于黑狼的失踪做出了回应，他们的宣扬却越来越肆无忌惮。洛曼说道："杀死罗密欧后好几个月里，匹考克都在炫耀自己和麦尔斯的行为对社区造成了怎样的影响……匹考克会在网络聊天室里上线，邀请其他人加入……他也上 YouTube，也读《朱诺日报》上关于罗密欧的故事的评论……他还说：'那群蠢货！哈！笨得要死！我干掉了他们挚爱的黑狼！哈哈！'他冲着屏幕喊叫：'一个个都是蠢货！可怜的狼失踪了，你们哭去吧！'工厂很多人对他的行为极为反感，过了一阵子，看到他对此自鸣得意，又变得相当怪异。"两年后，洛曼与我谈话时反思道："令我震惊的是他简直太蠢了，竟然将所有细节都告诉了我们。真是太让我惊讶了……如果他没说，他就能安然无恙地逃过一劫。他真觉得自己高人一等吧。"

2010年1月22日,《朱诺日报》刊文《罗密欧,你在哪儿?》,据说匹考克对此欣喜若狂。南希·迈耶赫费尔据自己所闻复述了匹考克的话:"我当然知道你们的罗密欧去哪儿了,它会出现在我的起居室里,你们干吗不让朱丽叶枕着我的大腿把事情说清楚呢。"大约就在那时,我收到一份网络订单,要预定我在阿拉斯加东南部的文集《冰川狼影》,书的封面是罗密欧长啸的侧影,书里有几篇文章,描述了黑狼在我们之间的生活。订单还请求附上一篇特殊的文章:"为何是罗密欧?"并不是问"在哪里",而是问为什么被称为罗密欧。这个短语通常会被误解,因此我记忆深刻,就跟那个不同寻常的名字匹考克一样。那时候那个名字于我而言毫无意义,当然我也不知道他计划用我的书来突出他的纪念品展览,既证明了黑狼的名气,也证实了他的施虐品性。这一切很快就成了焦点。

虽然回顾起来,麦尔斯和匹考克的谈论好像冗长不堪,但大多都是断断续续的,仅在小圈子里流传,远远不够让执法机构、阿拉斯加州和联邦政府知晓。罗密欧与两个杀手之间大量零散的片段经过哈利·罗宾森坚持不懈的努力,在迈克尔·洛曼的支持下,串联了起来。洛曼远在千里之外,却为此事尽心尽力,而他从未见过自己帮助的那些人和那只动物,此外,他的所作所为并非没有冒着人身危险,这样无私忘我的举动实在超凡脱俗。2010年2月,洛曼和匹考克在当纳利工厂工作时交谈道:"匹考克提到了如果有人能提供信息确认谋害罗密欧的杀手,就能获得1 500美元赏金。我开玩笑说:'真是好大一笔钱,我会告发你的。'匹考克冷冷地看着我说：'如果你敢告发，我就一枪崩了你！'"洛曼对此安之若素，记下了匹考克的话，将它们加入那份不断增加的足以使匹考克定罪的文件里。

2009年至2010年的整个冬天，哈利·罗宾森都坚持不懈。他从洛曼那里收集信息，将之与公众记录和阿拉斯加及联邦塑像的研究匹配起来，编纂了一份繁杂的清单，罗列麦尔斯和匹考克或将被起诉的违法行为，且含有姓名、日期和其他细节。这些远不止罗密欧事件，还有早到2006年的事情，当时匹考克杀死了一只罕见的黑熊，黑熊当时处于蓝灰色阶段，人称冰川熊。他回到东部后自吹自擂杀死了"朱诺的精神之熊"，这个称号显然是他自创的，以此支撑他的英雄事迹。那只熊才两岁大，个头很小，小到我一位朋友以前称之为手提箱小熊，因为它背后好似有只手柄，拿到手柄就能拖着它带走。由于从小熊身上剥下的皮毛很小，当纳利一些工人窃笑不已。其他潜在的违法行为还包括：2009年，他非法杀死一只较大的黑熊，非法跨州邮寄手枪，无数次申报作假，数次持有并运输非法获得的猎物，有些年份匹考克还无证渔猎，以及其他一些违法行为。

在当地律师和罗密欧观察者约尔·班内特、简·凡·多特的帮助下，哈利选择将其发现呈给联邦政府而非州政府。从国家层面而言，可能提起的控诉要大得多——尤其是匹考克违反了雷斯法案，这个法案乃是针对跨州运输非法获取的猎物。哈利的文件透彻深入，美国鱼类和野生生物管理局特工山姆·弗莱堡阅读过后大为震惊。他所提交的材料，比起寻常公民透露的信息要多得多；对两名连续作案的偷猎者的所作所为，证据累计成了一本详尽的记录。多亏了迈克尔·洛曼通过哈利持续报告消息，有详细信息表明匹考克2010年春天即将返回阿拉斯加，因此抓住匹考克和麦尔斯的机会近在眼前。

5月初，当匹考克如期而至，他根本不知道自己和麦尔斯正被盯梢。其实美国鱼类和野生生物管理局、美国林务局和阿拉斯加州野生动物警察局正联合调查他们（一旦司法有重合的地方，这样的联合调查在阿拉斯加是很常见的）。联邦特工弗莱堡和克里斯·汉森监视了一处设诱饵的地方（在此地留下食物吸引熊，附近竖着幌子或者树木），就在匹考克抵达朱诺几周之前，麦尔斯设立了这个站点。这个主意当然是为了让匹考克再一次轻易杀死一两只猎物。麦尔斯违反了规章制度，他当然知道朱诺地区不可设饵，但他和匹考克在当地同时撒上了陈面包和烤焦的蜂蜜。弗莱堡和汉森观察着他们，并录下了他们在该地的一举一动，随后于5月14日晚上听见一声枪响。根据视频记录，两人将行李箱小熊放进了麦尔斯的大货车后部——这只熊干干瘦瘦的，同狗差不多大小，两岁左右，可能还处在幼年期。匹考克预定5月23日离开，手机相机上记载着他的又一次征服之旅，他根本不知道自己战无不胜的神话即将破灭。

5月20日下午，我外出办事时恰好开车经过阿拉斯加啤酒酿造厂。一看见执法部门的越野车停下来，就知道突击检查开始了——我们十几个知晓内情的人对此期待已久。帕克·麦尔斯正在其间接受阿拉斯加州野生动物警察亚伦·弗伦茨尔和鱼类及野生生物管理局特工斯坦·普鲁伦斯基的问话。麦尔斯和剥皮标本师克莱森家已经被下达搜查令。州警察和特工找到了一张巨大的硝制过的黑狼皮和颅骨，还有一张黑熊皮，以及匹考克的手机。他们还在麦尔斯的车库里发现了大麻种植基地。根据州警察的报道里面有"大约27株"受到专业照料的优质大麻植物，黑市价值估计上万。此外，还发现麦尔斯藏有一支0.30英寸口径的卡宾枪，是他在美国邮政服务运输途中窃得——单此事就足以构成严重犯罪。同时，鱼类及野生生物管理局特工跨州通缉，在宾夕法尼亚州找到了杰夫·匹考克的工作电脑，其中存有证据。匹考克被指控作了未经宣誓证实的假证词，在禁猎区猎杀大型动物，未经许可诱杀熊，以及非法持有三只猎物。麦尔斯的逮捕令则主要是以非法手段猎捕大型动物，无许可诱杀熊，以及非法持有三只猎物。每一项指控的最高罚款金额均可达到10 000美元及300天监禁的处罚——对麦尔斯的处罚在此基础上翻五倍，匹考克则是六倍。那还只是阿拉斯加定下来的处罚。在这一堆已然令人生畏的惩罚之上，如果加上联邦即将提起的诉讼又会如何呢？两人似乎难逃严重的法律纠纷、巨额罚款及监禁。事实是：麦尔斯和匹考克分别受审，辩护律师是大卫·马利特，声称他们无罪。匹考克交出10 000美元保释款后被允许离开阿拉斯加。

《朱诺日报》和当地电台报道了逮捕和提审过程，将整个案件公之于众。几个月以来，虽然许多朱诺人对黑狼的命运众说纷纭，但到了春天，大多人都已经继续自己的生活了。大家都没想过能获知一些消息，更不必说发现杀手每天清晨都在对他们虎视眈眈：一个不起眼的瘦小男人，穿着宽松的线衣，面无表情，戴着金边眼镜，发型丑陋。我也认出了这张脸：三年前大众市场上，这人曾带着儿子在我的放映棚大声谈论罗密欧同他剥皮的那匹狼十分相似。

虽然大多市民只知道报纸报道的那些事，但这些事也足以引起人们发自肺腑的愤怒：人们朝麦尔斯家砸石头，割破他那辆顶装泛光灯的亮橙色花哨吉普的车胎，公开咒骂他，或许还有很多别的举动。然而，我同大多相关的朱诺人一样，选择彻底忽视了他，对其视若无物，即使我在弗雷德·迈尔连锁店见到他亦是如此。

与此同时，也有人支持他们，人数不多，但十分坚定，认为他们只是普通的猎人，受到环保人士的不公正责罚。不过是匹狼和一两头熊，稍加通融，又有什么大不了的。然而，除了偶有几封措辞犀利的邮件、写给《朱诺日报》的信件，以及各执一词的博客文章，约束和社会规范诡异地沉默了。或许我们都已然目瞪口呆，但有一件事确凿无误：我们都是守法良民，在同一种社会意识的维系下，相信法律会做出公正的裁决——或许并不完美，但却是我们能够认可的裁决。

区律师加德勒的宣誓作证书和其他庭审记录有两处遗漏，而几乎所有旁观者都忽视了：并未提到过麦尔斯种植大麻的事情，加德勒在证词中坚称麦尔斯没有前科。此前鱼类及野生生物管理局与阿拉斯加州政府共享秘密证据时，有人向加德勒展示过麦尔斯的犯罪记录。公众既不知道麦尔斯与宾夕法尼亚临时保姆的历史和随后缓刑期违法的行为，也不知道那片大麻种植园；而在知情者看来，一只看不见的手似乎掩盖了这两个事实。我们后来发现，麦尔斯与当庭达成了认罪辩诉协议，因此转而成为告密者，免于被起诉毒品问题；或许双方还达成了其他协议。其间有关邮寄途中偷走0.30英寸口径手枪的那一笔（可能构成联邦重罪）也消失无踪了。

与此同时，公众仍然不能确定死狼的身份，这是案件的核心所在，也是大多朱诺人所关心的问题。他们无从得知洛曼的作证书及其他细节，而我和哈利、约尔还有其他一些人几个月前就知道了。5月26日，《朱诺日报》一个新闻标题问出了许多人不得其解的问题："那是罗密欧吗？"根据其塑料密封，匹考克藏有的皮毛已经按渔猎部的要求检查妥当，但渔猎部的记录标注着皮毛是灰色的，虽然带有密封号的皮毛其实是黑色的。这一令人震惊的差异立即引起了怀疑，有人认为渔猎部甚至执法机构可能参与了遮掩罪行的行动。迄今为止，渔猎部负责密封的克里斯·弗拉里仍然困惑不已。他不记得那年9月曾检查过一张黑狼皮，虽然他在表格上写了9-23-09的日期。特工弗莱堡和州警察弗伦茨尔后来盘问过他这个问题，执法部门似乎借此洗脱了同谋嫌疑。弗拉里已经退休了，不过他的话受到质疑，他至今为此懊恼不已。我采访过他，相信他的说法。匹考克的标签起初很可能是固定在一张来源不明的灰色皮毛上，后来被转移到罗密欧的皮毛上。因此黑狼的皮毛可能从未经过检验，而标签却得到确认了。偷猎者研习规章，寻找漏洞，这正是他们的惯用伎俩。

提审后,《朱诺日报》记者采访了麦尔斯,后者好像被他自己的托词困住了,挣扎不休。尽管人赃并获,但他一如既往坚决否认射杀过一匹黑狼:"如果你们认为这是罗密欧,那就蠢到家了。彻头彻尾的蠢货。我分得清灰狼和黑狼,也分得清70磅和140磅的狼。"更别提就在几天前,宣誓时他告诉区律师加德勒,当他意识到自己杀的可能是罗密欧的时候,他恐慌不已,这说明讨论的对象正是一匹巨大的黑狼;匹考克手机里一些狼的照片也标注了"罗密欧"的名字。然而,除了渔猎部的密封记录,没有任何法庭文件和其他材料提到过麦尔斯或匹考克射杀过一匹灰狼,也没有谁提供过匹配的皮毛支持这个说辞。那么两匹狼的确切体重是从何而来呢?麦尔斯似乎同标准的骗子一样犯了同样的错误:误讲出他本不该知道的细节。这一切都愈加证明了这其实是某种精心算计过的把戏。审判还有几个月,而案件中的矛盾、问题和疏忽仍在增加。

法律约束进一步影响了事件的走向。就阿拉斯加州而言,一匹狼就是一匹狼而已;没有什么刑罚是为处理某个个体的遇害而设立,无论它多么知名。有些市民持有罗密欧褪下的几缕毛发,可用于DNA匹配测试,而且至少能联系到其中六七人——包括我、哈利、约翰·海德——这些人熟知罗密欧,通过特定的伤疤和记号,足以确认皮毛的主人。但哪怕阿拉斯加州有办法正面确认那就是罗密欧的皮毛,从法律上来讲,他们也完全没有理由更没有动机来做这事儿。这样的鉴定只会让整件事更加棘手,比如若是已有的刑罚与公众对罪行的看法不相匹配时,可能会引起轩然大波。换个角度来看，如果麦尔斯确实非法攫取了阿拉斯加州的上述资源，那么为了弥补一匹狼的损失，他需要支付500美元的罚款。而每只黑熊值600美元。虽然两起案件可能判处的刑罚加起来相当严重——麦尔斯和匹考克总共需支付近20 000美元罚款，并入狱数年——但他们的违法行为其实都是轻罪。

尽管如此，我们仍然互相安慰，这个开端已经不错了。很快，联邦调查局官员将会给这些层级叠垒的罪状加诸毁灭性的指控。但几周过去了，第二波起诉却并未出现。联邦和州政府秘密通过了决定，只在州内进行诉讼——我们后来得知，据说是因为这条路径更为有力。考虑到违反了雷斯法案（非法获取的狼的皮毛和骨架，和那两张熊皮一样，都超出了州的界线），加上枪支诉讼，他们可能会分别被判处一两项重罪，那个理由怎么看都值得怀疑。阿拉斯加州和联邦自然都可以提起诉讼，两者互补，而非重合。当然，决定权并不在调查人员的手中。数年之后，特工弗莱堡告诉我，他对诉讼决定很是失望。追诉一宗横跨几千英里的跨州案件需要消耗极大的资源，而显然还有更重要的事情亟须解决。这毕竟不过是两宗偷猎案，死掉了一匹狼和两头黑熊，而在这个州，它们的命廉价得很。

14
梦的重量

2010年11月。

春去夏往，秋意渐浓。应辩护律师大卫·马利特的要求，麦尔斯和匹考克的庭审日期两次推后：策略不错，但意图不轨，因为随着时间流逝，公众的兴趣会逐渐减弱。毕竟黑狼已经消失了一年。法庭安排有冲突，又导致了延迟。虽然判决迟迟未下，麦尔斯后来当庭承认平常会遭到小小的仇视，当地人小规模地自行伸张了正义。据报道，麦尔斯因在酒吧吹嘘黑狼的事而被推搡殴打；一名杂货店收银员告诉我，她看到商场保安聚集在超能熊杂货店保护麦尔斯，因为有人通过报纸认出并威胁过他。几个月后，一位陌生女士也联络上我，告诉我她跟麦尔斯的事情。她的汽车轮胎在机场附近瘪了，一位男士停下车来帮忙。装千斤顶的时候，他问她接受杀死罗密欧的凶手帮忙感觉如何，她从《朱诺日报》上的照片认出了他，十分惊讶，拒绝了他的帮助。其他影响则直接得多。帕克·麦尔斯丢了阿拉斯加啤酒酿造厂的工作，原因未公开。

此后，帕克蹭吃蹭喝，做些奇奇怪怪的工作，而帕米拉·麦尔斯不再为东南兽医院工作，到超能熊杂货店做起了收银员。好些朱诺人主动提供支持——无论食物还是工作机会——帕克·麦尔斯尽其所能打起了同情牌。他似乎极为擅长讲悲惨故事，他如何遭到构陷，饱受迫害（其实他鲜有类似遭遇），而且据说很快就会被银行没收财产，而显然这事并未发生。有人还听到帕克吹嘘他们欺骗了银行，免费租住房屋。"他骗了我，"邻居乔恩·史丹森曾伸出援助之手，却遭反咬一口。

在帕克·麦尔斯被捕五个多月，罗密欧已离开一年多后，判决终于下来了。11月初的一个早晨，天气晴朗，大约四十来个观众以及十几个参与者，挤进朱诺区法院。这一天是工作日，又是上午九点钟，审判的还只是一宗轻罪案件，这个人数实在前所未见。我和雪莉、哈利、约尔·班内特、维克·沃尔克挨得很近，周围许多熟面孔，想必黑狼都能认得出。有人担心秩序问题，于是召集了两名州警察站在后面，手枪别在髋部，宽檐帽低低地压在额头上，但人群安静有序，对这个不熟悉的场景和时刻震撼不已。麦尔斯的随行人员有帕米拉、他的一个儿子以及几个邋邋遢遢的少年，这些人显然对他崇拜有加——他们在右前方挤作一团，很是孤立。麦尔斯的辩护律师大卫·马利特在华盛顿州，通过扬声电话出庭。出席阿拉斯加州起诉帕克·麦尔斯的是区法官凯斯·利维，据说为人公正，体恤社会。这天早晨，他像是现代庞蒂乌斯，面容沉静而愤怒，带着宿命式的神情。

这并非标准化的审判，更像是一场现场剧，躁动不安。律师就人证物证争论不休，法官根据程序和法律进行审判，被告是否有罪仰赖于陪审团的裁决，以最后宣判告终。这样一出戏剧——充斥着详尽的细节和情绪的宣泄——从来都不大可能发生。辩护律师马利特心中有数，不能让委托人直面事实真相和大众情感，于是请求改审判为听证会。这个变化早在他们计划之中，是整台精心编排暗中进行的舞蹈中的最后一步。从最初就宣称无罪，马利特已经给了麦尔斯太多利用法律漏洞的机会，这宗案子他稳操胜券，且还无中生有地捏造了筹码。转而认罪会节省阿拉斯加州接下来的开支，也免去了审判的麻烦，还展示了被告做出改变的决心——这会让他获得最大限度的宽容。这份精心设计的认错戏码之后，紧接着公正妥当的判决就会落在一个人身上。想必凯斯·利维早知道自己面临着什么样的困境。

原告陈词简练，请求的变更以及控诉的特殊本质让大多细节都变得毫无意义。区律师加德勒只召来了一位证人：野生动物州警察亚伦·弗伦茨尔。亚伦回答了一些无关紧要的问题，简要放映了一场幻灯片讲述证据，其中包括匹考克手机里的照片。熟悉此案的人都清楚，阿拉斯加州对这些事件的描述不像是法庭辩论总结，倒更像日本歌舞伎表演。哈利·罗宾森和迈克尔·洛曼都没被召去证人席，虽然哈利出席了，而且迈克尔·洛曼自愿自费前来作证。公众永远都不会了解他们在调查中起了多么关键的作用了——起初是他们揭发了这起犯罪，随后又提供细节使得诉讼得以成立。加德勒总结陈词，请求对被告处以巨额罚款和监禁——或许有几分真诚吧，但也不过是这场表演的一部分罢了。如果原告的理由十分简练，那么被告的陈述几近于无了。律师马利特直接要求听证会结束——越快越好。原告没有对他构成什么挑战，他重申了麦尔斯的谎话，声称讨论的是一匹70磅的灰狼，坚持认为委托人没有犯罪记录，总结时他分辩道，这种轻罪不必收监。

这个案子精简到其法律本质上来看，利维法官面临的其实是这样的局面：行凶者在阿拉斯加罪档干净，犯下了几项有关野生动物的互有重叠的轻罪，懊悔不迭。旁观者并不清楚司法程序，在座的大多数人想必都不甚了了，猜测法官有权将帕克·麦尔斯的每一项罪行都下达最严重的判决，或者至少可以如区律师要求的那样，让他在监狱里待上一段时间。然而区法官凯斯·利维作为阿拉斯加联邦的正义仲裁人，受到一系列审判准则的制约。虽然阿拉斯加州宣称高度重视本州野生动物的价值，其实不过是口惠而实不至，州法律和执法记录讲述的乃是另一回事。法庭记录显示，在阿拉斯加州，初次违反野生动物保护法，没有人为此坐过牢；对所有指控交付全额罚金的处罚即使曾强制执行过，也少之又少。如果利维法官的判决超出了先例设定的界线，那么上诉就会遭到推翻。因此，法官虽然代表群众执行正义的诉求，却别无选择，只能让帕克·麦尔斯自由离开法庭，这不啻于一记耳光。他在判决序言中对此解释颇多。

虽然我们一些人早知道事情会如何发展下去，但当利维法官磕磕巴巴地宣判，几乎没有与任何人进行过眼神交流，径自宣告了各项罪行，确定并暂缓了监禁时间和罚款金额时，我们坐在那儿，还是麻木地沉默了。最终结果：杀死罗密欧的凶手被判处330天监禁，全数暂缓；罚金总计12 500美元，其中将近5 000美元被免除了。包括一头熊一匹狼的补偿金以及杂七杂八的费用，麦尔斯总共被要求支付6 250美元。此外，他被要求完成100小时的社区服务，并被没收了三把枪（其中一把其实是匹考克的0.46英寸口径手枪）。并且两年之内，他不得在阿拉斯加境内狩猎——法律约束在这方面总是会起到作用，并且缓刑两年。某种意义上而言，判决中暂缓的部分并不是象征性的，如果麦尔斯在缓刑期间违反法律，这些惩处将会重新强制执行——但至多也不过是个小小的安慰，如果我们那时早知道帕克·麦尔斯最终交的罚金有多少，那就连安慰也算不上了。

麦尔斯做了一通让人失望的道歉，最后建议大家"向前看"，除了这个道歉和那份判决，还有一件更令人失望的事。如果利维法官由于受到法律束缚做出了那样的判决，他本打算至少代表朱诺居民公开申斥作为弥补，那么可怜的是，他并没做到。这是利维的话，引自法庭逐字稿："我想主要的——在此另一个主要的目的是表达社区的谴责。我认为这是——我想你知道自己在做什么。我认为你确实对法律多有不敬。我觉得这对其他人而言并不公平，并且你知道，这会影响到人们为保护自然环境而做出的努力。"

人们环顾法庭，交换眼神，有些充满怀疑，其他人则目光犀利。那一刻，我们彻底明白了自己多么微不足道。黑狼属于阿拉斯加州。矛盾的是，我们作为守法的公民，却是无足轻重之辈——在诉讼过程中，我们是旁观者，无关紧要，不必发声。坐在旁听席上的人，本该有权力轮流与杀死罗密欧的凶手对话，然而法庭没有给任何社区成员这样的机会。麦尔斯自由离开了，当时我站在门边，他经过时靠得很近，我只得转过肩膀让他走过去，沉默凝结在空气中，让人哽咽。在阿拉斯加州起诉帕克·麦尔斯的案子里，法律字面上的意义无疑得到了准确的阐释，然而正义呢？无知稚儿都知道正义并未得到伸张，并且永远也不会了。与其信任法庭，不如相信某个设计欠佳的机器能让一朵花恢复生命力，将每一片花瓣重新粘上去，让它枯萎的茎叶重新焕发生机。

然而这次失败并不能令自己得到宽恕。开车回家的路上，雪莉直直瞪着前方，没有眼泪，下颌颤动不已。"我们怎么了？"她嘟囔道，"我们大家到底都怎么了？就坐在那儿，一句话也不说？我们本来可以都跳起来抗议，'你这个混蛋！你这个混账的凶手！'所有人一起。那就是我们的机会。那是我唯一的机会，可以做些有用的事情，但我就坐在那儿。我们所有人就坐在那儿。"如果群情激奋，法庭会怎么应对？把所有人逮捕起来，起诉大家蔑视法庭，罚款，丢进监狱？不论受什么刑法都值得，这一刻我们会永远铭记在心，这件事会提醒我们自己本来的面目。相反，我们沉默了。

区律师加德勒对了解黑狼的人曾有过故作大方的举动。利维法官宣读判决的时候，原告最后引入了一条证据——这条证据与案件没有直接关系，但跟我们每个人都有关系。州警察弗伦茨尔展开一个黑色塑料垃圾袋,将东西挂在展示架上,整个法庭集体倒吸了口气。下颌周围灰白的纹路,四处遍布的细小伤疤和记号,前腿后的片片灰斑,绝不会认错。挂在我们面前的这张毫无生机的狼皮,正是我们的罗密欧。法官的小槌敲落,硝制过的皮毛被转移到了法庭休息室,一名州警察在几英尺外站岗护卫。我们聚集在那里,压低了嗓音,轮流靠近抚摸它的背脊,端详那茫然的双眼,悄声道别。虽然我们早知道黑狼离开了,如今才感觉到永别的伤痛。

对杰夫·匹考克的法律清算甚至更不尽如人意。虽然利维法官起初坚持认为匹考克会返回朱诺亲自上庭,但因为健康问题,他最终却是从宾夕法尼亚州通过电话出庭的,不过我们猜测他对自己的健康问题夸大其词了,因为时机似乎也太过凑巧。大卫·马利特也在精心安排之下请求将庭审改为听证会,并且偷偷拿到了法庭2011年1月初的议程,此事没有声张,以至大多朱诺人都是第二天读到消息才知道审判已经结束了。匹考克被判监禁18个月,罚款13 000美元,缓期执行,总计被要求支付2 600美元罚金和赔款,缓刑三年,同期不能在阿拉斯加进行渔猎活动,并且接受利维法官温和的责备。阿拉斯加州顶多也就做到这个程度了:它既不为黑狼也不为熊更不为我们伸张正义——只根据自己的主张,为它自己伸张正义。这个制度维护得很好;我们也有职责来维护它。

我们当然哀悼了罗密欧,可如今走在行经多年的道路上,瞥见摇曳的阴影里一个熟悉的身形,竖起耳朵聆听遥远风中的嗥叫，痛楚有增无减。我们忧伤的是，所知的奇迹如同其他奇迹一样消失无踪了；难过的是，我们每个人本来可以做到或不该去做的事情，或许只是一次小小的选择，稍不注意便溜走了：接起电话而非走出家门，在某一天仓促决定在哪条路上散步——见鬼！要么停下来喝杯咖啡？谁知道哪个人的哪个举动或许就改变了亿万交织的镜头，如此黑狼得以继续奔跑在这片土地上？至于我自己，如果拯救这匹狼多少给了我救赎感，那我终究还是失败了。哈利·罗宾森或许比其他任何人都更常受到种种可能性的侵扰。他的自责纯粹而绝对。"我让自己的朋友倒下了，"他静静地说着，"当它需要我的时候，我不在它身边。"我们痴心妄想着，任何人一个细微的举动或许就改变了黑狼的命运。正如莎翁剧中那位同名的角色一样，罗密欧的性格如此，注定它在劫难逃，掌握命运的力量不在它的眼界内，也不为我们所理解。最终，哈利还有所有深爱罗密欧的人，都受到了命运的愚弄。

　　有些人不知道也不理解，永远都不会懂得，但却对我们大摇其头，他们自以为是地断言，直截了当地嘲讽，我们都忍受了下来。他们说，不过是匹狼嘛，仿佛它是一辆锈坏了的卡车或者一堆正在腐烂的木头。《朱诺日报》的一条刻薄评论挖苦暗示罗密欧最终被硝制成了一张皮毛，乃是资源利用的"绝佳"范例。这些是关于此事的官方版本——我们在当权者发布的消息中听到的故事。人们的爱害死了黑狼，因为他们举止无脑自私，以至诱它至死，结局如此确定，以至于他们只能眼睁睁看着它来临。人们穿着四个机构的制服——两个州机构，两个联邦机构——他们不仅相信那些，他们称之为真相。在银行和五金商店里排队时会经过他们，可能会和一些人点头致意，聊上几句，其他人则认不出来。这个故事他们都知道，这是一个完全真实的故事。

虽然杀死这匹"著名"的狼麦尔斯和匹考克或许得到了莫大的快感，他们同样也会射杀其他任何动物，就像他们偷猎无名无姓的小熊一样，而大多猎人对此都会羞于出手。罗密欧的名声并未造成它的死亡，反而保护了它很长一段时间。而且，根据法庭接受的证据，罗密欧是在荒野里有其他狼在场的情况下遭遇不测的，并不是在某人的后院，也并非因为与习惯有关的某种鉴定过的行为。因此，政党的归咎路线自相矛盾，阿拉斯加州不能妄想两全其美。然而，无论它死于何处，如何而死，有一件重要的事实看起来却很是清晰：黑狼并非因爱而死，而是死于冥顽不灵、心肠歹毒的敌人。

罗密欧待在我们身边有多安全呢？答案简单而明显，并不是很安全，过去那些年里我随时都会这样回答。然而回顾过去，丹那利国家公园的普通野狼寿命短得惊人，平均只有三年，要知道在国家公园里，野生动物会得到大片受到人类保护的栖息地；而黑狼的寿命将近达到那些在国家公园里的同类的三倍。人类和狼像这个星球上的其他物种一样都会发生冲突，然而并非几星期几个月，而是好几年里，朱诺城和黑狼确立了两个物种和谐共存相安无事的全新标准。它能存活下来并不是因为一些人的行动，而是因为许多人的包容，还有阿拉斯加州和联邦机构的约束——当然还因为它自己的举动。要不是两个外来人的扭曲行为，它或许还在此间,在巨石滩旁等着移居来的族群小伙伴出现。

我回过头去,端详那个蜷在雪上的黑色身影,那是好些年前的春天了,好像那是最后一眼。静夜独醒,听着雪莉和狗在我身边的呼吸声,梦的重量沉沉地压在我的胸膛上。我尽力无声哭泣,不想吵醒任何人;我不为自己而哭,也不为黑狼,而是为我们所有人,漂泊在这样一个越来越空旷的世界里。我们能希望从这悲伤中带走什么呢?然而故事还有另一面,微光摇曳重现,北极光划破暗沉沉的天空。没有什么可以带走罗密欧,带走我们与之相伴的岁月。我们背负的重担不是恨,而是爱。然而这并不能减轻它的重量。

黑狼与我们相处的时光里,给成千上万人带来了奇迹,填满了一片空阔的土地,教会很多人用全新的视角看待这个世界和了解它的种族。它不知道也不在乎,仅仅做它自己,与人类贴得更近:既是朋友,也是家人,而对于有些人而言,若不是它的出现,终其一生也未必能见到一匹狼。多少年来,我看着成千上万的朱诺居民——这里两个,那里六七个,一群接着一群,待在宽阔湖区——倚着滑雪杆闲谈;看着黑狼与狗玩乐,在冰上跑来跑去,或者躺在湖边一个地方,我好多次加入过这样的谈话。人们的聊天话题或许会围绕着它,但会发散开去,聊到各种各样的事情,无论巨细,将社区居民的感情交织联系起来——当地政治,民间婚嫁,冬天何处大鳞鲑鱼可能咬钩,不胜枚举。多亏了黑狼,我认识了很多人,慢慢地更加了解到各行各业的朱诺人,它走了,其他人也走了,朋友和熟人却还在。它的生活背景与我们的交织在一起，我们不知不觉间就与它更为紧密了。即使有些人无法就如何处理这匹狼达成一致，也有机会当面沟通交流自己的想法，进一步从个体和集体的层面相互理解，理解我们所相信的真实。黑狼逐渐融入到朱诺的故事里，成为我们的一部分。

审判两周之后，它带来的痛楚依然如严霜般寒气逼人。11月末的一天，我们沉默地站在冰冷的阳光下，凝望着门登霍尔湖广袤的冰原。在那之外，高耸的山峦环抱着冰川，我们所有人也都被它们拥抱在臂弯里。一百多人聚集在巨石滩附近悼念黑狼——还有更多人在心中默默怀念铭记。此后数月，陌生人和友人们纷纷联系我，因为正好在感恩节前夕，周末繁忙的计划让他们分身乏术。虽然这是阿拉斯加或许也是人类历史上第一次为一匹狼举行追悼会，但这悼念看起来再自然不过了——事实上，这也是客观环境需要。各行各业的人们不论老少都来了，有建筑工人、律师、出租车司机、猎人、捕猎者、素食主义者，有人还带了狗。我们站在一起，呼吸如刀凌虐着肺部，时光的流逝清晰可见，黑狼与我们在一起的每时每刻都像是石子儿掉进清澈的河流之中。我还记得继约尔和哈利之后，我也站在岩石上说了几句。我已经记不得自己说了什么，但还能体会到那份感情；我记得举起了一块沉重的青铜匾额，约尔委托雕塑家斯基普·沃伦创作，安装在湖的另一边的一块巨石上，每年成千上万的游客都能在那条路上看到它，或许——仅仅是有可能而已——还会看到一匹狼打那儿走过。纪念碑上有罗密欧卧在巨石滩上的画像，下面则刻着简单的题词提醒我们自己——你该为自己好好读一读。当它的嗥叫声的录音响彻冰川上空旷的天空,狗也纷纷加入这首曲子,汇成一曲合唱,人声难以媲美。

此后数年,我们会讲述这样一个故事:从前有一匹名叫罗密欧的狼,我们一起望着它轻快地跑过湖面,消失在苍茫暮色之中。我们铭记于心,永生难忘。

后记

2013年11月。

时光流逝，罗密欧仍与我们同在。人们言谈间常常提起它的名字，还用它的形象装点自家屋子。在冰川附近，你可以走上孤狼路和黑狼路，也可以坐在湖边的雪松长椅上，那是约尔安置的，嵌在巨大的花岗岩上，他的妻子路易莎在弥留的日子里，常常在那儿驻足观望。我们前往金块溪瀑布时会经过它留下的纪念物，有时也停下脚步，追忆往昔。有人担心这儿会变成朝圣地，其实并没有，也没遭到恶意破坏。它只是融入了这片景致，成为了朱诺故事的一个章节。并且，在一个极为重视咖啡和啤酒的城镇，分别出现了纪念罗密欧的品牌：遗绪咖啡的黑狼烤肉，阿拉斯加啤酒酿造厂的黑狼IPA（印度淡色艾尔啤酒）。就在暮冬的一天下午，有人声称自己看到了罗密欧的幽灵：一匹狼在朱诺市中心上的山坡投下了头部的剪影。回到冰川，很多人过去常常在门登霍尔湖和疏浚湖区的西岸漫步，如今都纷纷去了别的地方。即便走在那些小路上，也忍不住去寻找熟悉的足迹，聆听风中的声音。正如哈利所言，太孤寂了。

当然，也有别的狼行经此间。罗密欧死后翌年，一匹几乎全白的狼数次出现在蒙大拿溪和冰川地区。我在想它是不是那位因纽特老妪看到的浅色狼，其实数年前，我也曾在大雾天瞥见它和罗密欧在一起。有时候它独自出现，有时候则有一匹灰狼相伴，它会靠近车辆，跟随行人和狗。然而，见过的人都说它躁动不安，行为放肆，近乎威胁，而且目光冰冷难测，并不是好交际的性情。那毕竟是另一匹狼，而且几周之后，它的族人便跟过来了。

判决下来几个月后，帕克·麦尔斯重又怡然自得，兜售起一种优质大麻来。他称之为"罗密欧遗孀"，吹嘘谁也管不了他，而且好像真是这样的。尽管如此，他再次犯法了——这次是因为诈称失业而获重罪，而且是在缓刑期间违法。不同于第一次，这次他入狱了几天，但经过许多不为人知的操作和司法程序，州法院不再追究此案，也没有执行罗密欧案一切暂缓的罚款和收监判决。帕克·麦尔斯再一次获得自由。数月后，他带着家人离开了，回到了宾夕法尼亚州。除了2 000美元保释金，他没有因杀害罗密欧而支付任何罚款，也没有提供过明文规定的社区服务。至于杰夫·匹考克，健康问题确有其事，并非伪装。他狩猎的时光似乎一去不复返了。我们没怎么纠结于他们俩，毕竟他们并不是什么重要人物。

暮秋的一天，秋雨潇潇，我在写作，罗密欧的皮毛搭在沙发上，离我很近，伸手就能摩挲到肩膀处丝滑的针毛。当初次打开盒子，看到硝制的皮毛和漂白的骨架，我却不知所措；但看到它们，我却奇异地受到了抚慰。我拿到它们有一段时间了，准备送给一位博物馆级的动物剥皮标本师。应门登霍尔冰川游客中心主任罗恩·马文之要求，我和哈利、约尔为雕塑设计提供了建议。这是一次富有教益的展览，其中有黑狼躺卧在巨石上的塑像，也有它的嗥叫声的录音。包括约尔在内，有人认为应该毁掉它的遗体，比如在麦金尼斯山高处焚毁。我差点就赞同了，但还是选择了保存下来。正如雪莉悄声所说的那样："它只留下这么些给我们了。"我自告奋勇要去寻找合适的人选来"画狼点睛"。托架至少要一年才能竣工，而要安放在中心，势必遭到一些人反对，但也会得到许多人支持。罗密欧未来会如何，我们无从得知，但就是过去也从来都不可预测。

Copyright © 2014, Nick Jans
This edition arranged with Elizabeth Kaplan Literary Agency.
Through Andrew Nurnberg Associates International Limited.

版贸核渝字（2014）第296号

图书在版编目（CIP）数据

黑狼罗密欧/（美）尼克·詹斯著；范冬丽译.--重庆：重庆出版社，2017.6
书名原文：A WOLF CALLED ROMEO
ISBN 978-7-229-11841-9

Ⅰ.①黑… Ⅱ.①尼… ②范… Ⅲ.①长篇小说—美国—现代 Ⅳ.①I712.45

中国版本图书馆CIP数据核字（2016）第302181号

黑狼罗密欧
HEILANG LUOMIOU

［美］尼克·詹斯　著
范冬丽　译

策　　划：华章同人
出版监制：伍　志　徐宪江
责任编辑：王春霞
特约编辑：余椹婷
营销编辑：张　宁　初　晨
责任印制：杨　宁
封面设计：棱角视觉

重庆出版集团
重庆出版社　出版

（重庆市南岸区南滨路162号1幢）

投稿邮箱：bjhztr@vip.163.com
三河九洲财鑫印刷有限公司　印刷
重庆出版集团图书发行有限公司　发行
邮购电话：010-85869375/76/77转810

重庆出版社天猫旗舰店
cqcbs.tmall.com

全国新华书店经销

开本：880mm×1230mm　1/32　印张：8.75　字数：319千
2017年6月第1版　2017年6月第1次印刷
定价：39.80元

如有印装质量问题，请致电023-61520678

版权所有，侵权必究